三國志

第四巻

宮城谷昌光

文藝春秋

目次

三国志

第四巻

装画　坂本忠敬

兗《えん》州

袁紹《えんしよう》と公孫瓚《こうそんさん》が界橋《かいきよう》のあたりで戦ったころ、南の荊《けい》州では孫堅《そんけん》と劉表《りゆうひよう》が兵馬をまじえた。

「劉表を攻めるように――」

と、袁術《えんじゆつ》にいわれた孫堅は、多少の疑念をもった。なぜなら孫堅は豫《よ》州を監督する刺史《しし》であり、袁術と劉表のいる荊州は孫堅の管領《かんりよう》の外にあるからである。また南陽《なんよう》郡を私有した袁術が奢淫肆欲《しやいんしよく》で、人民からとめどなく税を徴斂《ちようれん》しているため、百姓《ひやくせい》が苦しんでいるときこえてきたが、実際に孫堅が謁見した袁術は天子のようであった。いま長安《ちようあん》にいる献《けん》帝の日常はすべてが縮収《しゆくしゆう》されており、袁術の歓天喜地《かんてんきち》を知れば、うらやむしかないであろう。

――ご自身で劉表を攻めたらどうか。

そういいたいところであるが、孫堅はよけいなことをいわずに命令を承《う》けた。孫堅はべつな王朝を樹《た》てようとしている袁紹の企図《きと》には反対であり、韓馥《かんふく》を恫《おど》して冀《き》州を奪い取った袁紹の奸黠《かんかつ》さも好まない。そういう袁紹と組んだ劉表を倒して自分の正義を樹てるのがこの戦いの意義であるとみさだめた孫堅は、集められるだけの兵を集めて全力で劉表を攻めることにした。そこには劉表を殺して南郡を取り、袁術の羈束《きそく》の外にでようとするかくれた意志があったかもしれない。

孫堅軍の南下を知った劉表は、黄祖《こうそ》に兵をあたえて邀撃《ようげき》の陣を張らせた。劉表の軍事がまずくないようにみえるのは、将軍である黄祖の武烈があるからである。すなわち劉表が特別に用兵にすぐれていたわけではない。

黄祖は樊《はん》と鄧《とう》のあいだに布陣した。その軍が大きな戦いを経験していないのにひきかえ孫堅軍は数度の激戦をくぐりぬけてきている。敵陣をみた孫堅は、

「陣の腰がゆらいでいる」

と、いい、戦うまえに優勢をおぼえた。はたしてこの戦いは、孫堅軍の圧勝で終わり、黄祖は襄陽《じょうよう》に逃げ帰った。

「孫堅はききしにまさる将です」

あっけなく黄祖が負けたことが信じられぬという顔をしていた劉表は、翌日、すさまじい勢いで追撃してきた孫堅軍に城が包囲されたのをみて、

「なんじは城をでて兵を集め、包囲軍を外からおびやかすがよい。わたしは百日もちこたえてみせよう。百日のあいだに勝機がかならずあろう」

と、黄祖を夜中に脱出させた。この決定が劉表と孫堅の命運を左右することになったのである。

劉表は門を固く閉じて、敵兵の挑発に乗らぬようにと城兵をいましめ、防禦に徹した。その間に兵を集めた黄祖は、襄陽にむかおうとした。ところが孫堅はその集団の動きを偵知して、迎撃の陣を布《し》いて待ちかまえていた。ここでの勝敗もあきらかである。むざんに敗れた黄祖は逃走し、峴《けん》山に竄匿《ざんとく》した。

「のがさぬ――」

黄祖が劉表軍の中心にいて、その中心を破滅させれば、おのずと劉表の勢力が潰乱《かいらん》するとわかった孫堅は、兄の子である孫賁《そんほん》に包囲の陣をまかせ、自身は騎兵を率いて追走した。黄祖は樹間を奔《はし》り、蘿蔦《らちょう》をまとい、林藪《りんそう》にひそんで、姿をけっしてあらわさない。山中に馬をいれた孫堅は、騎兵をわけて捜索させた。吉報を得られない孫堅は自身で黄祖を捜した。むろん従騎がいなかったわけではないが、たまたま単騎になった。そのとき黄祖の配下に近づくことになったというのは、不運というしかないであろう。

眼下に敵将のあかしである赤幘《せきさく》がおもむろに通るのをみた兵たちは、一瞬、自分の目を疑ったにちがいない。が、つぎの瞬間、かれらはいっせいに矢を放ち、岩を落とした。孫堅にあたったのは矢であったのか、岩であったのか。この清風を感じさせる英雄はここでいのちを失った。

　死者として本陣に還《かえ》ってきた孫堅をみた孫賁は色を失い、やがて声をあげて泣いた。が、城兵の気配がにわかに変わったことを知るや、

「急ぐな。急がずに引き揚げる」

と、兵たちの動揺をしずめ、陣を払った。将がうろたえると兵たちは脱兎のごとき速さで逃げるようになり、かならず追撃されて、損害が大きくなる。はたして城にもどった黄祖は追撃の軍をあわただしく編成して、退却してゆく軍を撃とうとしたが、殿軍の重厚さと落着きぶりをながめて、追撃をあきらめた。

　南陽郡にはいった孫賁は、もはやうしろを気にする必要がなくなったせいで、柩《ひつぎ》をなでて落涙した。孫堅は超人的な勇気で、いかなる死地も、飛び越えてきたではないか。劉表は、百回戦えば九十九回は勝てる相手であるのに、ただいちどの負けで孫堅が殞命《いんめい》したことが、孫賁にはどうしても信じられない。かれは力なく身を起こし、近侍の者に、

「舒《じょ》へ、訃報《ふほう》をとどけよ」

と、いった。舒県には孫堅の家族がいる。孫堅の長子である孫策《そんさく》はこの年に十八歳であり、父を佐《たす》けて戦場を往来していてもよさそうであるが、舒県で孫権《そんけん》、孫翊《そんよく》、孫匡《そんきょう》という弟たちを守っていた。

やつれた表情で孫賁は袁術に復命した。

——痛い。

というのが袁術の実感であろう。かれには孫堅という不世出の将軍をつかいにつかって天下を平定してやろうという欲望があった。孫堅の死はその欲望を虧損《きそん》させることになった。孫賁には孫堅ほどの将才はない。

——劉表をどうするか。

すぐには知恵が湧いてこない。袁術のもとには俊邁《しゅんまい》が集まってはいない。人材不足はいなめない。

ほどなく、袁紹軍が公孫瓚軍に大勝したことがきこえてきた。

——まずい。

豫州を失い、北の袁紹と南の劉表にはさまれそうである。公孫瓚を北に逐《お》ったあとの袁紹は冀州のすべてを支配しそうであるのに、袁術は劉表の征伐に失敗したため、勢力を南におよぼすことができず、荊州の一郡を支配しているだけである。富力も兵力も袁紹より劣ることになりそうなので、腹立たしい。

袁術は想念をめぐらしながらも、未来を暗くとざそうとする要因になりそうなものを擺脱《はいだつ》する手を打たなかった。一言でいえば、かれは怠惰な人である。尻に火がつかなければ動かないのである。

晩春に、舒県にいた孫策が父の遺骸《いがい》をひきとりにきた。ただし孫策は父の孫堅が朱儁《しゅしゅん》の上表によって出仕したとき、寿春《じゅしゅん》に住んでいた。その地で、十五歳にならぬうちに名士と交わりを結んだ孫策は、成人になるまえにひろく名を知られるようになっていた。寿春のある九江《きゅう》郡の南隣に廬江《ろこう》郡の舒という県があり、挙兵した孫堅はその地へ家族を移住させた。じつは舒には、

周瑜《しゅうゆ》

という英邁闊達《えいまいかったつ》な若者が住んでいた。周瑜の家はまぎれもない名家で、祖父の兄弟のひとりである周景《しゅうけい》は太尉《たいい》の位に昇った。周景についてもうすこしくわしくいうと、陳蕃《ちんばん》のあとに太尉となり、陳蕃が殺害された年の四月に亡くなった。周景の子の周忠《しゅうちゅう》は王朝にいて、献帝が即位した年に大司農《だいしのう》となり、初平《しょへい》三年（一九二年）には太尉を拝命することになる。周瑜の父の周異《しゅうい》は洛陽《らくよう》県の令《れい》であった。

周瑜は孫策とおなじ年に生まれただけに、寿春の若者の令聞《れいぶん》を耳にすると、大いに興味をおぼえて訪ねたところ、たちまち意気投合してしまった。やがてふたりの友情は金属をも断つほど強くなった。それゆえ孫堅が家族の安全を考えたとき、

「舒へ居を徙《うつ》したらどうか」

と、孫策に勧めたのは周瑜である。それを孫策からきいた孫堅は、そうするがよい、と聴《ゆる》した。周瑜は孫氏の家族を歓迎し、道の南にある大きな屋敷を提供し、堂に升《のぼ》って孫策の母

に拝礼した。両家は助けあって暮らすようになったのである。

ところが孫策に苦難がおとずれた。

「父の帰葬《きそう》をおこなわねばならない。これでもう君には会えぬのだろうか」

父を喪《うしな》い真友と別れねばならない孫策の悲嘆は烈しかった。周瑜は強い語気で、

「志がおなじであるかぎり、かならず会える」

と、いって、孫氏の家族を見送った。

孫策は従兄の孫賁のもとへ行き、父の遺骸を奉じて、揚《よう》州の呉《ご》郡にむかった。呉郡の富春《ふしゅん》が孫堅の生地であり、下賜《かし》された采地《さいち》である烏程《うてい》も呉郡にある。だが呉郡にはいった孫策はどういうわけか烏程までゆかず、江水《こうすい》に近い曲阿《きょくあ》に父を葬った。葬儀を終えた孫策はふたたび江水を渡って江都《こうと》に居を定めた。孫策は烏程侯の位を弟の孫匡にゆずったようであるから、多少複雑な事情があったにちがいない。

江都にはひとりの賢人がいた。

張紘《ちょうこう》
である。広陵《こうりょう》の出身で、あざなを子綱《しこう》という。若いころに京師《けいし》に上って学問をした。太学《たいがく》では、博士の韓宗《かんそう》に師事して『京氏易《けいしえき》』と『歐陽尚書』を修め、さらに陳留《ちんりゅう》郡の外黄《がいこう》県へ往き、濮陽闓《ぼくようかい》から『韓詩』と『礼記』、それに『左氏春秋《さししゅんじゅう》』(『春秋左氏伝』)を学んだ。広陵にもどったあと、茂才《もさい》に推挙され、三公の府から辟召《へきしょう》されたが、いずれも出仕しなかった。

——張子綱とは、そういう人か。

名士と交わることを好む孫策は、張紘に面会したくなり、その家の門をたたいた。が、このとき張紘は母を亡くして喪に服していた。それゆえこの突然の訪問者に会わずに謝絶した。しかしながら、さほど日をおかずに張紘の家を訪ねた孫策は、門人にむかって、

「墨衰経《ぼくさいてつ》の急です」

と、いった。しばらくすると、張紘自身が門をひらき、

「どうぞ――」

と、孫策をみちびきいれた。衰《すい》は喪服名をあらわすときは、さい、と訓《よ》む。経は服喪のときに首と腰につける麻の帯である。喪服はいうまでもなく白衣であるが、往時、それを墨《くろ》く染めた人がいる。春秋時代、晋《しん》の襄公《じょう》は父の文《ぶん》公の喪に服していたが、隣国の秦《しん》の軍が無断で国内を通過し、その軍は天子の都を通過するときも礼容をしめさなかったので、ふたたび晋国を通りぬけようとする秦軍を伐《う》つべく、喪服を染めて戦場にむかった。その故事を、張紘が知らぬはずはなかった。

「わたしは父を喪ったばかりで、喪に服しておりますが、いそいでなさねばならぬことがあるようにおもいます。それが何であるのかを、ご誨示《かいし》くださいませんか」

と、孫策は慇懃《いんぎん》にいった。張紘は口をつぐんだまま孫策をみつめている。むろんかれはこの二十歳に達していない若者が、豫州刺史であった孫堅の嫡子であることを知っている。

孫策はたとえ相手が無言であっても、その人格を全身で感じとる精神の鍛練をしてきたつもりであり、ここでは、

——張子綱とは、なみなみならぬ人だ。

と、いきなり感じた。その風容から佶屈《きっくつ》さは感じられず、人を虚喝《きょかつ》するような傲睨《ごうげい》もない。胆知を秘めて時をしずかに待っている人のようにおもわれる。

「方今《ほうこん》、漢《かん》王朝は中絶しそうであり、天下は擾攘《じょうじょう》として、英雄俊傑はおのおの兵を擁して営《えい》利《り》をおこなっているのに、危うきを扶《たす》け乱れを済《すく》う者はあらわれていません。亡父は袁氏とともに董卓《とうたく》を破り、功業が成らぬうちに、黄祖に害されて死にました。わたしは暗稚《あんち》ではありますが、ひそかに微志をもっており、袁氏から亡父の余兵をもらいうけて、丹楊《たんよう》の舅氏《おじ》のもとへ行き、離散した兵を収合し、呉と会稽《かいけい》を本拠とし、仇を報じ恥を雪《すす》ぎ、朝廷の外藩になりたいとおもっていますが、あなたのお考えは、いかがでしょうか」

喪中にしてはなまぐさい話であるが、孫策は臥薪嘗胆《がしんしょうたん》して三年の喪に服すつもりはない。たとえ三年の喪に服したくても時態がそれをゆるしてくれぬであろう。

張紘はわずかに憂鬱さをみせて口をひらいた。

「もともとわたしの才能は空耗《くうこう》であり、しかもいまは衰経をまとっていて、とてもあなたの盛略に奉賛することはできません」

あなたのお役には立てぬので、どうかお帰りください、と張紘は言外にいったのである。

孫策の心に哀しみの翳《かげ》がさした。

「あなたのご高名は遠方にまできこえ、遠き者も近き者も、あなたに慕い寄っております。いますぐになさねばならぬことは、あなたのご決定にかかっております。どうしてご考慮を紆《めぐ》らしてご啓告してくださらないのですか。あなたを仰ぎ視《み》ている者を失望させないでください。もしも微志が遂げられて、仇を報ずることができれば、そのすべてはあなたのご尽力によりますし、それがわたしの願いでもあるのです」

孫策は顔色を変えずに涙をながしはじめた。

「迷惑なことです」

と、張紘はこの若者に帰宅をうながすことができたであろう。が、なぜ自分の命運を他人に託そうとするのか、ということを考えはじめた張紘は、ふしぎな感動に襲われた。孫策にはまれにみる壮志があり、誠実さがあり、それらが内から放たれて、慷慨《こうがい》することばとなってあらわれている。そのことばと志とが張紘を打ったといえる。張紘は目容《もくよう》を端《ただ》した。

「昔、周《しゅう》王朝がかたむいたとき、斉《せい》の桓《かん》公と晋の文公が起《た》ったので、王室は寧定《ねいてい》を得ました。諸侯がふたたび貢職《こうしょく》をおこなうようになったのです。いまあなたは先侯の軌《き》を紹《つ》がれ、驍武《ぎょうぶ》の名がおありになる。もしも丹楊にゆかれて呉と会稽の兵を収合なされば、荊州と揚州をひとつにすることができましょう。仇を報ずることもできます。長江のあたりに本拠をすえて、威徳をふるえば、群賊どもを除き誅して、漢王室を匡輔《きょうほ》することができ、その功業は斉桓と晋文にまさるともおとりません。朝廷の外藩で終わりましょうか。方今、世は乱れ、多難です。もしも功を樹て、事を成したら、同志のかたがたと南へむかい江をお済《わた》りになるとよろしい」

河といえば黄河のことであり、江といえば長江のことであるが、この時代、黄河は河水《かすい》、長江は江水というのがふつうであり、張紘が長江といったのは、めずらしい。

涙をながしていた孫策の目がにわかに輝いた。

「あなたと志が一致したうえは、どうか永くおつきあいください。わたしはただちに出発します。老母と弱弟をあなたにおあずけすれば、わたしには後顧の憂いがなくなります」

孫策が江都を去らなければならないのにはわけがある。江都のある広陵郡は徐《じょ》州に属しており、このときの徐州牧《ぼく》は陶謙《とうけん》である。陶謙についてはまえに書いたことがあるが、徐州刺史に任命されたあと、黄巾《こうきん》の賊と戦ってそれを敗走させた。董卓が擅朝《せんちょう》をおこなうようになり、皇帝が長安に遷《うつ》ってから、徐州は四方との交通が杜絶《とぜつ》した。しかしながら陶謙は間道をつかって使者を西行させ、皇室に貢物を献上したので、安東《あんとう》将軍、徐州牧に任命され、溧陽《りつよう》侯に封《ほう》ぜられた。こういうぬけめのなさをそなえていながら、人に頭をさげることを極端に嫌い、傲慢になり怠惰になるという性質は複雑であるといってよいであろう。

徐州は民力が殷盛《いんせい》であり、穀物も贍《た》りている。それゆえ流民の多くが徐州に身をよせた。

この州の支配者となった陶謙は、道義に背《そむ》き感情のままものごとをおこなうようになった。たとえば広陵太守の趙昱《ちょういく》は徐州の名士であり、忠義で正直であるにもかかわらずうとまれ、曹宏《そうこう》などのように讒慝《ざんとく》の小人物が親任された。

ところで琅邪《ろうや》出身の趙昱は少年のころに孝子として世に知られた。

趙昱が十三歳のときに、母が病に罹《かか》り、三か月起きあがることができなかった。趙昱は心配のあまり、瘠《や》せ衰えて、まばたきさえしなくなった。手に粟《あわ》を握ってその数で生死を占い、祈禱《きとう》をおこなって血の涙をながした。それをみた郷党の人々はかれの孝子ぶりを称賛した。処士《しょし》の綦毋《きぶ》君に就《つ》いて『春秋公羊伝《しゅんじゅうくようでん》』を学び、その後、さまざまな学問に該暁《がいぎょう》した。歴年、志をひそめて研究をつづけ、園圃《えんぽ》を窺《うかが》うということをしなかったので、親しい者もそうでない者もかれの面《かお》をみるのはまれであった。朝夕、父母を定省《ていせい》したが、すぐに自分の部屋に還った。かれは高潔廉正であり、礼を身につけて立った。その清英儼恪《せいえいげんかく》さを知って、たれもかれの志を干《おか》さなかった。善を旌表《せいひょう》することによって教化を高め、邪を殖《ほろ》ぼすことによって俗悪を矯正《きょうせい》した。州郡はかれを招こうとしたが、かれはつねに病と称してそれに応じなかった。琅邪国の相《しょう》である檀謨《たんぼ》と陳遵《ちんじゅん》がともに趙昱を召辟《しょうへき》したが、このときも趙昱は起たなかった。その態度を怒る者もいたが、趙昱は意をひるがえさなかった。やがて孝廉《こうれん》に挙げられて、莒《きょ》県の長に任命された趙昱は、五つの教えを宣揚《せんよう》した。その五教の内容はあきらかではないが、五教が五常《ごじょう》とおなじであれば、人の実行すべき五つの道をいい、

「仁、義、礼、知、信」

がそれであり、

「父の義、母の慈、兄の友、弟の恭、子の孝」

も五常である。ただし五教をほかのことばにおきかえなければ、五教は『孟子』にある教育法である。

時雨《じう》のこれを化するが如《ごと》き者あり
徳を成さしむる者あり
財を達《いた》さしむる者あり
問いに答うる者あり
私淑《ししゆく》して艾《おさ》めしむる者あり

君子の教育法には五通りがあり、ちょうどよいときに雨がふるように教化すること、徳を高めてやること、財すなわち才能をのばしてやること、問いに答えて疑念を払ってやること、直接に師の教えをうけられない者でも修養できるようにしてやること、というのがそれである。

後漢《ごかん》の時代は、孝子であることが名士として尊敬される必須条件であるから、『孟子』のような革命思想書を援用する人はほとんどおらず、趙昱がかかげた五つの教えとは、五常とおなじであったと考えたほうがよいであろう。

とにかく趙昱の政治は国の模範となった。

黄巾の賊が濤雷《とうらい》を発して暴れはじめ、五つの郡で濫溢《らんいつ》した。郡県は兵を徴発したが、趙昱がまっさきにその難事をかたづけた。徐州刺史の巴祇《はぎ》は趙昱の功が第一であると上表をおこなった。それゆえ趙昱に賞がさずけられることになったが、かれはそれを深く恥じて、官をほかの者に委《ゆだ》ねて家に還った。

徐州牧となった陶謙は、最初に趙昱を別駕従事《べつがじゅうじ》として召辟したが、趙昱は疾《やまい》と称して辞退した。陶謙はあきらめず、揚州従事の呉範《ごはん》に命令をつたえさせた。が、趙昱は意を移さない。

「わが命令をこばむ者は、処刑せねばならぬ」

この陶謙の威《おど》しに、趙昱は腰をあげざるをえなくなった。処罰は一身にとどまらず、家族、親戚におよぶのである。

茂才に挙げられたのちに、広陵太守に任命された。

よけいなことかもしれないが、曹操《そうそう》などの諸将が挙兵して酸棗《さんそう》に集合したとき、広陵太守の張超《ちょうちょう》も参加した。したがって張超を罷免して趙昱を任用したのは、陶謙の独断であろう。

ついでに広陵太守となった趙昱についていえば、臨淮《りんわい》にいた賊の笮融《さくゆう》が郡境にはいったので、兵を率いて戦ったが、不運にも殺害された。趙昱は歴史の主流にいなかったのでめだたないがすぐれた行政官であった。

その趙昱の広陵郡、陶謙の徐州にいた孫策は今後の方途を考え、名士に意見を求め、同志を集めるような活動をおこなっていたとおもわれる。その密《ひそ》かな活動を陶謙に知られて、圧力をかけられた。これ以上徐州にとどまっていると処罰されると感じた孫策は、母の弟の呉《ご》景《けい》が丹楊太守となったことをきいて、母を車に載せて江都をでて曲阿に徙《うつ》った。したがって母を張紘にあずけたという事実はなかったか、あずけても暫時《ざんじ》ということであったのであろう。母を曲阿にすまわせた孫策は、呂範《りょはん》と兪河《ゆか》（のちの孫河《そんか》）を従えて叔父のもとへ往った。

呂範と兪河は孫策の股肱《ここう》といってよく、つねに孫策に近侍し、危難を避けなかった。呂範のあざなは子衡《しこう》といい、汝南《じょなん》郡の細陽《さいよう》出身である。若いころに県の役人になったが、すぐれた姿貌をもっていた。劉《りゅう》氏という邑人《ゆうじん》は富力をもち、美しい女《むすめ》をもっていた。呂範はその女を妻にしたいと望んだ。ところが女の母は呂範を嫌って、

「あんな人のもとへ女をやれますか」

と、いった。しかし劉氏はそれに同調せず、

「よく呂子衡を観《み》よ。このまま貧者で終わるような男か」

と、いい、ついに女を呂範と結婚させた。やがて天下が騒然となったので、戦禍《せんか》を避けるために、潁水《えいすい》にそって南下し、寿春に居を移した。当時、寿春には孫策がおり、かれはさっそくこの移住者に面会を求めた。十代の少年であっても、孫策はすでに有名人であり、むげ

に断るとあとがめんどうだと呂範は考えたのであろう、いちおう会うことにした。が、会ったとたんに一驚した。

——こんなに美しい人をみたことがない。

つねに姿貌の佳《よ》さをほめられてきた呂範が孫策の顔と姿の美しさに魅了されたのである。とくに美しいのは笑貌《しょうぼう》で、孫策との会談には笑いの華が咲きつづけた。そのときから交友をはじめた呂範は、孫策が稀代《きたい》の人であることに気づき、ついに食客百人を従えて孫策に帰服した。

俞河はあざなを伯海《はくかい》といい、呉の出身である。もともと俞河は孫堅の族子であったのだが、姑《おば》の養子となったので俞という氏になった。まじめでまっすぐな性質であり、口数は寡《すく》ないが行動は敏速である。孫策に愛されたといえば、かれが第一であろう。

ところで、丹楊はかつて曹操が兵を借りにきた地である。そのときこころよく助力した太守は周昕《しゅうきん》であった。孫堅を喪って籌策《ちゅうさく》に窮してきた袁術は、南陽郡に本拠をおきつづけることに危うさをおぼえはじめ、南方に目をむけた。南方にはまだ強力な主導者が出現していない。それに想っただけでも吐き気のする袁紹から遠ざかりたい。

——よし、丹楊を取るか。

袁術が呼んだのは、呉景である。呉景は孫堅の義弟であり、戦歴も豊かである。

「丹楊を取って、太守となれ」

この命令は呉景を勇躍させた。呉景は呉で生まれたが、ほどなく銭唐《せんとう》へ移住し、幼いころに父母を亡くして姉とふたりで暮らしていた。近隣の県のひとつが孫堅の生まれた富春であり、姉が才色兼備であることをきいた孫堅から娶嫁《しゅか》の話がもちこまれた。そのときというのは、会稽の妖賊といわれた許昌《きょしょう》を、孫堅が集めた勇者とともに撃破したあとであり、その功によって、塩瀆《えんとく》県の丞《じょう》となった一、二年後であろう。孫堅はまだ二十歳になっていなかった。が、呉氏の一族では、孫堅の評判はかんばしくなく、

「あれは軽狡《けいこう》よ」

と、ささやかれていた。軽狡とは、軽薄で狡猾であるということである。

「そんな話は断ったほうがよい」

と、みなにいわれた呉景の姉は、気がすすまず、拒絶しようとした。ところが両家のあいだを往復した者が、呉氏一族の孫堅への悪感情を孫堅につたえたらしく、孫堅が怒り恨みはじめたということが、呉景の姉の耳にはいった。しばらく苦しんだ呉景の姉は、ようやく決心して、親戚へは、

「なぜ一女を愛《お》しんで禍《わざわ》いをお取りになるのですか。たとえわたしが婚家で不遇になっても、それは天命なのです」

と、毅《つよ》い語気でいい、孫堅に嫁《か》して四男一女を産んだ。はじめてみごもったとき、月が懐《ふところ》にはいる夢をみて、孫策を産んだ。孫権を産むまえには日が懐にはいる夢をみた。さす

がにふしぎさをおぼえた孫堅夫人は、

「以前、妊娠したときは月が懐にはいる夢をみましたが、今度の夢では、日が懐にはいりました。これはどういうことなのでしょう」

と、夫に問うた。

「日月は陰陽の精だ。極貴の象《かたち》でもある。わが子孫は盛んになるにちがいない」

孫堅はそう愉《うれ》しげにいった。

呉景は孫堅に随従してかずかずの戦場を踏み、孫堅の死も目撃した。南陽に引き揚げてからは袁術に仕え、騎都尉《きとい》に任命された。丹楊郡を取ることは、かれにとって雄飛となった。しかしながら吝嗇《りんしょく》な袁術は呉景に兵をわけあたえなかったので、呉景は故地である呉郡にもどって兵を集めてから、西隣の丹楊郡に攻めこんだ。

太守の周昕は袁紹に同情したことがあったにもかかわらず、袁紹の態度から詐佯《さよう》を感じとり、曹操に正義をみつけたように、すじの通らぬことを嫌っており、袁術のいかがわしさに不快をおぼえていたので、その手先である呉景にやすやすと郡をあけわたさなかった。攻めあぐねた呉景は、郡民にたいして、

「周昕に従う者を死刑にし、けっして赦《ゆる》すことをしない」

と、知らしめて兵を募った。周昕は嘆息して、

「わたしは不徳であるかもしれないが、民に何の罪があるというのか」

と、いい、ついに兵を散じて、故郷に還ってしまった。その一事でわかるように、呉景の器量はとても周昕におよばない。

孫策の洞察力をもってすれば、この叔父の限界が視えたであろう。かれは自身のために兵を集めて、数百人を得たものの、

——これではとても足りない。

と、痛感した。父の配下であった兵が袁術のもとにいる。その兵をかえしてもらいたいとおもうようになった。

さて、曹操のいる兗州の東郡に目をむけたい。

兗州の隣の青《せい》州に公孫瓚の軍がはいったことで、駆逐された黄巾の賊が南へ移動して兗州になだれこんだ。

兗州刺史の劉岱《りゅうたい》はさっそくかれらを撃退すべく準備にはいった。

泰山《たいざん》郡を蹂躪《じゅうりん》した黄巾の軍は任城《じんじょう》国に襲いかかって、相の鄭遂《ていすい》を殺害した。その軍は方向を変えて東平《とうへい》国に侵入した。

「東平で黄巾を全滅させてやる」

と、意気込んだ劉岱を済北《せいほく》国の相である鮑信《ほうしん》が諫止《かんし》した。鮑信は情熱家ではあるが、大義にたいして熱くなることはあっても、ものごとの本質を見抜く目は熱に浮かれておらず、大

局と細部を同時に視界に斂《おさ》めて、しかるべき手段と処置を念慮することができる擘画《はっかく》の才能をもっている。

「いま黄巾の賊は百万の兵です。百姓はみな震恐し、士卒は闘志をなくしていますので、敵対してはなりません。賊軍をよく観ますと、兵は寄り合っているにすぎず、輜重《しちょう》はなく、ゆくさきざきで軍資を鈔略《しょうりゃく》しているだけです。こちらは軍士の力を蓄え、まず守りを固めるべきです。そうすれば、賊軍は戦おうとしても戦えず、攻めようとしても攻められず、おのずと兵は離散してしまいます。そのあとで州の精鋭を選び、要害を拠点として、賊を撃てば、かならず破ることができます」

と、鮑信はいった。

百万人がある所にとどまればすぐに涸渇《こかつ》してしまう。それゆえかれらは飲食物を求めてつねに流動している。その巨大な集団に戦いを挑めば、軍資を提供してやるようなものである。しばらく相手にしないというのが上策である。

ところが気の短い劉岱はこの策を採らなかった。烏合の衆に負けるか、といわんばかりに州兵を率いて東平にむかい、百万の兵を攻撃したが、州兵は海嘯《かいしょう》に襲われたように沈没してしまい、劉岱は屍体《したい》となった。

「兗州刺史が戦死しました」

この報が東郡に飛びこんできたとき、曹操の足もとで頭をあげた者がいた。

陳宮《ちんきゅう》である。かれはあざなを公台《こうだい》といい、東郡の出身で、剛直烈壮といわれ、若いうちに海内《かいだい》の名士の多くと交わりを結んだといわれる。

——そうとうに頭の切れる男だ。

曹操は陳宮をそう観ている。その怜悧《れいり》さは大胆さを包含しているので、陳宮の発言にはおもいがけなさがある。

「いま兗州には主がいません。王命は州にはとどかず、断絶しております。どうかわたしに州中の高官を説かせていただきたい。あなたさまはそのあとに諸郡にお往きになって州を治め、それを資《もとで》として天下を収拾なさいませ。これこそ覇王の業です」

いまや兗州は黄巾の軍に踏みしだかれ、抵抗力を失っているのに、統帥《とうすい》する者がいないために諸郡が協力しあうこともできない。交通が遮断されているので、長安の朝廷へ劉岱の死を訃《しら》せることができないとなれば、兗州刺史の任命もいつのことになるのかわからない。そうなると随意に郡県の吏を任命している袁紹と袁術が、属官を兗州刺史に任じて送りこんでくることが考えられる。兗州が袁紹あるいは袁術に従属させられるまえに、兗州がひとつにまとまって両者に属さない勢力として起つべきであり、それを兗州内の諸郡の長官に訴え、とくに劉岱を補佐していた別駕《べつが》の王彧《おういく》を説得したい、と陳宮はいったのである。

——大計だな。

曹操は胸裡にふるえをおぼえた。閒髪《かんはつ》を入れずにそれをおこなえば、冀州を乗っ取った袁紹のように悪評をこうむらずにすむ。あらたに兗州刺史が任命されてしまえば、兗州をおさえるという好機は去るであろう。じつはこのときすでに曹操の近くに荀彧《じゅんいく》が侍っていた。

かつて何顒《かぎょう》に、王佐の才がある、と称《ほ》められた荀彧は、しばらく袁紹のもとにいたが、

——この人は大事を成せない。

と、みかぎって、初平二年（一九一年）に冀州をでて東郡に移り、曹操に面謁を乞うた。荀彧がきたと知った曹操は、大いに悦《よろこ》んで、

「わたしの子房《しぼう》である」

と、左右の者がおどろくほどの声でいった。むろんその声が荀彧にきこえないはずはない。子房とは漢の高祖《こうそ》を輔《たす》けた張良《ちょうりょう》のあざなである。漢の創業時の最高の功臣にひとしいといわれた荀彧は、ふしぎな感動をおぼえたあと、やや複雑な感想をもった。自分が子房であれば、曹操は高祖ということになり、いまの皇帝は秦の二世皇帝ということになるではないか。子房は秦の始《し》皇帝を父祖の仇とみなして始皇帝を殺すべく計画を立てて実行したが運悪く失敗した人である。しかし荀彧は献帝を怨んだことはなく、まして殺したいとおもったことはなく、むしろ助けたいと願っているのである。

いきなり荀彧は司馬《しば》に任命された。このとき荀彧は二十九歳であった。かれは曹操に、董卓についで問われた。

「董卓の暴虐は、はなはだしいものです。かならず叛乱によっていのちを落とすでしょう。何もできはしません」

この荀彧の予言は的中することになる。

そういう分析力と予見力をもっている荀彧とはちがう才能をもっている陳宮の意見をすばやく容《い》れた曹操は、荀彧に詢《と》うまでもなく、陳宮を王彧や鮑信のもとへ遣《や》った。陳宮には機知のほかに弁知もある。かれらに会うと、

「いまや天下は分裂し、州には主がいません。東郡の曹太守は命世《めいせい》の才をもっています。州の主に迎えて治めさせれば、人民をかならず寧済《ねいさい》します」

と、陳宮は力説した。

鮑信はもともと曹操に好意をもっているので、

「刺史というより牧《ぼく》としてお迎えするのがよい」

と、ためらわずに賛同した。陳宮が苦心したのは劉岱の故吏を説得することであったが、その過程で、強力に反対する者に遭わなかったのは、かれの弁才がすぐれていたためでもあるが、曹操の経歴に反感をいだかせるような汚垢《おこう》がなかったためであろう。

陳宮は上首尾で復命した。

「よくやった」

兗州には、三つの王国をのぞけば、泰山郡、山陽《さんよう》郡、済陰《せいいん》郡、陳留郡、東郡という五つの

郡があり、むろん各郡に太守がいる。それらのなかで山陽太守が袁遺《えんい》であり陳留太守が張邈《ちようばく》であることはまえに書いた。袁遺は袁氏一門の勤勉家であるが、曹操を毛嫌いしているわけではない。張邈は曹操の友人である。かれらが陳宮の弁説に接して、消極的ではあるが曹操を州の主とすることに賛成してくれたことで、曹操は兗州の支配者となる非公式な資格を得たのである。陳宮の功の大きさは、曹操がもっともよくわかっている。

——いずれ重職をさずけてやろう。

と、おもった曹操であるが、すぐに昇進させなかった。敏慧《びんけい》である能吏に権要をあたえると独善的になりやすい。陳宮の欲望の質と程度をみきわめたいと曹操が用心したといえるであろう。

ほどなく州吏の万潜《ばんせん》らとともに鮑信が東郡にきた。

「お迎えに参上しました」

と、鮑信はおごそかにいった。

「この新任の牧は、何をすればよいのかな。あなたは劉公山《りゆうこうざん》に自重を説いたそうだが、わたしにも嬰守《えいしゆ》を勧めるのであろうか」

曹操は微笑をふくんで問うた。

「将が更《か》われば、策も変わります」

「はは——」

と、小さく笑声を立てた曹操は、万潜に目をむけた。万潜は緊張ぎみに郡府にはいってきたが、おもいがけなく曹操の明朗さとものやわらかさに触れて、峻切《しゅんせつ》な人であるときかされてきた曹操にすぐに好意をもった。

「わが東郡には、かつて劉公山に策を献じた賢俊がいるそうだが、その者を招いて意見をきくことができないであろうか」

と、曹操は話題をずらした。一瞬、万潜はとまどったが、

「あ、その者は、東阿《とうあ》の程立《ていりつ》です。あざなを仲徳《ちゅうとく》といいます。昨年、刺史が困窮なさったとき、王彧の推挙で州府にあらわれて献策しました。その献策に従って刺史が窮地を脱したあと、騎都尉に任命しようとしましたが、疾《やまい》と称してでてきませんでしたから、お招きになってもむだでしょう」

と、苦笑をまじえていった。程立がのちの程昱《ていいく》であることはいうまでもない。

その献策と程昱の去就についてもうすこし詳しく語っておく必要があるであろう。

酸棗で董卓打倒の気焔《きえん》をあげた諸将のひとりである劉岱は、東郡太守であった橋瑁《きょうぼう》を殺したあと、兗州に引き揚げた。袁紹を盟主とすることに異論はなかったが、公孫瓚にも気脈を通じて、兗州の安泰を計った。袁紹は妻子を託すほど劉岱を信じ、公孫瓚も従事《じゅうじ》の范方《はんぽう》に騎兵を率いさせて劉岱を援《たす》けていた。袁紹と公孫瓚の関係が良好である間は何の問題も生じなかったが、ふたりが敵対するや、劉岱に難問がふりかかった。

公孫瓚が范方を通じて、

「袁紹の妻子をわたしによこせ」

と、いってきたのである。このとき公孫瓚の軍は熾盛《しせい》そのもので、袁紹を冀州から駆逐しそうにみえた。劉岱は高官を集めて連日論議をおこなったが決心がつかなかった。それをみた別駕の王彧が、

「程立は策謀をもっており、よく大事を定めます」

と、進言した。そこで劉岱は程昱を招いて諮詢《しじゅん》をおこなった。もしも袁紹の妻子を公孫瓚にわたさなければ、兗州を衛《まも》ってくれている范方の騎兵が引き揚げるばかりか、袁紹を破ったあとに兗州を攻める、と公孫瓚がいっていることを程昱におしえてから、問うたのである。

程昱はいささかも遅疑《ちぎ》せずに答えた。

「もしも袁紹という近い援けを棄てて、公孫瓚という遠い助けを求めれば、それはまるで目のまえで溺れている子を救うために、はるばると越《えつ》まで人を借りにゆくようなものです。そもそも公孫瓚は袁紹の敵ではありません。いま袁紹軍を破ったところで、公孫瓚はけっきょく袁紹に擒戮《きんりく》されるでしょう。一朝《いっちょう》の権《けん》に趣《おもむ》いて、遠計《えんけい》を慮《おも》わなければ、将軍は最後には失敗なさいますぞ」

ここで程昱は劉岱の器量をみぬいたといえるであろう。それにしても州府には優秀な官吏が彙《あつ》まっているのに、良籌《りょうちゅう》を産みだすことができず、市井《しせい》や野《や》にある知恵を藉《か》りなければな

らないとは、どういうことであろう。おそらく王朝が健美であるときは、その種の知恵を必要としない。戦乱の世は、時間に断層をつくり、正邪をいれかえ、逸材を地表に出現させるのであろうか。

劉岱は程昱の献言を容れて苦境を脱したものの、鮑信の諫止をふりきって死地におもむいた。劉岱の死が曹操を飛躍させようとしている。

「そういわれると、ますます程立を招きたくなる」

と、いった曹操は、急に笑い斂《おさ》めて黄巾軍の現状について問うた。

「かれらは東平国を食い荒らしています」

と、鮑信が深刻な口調で答えた。任城国から東平国へ移動したのであるから、つぎに黄巾軍が狙うのは東平国の東北にある済北国か西北にある東郡であろう。

「むこうは頭がいくつもついている大蛇のようなものだ。象でも虎でも、ひとつの巨体では嚙み殺されてしまう。ここは犬となって、襲っては退くことをくりかえすのがよい。万を越える兵は要《い》らない。数千の兵で進退をおこなう」

と、曹操がいったので、万潜は啞然《あぜん》とした。

「百万の兵に、数千でむかうのですか……」

曹操の兵は犬ではなく蟻螻《ぎろう》に想われる。しかし鮑信には曹操の籌策が明瞭にわかったようで、

「それならあらためて兵を集める必要はありません。すぐに出発しましょう」

と、はずんだ声でいった。

——長い戦いになる。

一日で決戦して勝とうとするから、一日で敗れて斃《たお》れてしまう。百万の兵を百日、いや二百日かけて削ってしまえばよい。

じつは曹操はすでに黒山《こくざん》の賊である于毒《うどく》と南匈奴《きょうど》の単于《ぜんう》（王）の子である於夫羅《おふら》に勝っている。今年の春に曹操は郡府のある東武陽《とうぶよう》をでて郡境の県というべき頓丘《とんきゅう》に陣を布いた。公孫瓚軍が界橋まで進出したからである。曹操は積極的ではないが袁紹を援助する側に立っている。東武陽の守備兵が寡《すく》ないと知った于毒や眭固《すいこ》などの賊が東武陽を急襲した。凶報に接した曹操の将校たちは、

「すぐに引き返して、救助しましょう」

と、浮き足立った。が、曹操は落ち着いたもので、

「昔、孫臏《そんぴん》は趙《ちょう》を救うために魏《ぎ》を攻め、耿弇《こうえん》は西安《せいあん》を攻略するために臨菑《りんし》を攻めている。わたしが西へむかったときけば賊はただちに帰還するであろう。東武陽の包囲はおのずと解ける。たとえ賊が帰還しなくても、わが軍は賊の本拠を破ることができて、そうなれば賊はけっして東武陽を抜くことはできぬ」

と、孫臏の兵法を応用した。

曹操軍が西へむかったと知った于毒は本拠を救うべく東武陽をあとにした。曹操は眭固を邀撃し、於夫羅を魏《ぎ》郡の内黄《ないこう》で攻撃し、いずれも大破した。

このあたりから曹操の兵法は冴えをみせはじめたといってよいであろう。

東武陽を発した曹操軍は東進して東平国にわずかにはいった。ゆくてに済水《せいすい》がながれている。その川があるから黄巾の軍は東郡に侵入しないのである。曹操は多くの偵騎と偵諜《ていちょう》を放ち、黄巾の兵の現状をつかもうとした。弛緩《しかん》した兵の集団をつぎつぎに潰《つぶ》してゆくつもりである。

鮑《ほう》　信《しん》

黄巾《こうきん》の賊は東平《とうへい》国に蔓延《まんえん》している。

が、賊の実態は、太平道《たいへいどう》を崇信《すうしん》している者は多くなく、むしろ黄老《こうろう》思想になじんだ人民が、家業と土地を失って流民となり、飢えないために黄巾の軍にくわわって移動しているというものである。しかしながらかれらは公孫瓚《こうそんさん》の軍と戦い、任城《じんじょう》国の鄭遂《ていすい》を殺し、兗《えん》州刺史《しし》の劉《りゅう》岱《たい》を斃《たお》してきたように、戦陣において巧者になっている。兵の質としては州郡の兵よりも上かもしれない。

曹操《そうそう》は済水《せいすい》を渡るまえにできるかぎり敵情をさぐり、情報を蒐《あつ》めた。敵の不意を衝《つ》いては迅速に移動してまた敵の不意を衝くということをくりかえしてゆくのが最善の戦術である。

大軍を魯《にぶ》く動かせば、たちまち敵に目標とされて、百万の兵に集中攻撃されてしまう。

「数千の兵を進退させる」

と、曹操はいい、他の郡の兵を募集しなかったのだが、鮑信《ほうしん》が済北国《せいほく》から五千以上の兵を率いてきたので、両者をあわせると一万を越えてしまった。

「このたびの戦いは、兵が多いと危険が増す。退いて勝てばよいのです」

と、曹操は鮑信にむりな戦いをせぬようにいった。曹操の戦術を呑みこんでいるつもりの鮑信は苦笑して、

「闔廬《こうりょ》の兵を用いるや、三万にすぎず、呉起《ごき》の兵を用いるや、五万にすぎず。五万に満たなければ大軍とはいえますまい」

と、曹操の心配をはらいのけた。それにしてもこの鎮定軍はみすぼらしい。しかも精兵はわずかしかいない。曹操が重用している武将のうち曹洪《そうこう》と夏侯淵《かこうえん》は陣中にいるが、夏侯惇《かこうとん》は白馬《はくば》に駐留しているために参加していない。かわりに二十五歳の曹仁《そうじん》が別部司馬《べつぶしば》として陣にくわわった。曹仁の家は名門であり、曹氏一門が曹操を棟梁《とうりょう》とすることに曹仁は異見をもち、独自に兵を集めて、淮水《わいすい》と泗水《しすい》のあたりを横行したものの、頽運《たいうん》を感じて考えなおし、曹操が東郡太守となったことを知って、配下とともに北へ馳《は》せ、羇鳥《きちょう》のごとき生きかたを終了した。曹仁には自主性があり、たれよりも多く戦ってきているので、

――いまは悍馬《かんば》だが、のちに駿馬《しゅんば》となる。

と、曹操はみぬいて、曹仁に騎兵隊を指揮させることにした。

ところで曹仁には曹純《そうじゅん》という弟がいる。曹仁が家をでたのは、この弟に家を継がせたいという意《おも》いがあったようである。曹純は父の富饒《ふじょう》な財をうけついだ。僮僕《どうぼく》と食客が数百人もいるという家である。が、若くても曹純には監督の才があり、綱紀をゆるめずに人をつかい、理法にはずれなかったので、郷里の人々はみな曹純を有能であると称《ほ》めた。のちに曹純は曹操の麾下《きか》にはいり、最強といってよい騎兵隊をつくりあげる。

ついでにいえば曹操の族子である曹休《そうきゅう》も東郡にきた。曹休の祖父は呉《ご》郡太守であったから、かれの家も名家といってよい。曹休は十余歳に父を喪《うしな》い、ひとりの食客と遺骸《いがい》を担《かつ》いで仮の埋葬を終えると、老母をつれて江水《こうすい》を渡り、呉へ行った。太守の舎にはいることをゆるされた曹休は、壁にかかった祖父の画像をみると、榻《とう》（こしかけ）からおりて拝礼し涕泣《ていきゅう》した。そこに坐っていた者はみな感心して嘆息したという。

曹操が挙兵したあと、曹休は氏名を易《か》えて荊《けい》州へ転じ、やがて間道をつかって北へ北へとすすんだ。ついに曹操のもとへたどりついたとき、

「これはわが家の千里の駒である」

と、曹操は愉《うれ》しげに左右にいい、すぐさま曹丕《そうひ》と起居をともにさせた。それはおそらく初《しょ》平《へい》二年（一九一年）のことであろうとおもわれる。その年に曹丕は五歳である。が、曹休の年齢はさだかではない。

曹丕と起居をともにするといえば、曹真《そうしん》もそのひとりである。曹真の父は、曹操が挙兵したとき殺害された。それについてはすでに書いた。曹操は孤児となった曹真をあわれんでひきとり、自分の子とともに養っていた。

ちなみに曹丕はのちにみずから著した『典論《てんろん》』のなかで、自分は五歳で父から弓術の手ほどきをうけて、六歳で習得し、それから乗馬をおしえられて、八歳で馬を乗りこなせるようになった、といっているから、曹丕の近くにいた少年たちも同様の訓練を課せられたにちがいない。弓術と乗馬を習得した曹丕は、十歳未満でも、曹操が征討をおこなうたびに、曹操に従って戦場を踏むことになる。

さて、曹操は軍に渡渉を命じた。

防備の薄い黄巾の小集団を急襲するために兵に速さを保たせた。攻撃の直前には、

「これからの戦いは長いが、すべて、勝つべくして勝つ戦いである。功をあせってはならぬ。降伏する者を殺してはならぬ。それを守らぬ者は軍法によって処罰されるであろう」

と、厳しい口調で諭《つ》げた。民は不公平をもっとも嫌う。兵もおなじである。軍紀のもとには例外がない、というのが曹操の一貫した兵の治めかたである。

敵軍は黄巾のなかでは小集団である。それでも二、三万はいる。黎明《れいめい》に曹操軍は動き、本拠を衝いた。これはほとんど戦いにならず、黄巾の兵は四散した。数千の捕虜を得たと知った曹操は、おもだった者を集め、かれらの縄を解いて、

「いつまで流浪するつもりか。ここで黄巾をぬいで、州兵とならぬか」

と、語りかけた。かれらは長いあいだ沈黙していたが、曹操の熱心さに撼《うご》かされたように、重い唇をひらいた。

「民を虐《しいた》げるような王朝の手先になりたくない」

黄巾の軍には自由がある、とかれらはいう。

それはつかのまの自由にすぎぬ、ということを曹操は懇々《こんこん》と説いた。王朝が民を虐げたというが、黄巾も掠奪《りゃくだつ》や殺人をおこなって民を虐げているではないか。王朝が民に復讐《ふくしゅう》されるのであれば、黄巾もそれをまぬかれることができない。その贖罪《しょくざい》のためにも、民を衛《まも》るための兵にならないか。

曹操は不正を憎み、汚吏《おり》には厳罰をあたえてきたが、民を苦しめる秕政《ひせい》をおこなったことはいちどもない。曹操には、ひそかに民を衛ってきたという自負がある。また黄巾を忌《い》み嫌ったこともない。そういう閲歴と真情のすべてを説諭《せつゆ》に凴《の》せた。属将たちが、

「まだ曹君は語っているのか」

と、眉をひそめるほど曹操はかれらとの対話に情熱をかたむけて時間をついやした。意外なことに、最後には、

「それでも黄巾にもどりたければ、もどってよい。残った者は、州兵に採用する」

と、いい、すべての捕虜を解放した。

数千人の捕虜がざわめいた。さっそく鮑信が曹操のもとにきて、

「大胆なことをなさいましたな」

と、笑いながらいった。曹操も笑って、

「百万の兵と戦うには、これしかない」

と、高らかにいった。逃げ去る黄巾の兵は曹操の戦いぶりを仲間にいうであろう。その話のなかに、曹操は捕虜をけっして殺さないというおどろきがふくまれるであろう。その事実が黄巾の賊の戦意を殺《そ》ぐにちがいない。

やがて、曹操と語りあった黄巾の数人のなかのふたりが残り、黄巾を頭からはずして、

「兗州牧《ぼく》にお仕えしたい」

と、いい、拝礼した。ふたりは千人長であるから、二千人の黄巾が州兵になることに同意したのである。曹操は感激してかれらの手をとり、

「よく、ききわけてくれた。いま東郡は空《から》にひとしい。夏侯惇のもとへゆき、東郡を衛ってくれ」

と、喜びをあらわにした。

この間に、三、四千人の黄巾の兵が去った。曹操の軍に静けさがもどった。最初の挙兵以来、つねに曹操の近くにいる史渙《しかん》は、

「一夜で、二千の兵を得られるとは、言語の力は大きいものです」

と、感嘆した。

「さあ、出発するぞ」

「えっ、この夜中に――」

史渙はあっけにとられた。

「捕虜を逃がしたのだから、わが軍の位置は知られた。朝までここで寝ていると、首がなくなるぞ」

すでにねむっている兵士を起こした曹操は、駸々《しんしん》と軍を動かして、つぎの目標に急速に接近した。攻撃を開始したのは夜明け前であり、黄巾の兵は闇のなかで右往左往するだけで、曹操軍にはほとんど被害がなく、日が昇ってほどなく勝負がついた。またしても捕虜の数は数千である。曹操はここでもおなじことをした。ひとり対数人の討論会をひらいたのである。

曹操の目には熱意と哀愍《あいびん》の色がある。

――これらの者たちは流亡するうちに、斃仆《へいふ》するしかない。

黄巾の兵は定住して生産しないばかりか、生産者の財を奪い、生産者さえも殺してしまう。穀物は大地からおのずと生ずるものではない。また、袁紹《えんしょう》や公孫瓚の軍と戦って敗れれば、殺戮《さつりく》される。かりに黄巾の軍が勝ちつづけて、王朝を倒しても、平等などは実現されない。太平道の教祖であった張角《ちょうかく》は大賢良師《だいけんりょうし》と称して組織の頂上に立ち、将軍にひとしい方《ほう》を任命した。そこにすでに上下があったではないか。理想の国をつくりたいのであれば、塞外《さいがい》にでて、ぞんぶんにつくればよい。海内《かいだい》で民の迷惑になる横行は、天が赦《ゆる》さない。

　曹操の考えとはそういうものである。

　むろんこれらの発言者は、曹操の諍《いさ》めを唯々《いい》諾々《だくだく》ときいてはおらず、王朝の腐敗を痛罵《つうば》した。公正ではなく悪臭を放つ王朝に加担するくらいなら、死んだほうがましだ、という者さえいた。その種の刺《し》譏《き》にたいして曹操は、

「それなら、ともに王朝を匡《ただ》そう」

　と、いった。悪政の元凶であった宦官《かんがん》はすでに殄殲《てんせん》された。いま擅朝《せんちょう》をおこなっている董《とう》卓《たく》を倒せば、みちがえるほど王朝はよくなる。

「今日も、長いな」

　夏侯淵や曹洪らは苦笑しつつその会を見守った。新参の曹仁は、わたしに警備させてください、といい、曹操を護衛するために曹操の近くに立ったが、本心は曹操の話をききたいというところにあった。夏侯淵や曹洪らは曹操とともに生死の境を走破してきているが、曹仁はそうではない。あえていえば感覚で曹操の全象《ぜんしょう》を理解したいのである。つねに曹操の意向をさぐっていては、戦場でぞんぶんな働きができない。黄巾と語る曹操を最初にみたとき、

　——むだなことをする。

　と、心中でつばを吐きたくなった。賊などは、殺してしまえばよいのである。が、曹操の熱意と愛情に満ちたことばをきくうちに、曹仁の心情に微妙な変化が起こった。

――曹君は人が好きなのだ。

人を活《い》かしたいのだ、と曹仁にはわかってきた。最初の日に、二千人もの黄巾の兵が残ったことを知って、曹仁は身ぶるいをした。曹君は一日で二千人もの人を救ったのだ、と全身で感じた。今日はどうなるか。曹仁は耳を澄ましている。曹操の声にはまごころがある。それがなければ、人を打てぬ。

やがて曹操は捕虜の解放を告げた。

今日は、なんと五千人ほどの黄巾の兵が残ったではないか。

「まだ百分の一にもならぬ」

と、曹操は飽信に笑貌《しょうぼう》をむけた。

日没まで休息した曹操は、あらたに得た兵の移動を指図し終えると、夜中の行軍を命じた。この軍は寿張《じゅちょう》にむかったのである。


寿張は東平国の国都の西に位置している。

――寿張の東に屯集《とんしゅう》している黄巾軍を撃つ。

たえず敵情をさぐらせている曹操が、情報蒐集《しゅうしゅう》においてはまさっており、つねに攻める側に立っている。

「こんどの相手は三万だ」

急襲してすばやく一蹴しないと軍としての体力がつづかない。もしも待ち構えられると、兵力では劣る曹操軍の苦戦は避けられない。黎明前にもどってきた偵騎は、

「敵陣に異常はありません」

と、報告した。だが、このころ国都付近にいた黄巾軍が動きはじめていた。解放された捕虜の数十人が急報をもたらし、曹操軍の移動の方向を推測したからである。そこまでさぐって帰ってきた偵騎はいない。

曹操軍は寿張に近づいた。

闇が沈みはじめ、天がわずかに明るくなった。黄巾軍の陣営に掲げられている旗が幽かにみえた。

「すすめ――」

曹操の号令に、軍は鼓行《ここう》した。しだいに鼓の音も明るくなった。この軍の兵鋒《へいほう》が塁《るい》にとどいたとき、東の天の雲が紅《あか》く燃えた。すると風が起こり、塁上に林立する黄色い旗が音を立てた。兵が黒い奔流のように牆壁《しょうへき》を越えた。

曹操軍には攘伐《じょうばつ》の勢いがあり、日が昇ると、黄巾の兵は続々と営外にのがれでた。しかしこの三万の軍の中枢にいる兵は歴戦の勇者であるらしく、たやすくは敗走しない。三万が一万になっても、ふみとどまって戦った。

日が中天をすぎた。

曹操は敵の営内にはいって的確な指図を隊にあたえて、残存の黄巾の兵を捕獲させていた。おなじように潰走《かいそう》する黄巾の兵を営外で追っていた鮑信が、突然、地平に湧いた黒雲に気づいて軍を停止させた。やがてその黒雲の下に黄巾軍の旗が出現した。

——大軍だ。

一瞬、血の気が引いた鮑信は、呆然としたが、ほどなくわれにかえって、伝騎を曹操のもとへ駛《はし》らせると同時に、

「退け——」

と、命じた。黄巾軍が造った塁と牆壁を利用して、あらたな攻撃をしのぐしかない。このとき営内での戦闘は終了しており、曹操は捕虜を検分していた。伝騎がたずさえてきた急報に接した曹操は、いそいで牆壁の上にのぼった。

——きたか。

おどろいてよいはずなのに、体内ではさほど大きく驚愕が鳴らない。恐怖で全身がこわばるわけでもない。曹操はどこか冷静であった。遠望したところでは、こちらに寄せてくる黄巾軍の兵力は六、七万である。東北からきたということは国都の付近にいた黄巾軍であろう。二十数里を走りつづけてきたのである。自軍の兵に疲れはあるが、敵兵にも体力の消耗がある。

曹操は目をあげて、日の位置をたしかめた。いまは四月であるから、日没が早いわけでは

ないが、日は中天をすぎており、これから傾きが大きくなる。日没まで耐えれば、活路はかならずひらける。

牆壁からおりた曹操は、属将を集めて、あえて陽気に、

「黄巾軍は長く戦うことを嫌う。ゆえに営内から突出してはならぬ。我慢づよく戦えば、かならず黄巾軍は退く」

と、いいきかせ、広大な営内のなかで防衛しやすい地をさがして、兵をまとめた。捕虜にむかって曹操は、

「話したいことがあったのに、にわかに多忙となった。縄を解くひまもない。また会おう」

と、笑顔でいい、足早に去った。

曹操には天運があるといってよいであろう。自軍より数倍の兵力をもつ軍と戦って死なかったのは奇蹟に近い。ここで死戦をおこなったのは鮑信である。かれの軍が海嘯《かいしょう》をふせぐ防波堤となった。黄巾軍のすさまじい攻撃に耐えに耐え、ねばりにねばった。曹操軍にあっては鮑信の軍が先陣の位置にあり、それが崩壊しないので、全軍が頽落《たいらく》しなかった。

曹操は飛矢を恐れずに塁上にのぼって敵陣を観察して、本陣の位置を確認した。

——あれを崩せば、こちらが勝つ。

とはいえ、出撃するきっかけをつかめない。すでに千人以上が死傷している。ようやく日の光が衰えはじめ、人と物の影が長くなった。

曹洪が暗い表情で近寄ってきて、

「鮑信の軍が潰滅《かいめつ》しました」

と、低い声で告げた。曹操の胸裡が冷えた。

「鮑信は死なぬ」

そう叫んだ曹操は急に立ちあがった。戦闘のけはいが変わったように感じた。ふたたび塁にのぼって、うなずくと、すぐにおりてきて、曹仁を呼び寄せた。

「いまから敵の本陣を衝く。なんじは五百の騎兵を指揮して軍頭に立て。敵は明朝の攻撃のために退いて露営を造ろうとしている。いましか勝機はない」

「ただちに――」

曹仁はしりぞいて騎兵隊に出撃を告げた。さらに曹操は全軍の兵士に、

「明日までここに残れば全滅する。死にたくなかったら、わたしにつづいて戦え」

と、宣《の》べて、馬に乗った。自軍の兵が疲労困憊《こんぱい》しているということは、敵軍の兵もおなじである。この苦しさを耐えぬき、乗り切らなければ、勝ちをつかめない。

曹仁の騎兵隊が先頭となって曹操軍のすべてが突撃を開始した。包囲の陣を形成しつつあった黄巾軍は四つにわかれていたので、本陣には二万未満の兵しかおらず、その大半が移動中であった。黄巾軍の帥将《すいしょう》は、

――曹操軍は夜中に逃げだすかもしれぬ。

揚げてくる。

と、考え、その対策のために諸将を集めて軍議をひらくつもりであった。続々と兵が引き

「明日は、曹操の首を竿頭《かんとう》に懸《か》けてやるわ」

帥将が大口をあけて笑った直後、

「曹操の兵が、むかってきます」

という報《しら》せがとびこんだ。

——まさか。

曹操軍に余力があるはずはない。帥将は帷幕《いばく》の外にでて、輜重《しちょう》の車にのぼって爪先立った。とたんに信じがたい光景を観《み》た。自軍の兵がみぐるしく潰乱《かいらん》し、収拾がつかなくなっているではないか。この瞬間に、かれの心身が凝沍《ぎょうご》した。思考が停止して、身体が硬化した。いつ車からおりたのか、わからない。人の目にうろたえてみえるとは、じつはそういうことであるらしい。帥将はつぶやきつづけているのであるが、それは命令ではないようで、近侍の者がどれほど近づいてもききとれない。

ほどなく戦場の風が変わった。

本陣そのものが森林にまよいこんだのではないかとおもわれるほど森閑《しんかん》とした。

それはわずかな時間であり、帷幕が浮きあがって墜《お》ちた。そのむこうに曹仁の騎兵隊が日没後の影としてあった。まもなく夕の昏《くら》さに融《と》けてゆくはずのその影は、やすやすと軍門を

突破して、陣中の兵を飄撃《ひょうげき》した。

帥将は馬にかくれて趨《はし》り、騎兵の影から遠ざかろうとした。が、あっという間に追いつかれて矢を浴び、それでも馬に乗って逃げだそうとしたところを、二騎に挟撃された。

黄巾軍の帥将は陣歿した。

それによって包囲の陣は崩壊した。黄巾軍の兵は夜陰にまぎれて退却した。

――勝った。

と、確信した曹操は、近くにいた史渙に、

「鮑信の安否を報せよ」

と、いった。戦場での呼吸がわかっている鮑信は、曹操が反撃にでたとき、すばやく応ずるはずなのに、ふりかえっても鮑信軍の旗はなかった。

――ほんとうに全滅したのか。

曹操の心に夜の闇が滲《し》みてきた。深夜に史渙が帰ってきた。

「済北の軍は死ぬまで戦ったようで、残存の兵は多くなく、たれも鮑信の安否を知りません」

その語気が凋零《ちょうれい》した。

「そうか……」

曹操の心のなかで涙が落ちる音がした。史渙はうつむいた。泣いているようである。深夜まで鮑信の遺体を捜していたのであろう。それでも発見することができなかったということは、鮑信の屍体《したい》は黄巾の兵にもち去られたのか。

――鮑信は、死んだのか。

曹操の気力と体力が同時に失《う》せた。仰臥《ぎょうが》すると、視界に星がひろがった。やがてその星が揺れて、象《かたち》のない滲《にじ》みとなった。鮑信は曹操にとって嚮道《きょうどう》であった。最初の挙兵のときからおなじ道を歩いてくれた人である。今後、ふたりでなすべきことが山ほどあるのに、鮑信が地上から消えてしまったということは、

――わたしが丕業《ひぎょう》を成すのは、むりということか。

と、曹操は落胆した。殷《いん》の湯《とう》王には伊尹《いいん》がいて、周《しゅう》の武《ぶ》王には太公望《たいこうぼう》がいた。いつか曹操には鮑信がいると童豎《どうじゅ》まで謡《うた》うような日がくることを楽しみにして苦難を乗り越えてゆくつもりであった。が、その楽しみも消えた。

――独りで征《ゆ》け、と天は命じているのか。

曹操の生涯のなかで、勝利を得たにもかかわらず、これほどのつらさをあじわったときは、ほかになかったかもしれない。

死んだようにねむった曹操は、翌朝、全軍の兵士に、

「鮑信の遺骸をみつけた者に、賞をさずける」

と、告げた。そのまま捕虜のもとへ足をはこんで、

「願いがある。真友である鮑信が戦死した。屍体をとどけてくれた者には、たとえ黄巾であっても賞をあたえる」

と、いい、すぐさま全員を解放した。捕虜の数は千数百であり、かれらはいっせいに走り去った。

曹仁はおどろきのあまり瞠目《どうもく》し、口をあけた。副将の死を敵におしえて、敵をはげましてやったようなものであり、しかも副将を殺した者に褒美をあたえることなど、きいたことがない。

横にいた曹洪が曹仁の肩をたたいた。

「なんじが愕《おどろ》いたのであれば、黄巾はもっと驚くであろうよ」

はたして黄巾の諸将は、ぶきみさを感じた。

『礼記』には、

——交遊の讎《あだ》は、国を同じくせず。

と、あり、真友を喪った曹操の怨みの深さをおもった。いま曹操が黄巾の捕虜を赦しつづけているのも、嵐のまえの静けさのように想われる。

——兗州をでたほうがよい。

黄巾の兵は王朝を憎みこそすれ、曹操を憎んでいる者はほとんどいない。いまのうちに降伏して州兵になったほうがよいと考えはじめた者がふえはじめている。すなわち黄巾の軍にはちきれそうにあった戦意が目にみえてすぼんでいる。歉然《けんぜん》としつつも集団の情熱が結実をめざさないという状態の黄巾軍は、じりじりと北へ移動しはじめた。

鮑信の遺骸はついにあらわれなかった。

すると多くの者が木を刻んで鮑信の像を造り、それを祭って、哭泣《こっきゅう》した。鮑信は四十一歳であった。鮑信は儒学を思想と倫理の根幹としていたが、親しみやすい通徳をそなえ、奢《おご》ることをきらう倹約家であった。将士を厚く養ったため、家には余財がなく、それゆえ多くの士に敬慕された。二十年後の建安《けんあん》十七年（二一二年）に、曹操が鮑信の功績をとりあげて、鮑信の子の鮑邵《ほうしょう》を新都亭《しんとてい》侯に封《ほう》じ、鮑邵の弟の鮑勛《ほうくん》を丞相《じょうしょう》の掾《えん》としたのは、鮑信への感謝の気持ちが消えなかったためであろう。なお『魏書』には、曹操と鮑信が寡兵《かへい》を率いて戦場を偵察中に、黄巾の兵と遭遇し、鮑信は曹操を逃がすために戦って死んだ、とある。

曹操の戦いはつづく。

兵を補充しては、この習練不足の兵士に親しく声をかけ、しかしながら賞罰を厳しくしめして、大軍に対してひるまない兵士に促成《そくせい》した。曹操は兵を用いるだけではなく、育てる才能をもっていたというべきであろう。この兵を率いては電光のごとく黄巾の軍を撃ち、捕虜を殺さず、説諭することをくりかえした。

秋になると、黄巾軍の大半は済北国へ移動した。済北国の北には平原《へいげん》郡があるが、その郡は青《せい》州に属しており、もしも州の境を越えれば、田楷《でんかい》の兵と戦うことになる。黄巾軍は公孫瓚軍と戦って大敗しているので、公孫瓚の下にいた田楷と戦いたくない。したがって黄巾軍は追いつめられつつあるということであった。帥将はついに曹操へ書を送った。

「昔、あなたが済南《せいなん》にいたとき、神壇を毀壊《きかい》したが、その道は中黄太乙《ちゆうこうたいいつ》とおなじであり、道を知る者のようであったのに、いまは迷罔惑乱《めいもうわくらん》している。漢行《かんこう》はすでに尽き、黄家《こうか》がまさに立とうとしている。それが天の大運というものであり、君の才力で漢を存続させられるものではない」

中黄太乙は道教《どうきよう》の神である。漢行はすでに尽き、黄家がまさに立とうとしている、というのは、蒼天《そうてん》すでに死して、黄天《こうてん》まさに立つべし、とおなじ意味で、漢王朝の命運が尽きたので、黄帝《こうてい》を信仰する者たちの時代となることである。

檄書《げきしよ》を読んだ曹操は、

「かれらは寝惚《ねぼ》けているのか」

と、痛罵した。しかしその烈しさをうらがえしたように捕虜には優しく、流亡して死の淵へ墜ちてゆくしかない民への愛憐《あいれん》を表しつづけた。近くでそれを視《み》ている曹仁は、すこし曹操の精神の濬潭《しゆんたん》をのぞきみたような気がした。

——この人のほんとうの敵とは、偽善なのだ。

長い戦いになった。曹操は電光石火の進退をくりかえしては、捕虜の数をふやしてゆく。すでに曹操に帰属するために黄巾をぬいだ兵は、五万を越えた。黄巾軍は戦意を阻喪《そそう》したか

のように魯《にぶ》い動きしかしないで冬を迎えた。曹仁に声をかけた史渙は、

「黄巾軍は、越冬はむりだ。百万もの人が狭小の地にかたまったら、数日で食料がなくなる。まもなく降伏するであろうよ」

と、明るく予想した。

「こういう戦いかたがあるのですね」

「大兵にも寡兵にも、それぞれ短所と長所がある。したがって大軍を指揮しても驕《おご》ってはならず、寡兵を率いてもひるんではならぬ。要するにおのれの長所をもって敵の短所を撃てばよい。おのれを知り、敵を知る目を養うことが肝要で、用兵はそのつぎのことだ」

「よく、わかります」

曹操の戦法をじかにみていると、曹仁が以前におこなっていた戦いは、稚拙《ちせつ》そのものである。それがわかるだけ、曹仁は成長したということである。

仲冬になると、史渙が洞察したように、黄巾軍の兵糧が底をついた。その軍の実態というのは、兵の集団に連動して流民の集団がいる。いわば兵が妻子をともなってさまよっているようなもので、黄巾の兵が百万人いれば、その兵につかず離れずにいる民が二、三百万人いることになるが、実際はどうであったのか。とにかく、黄巾軍のなかの三十万ほどの兵が、兗州をでることを嫌って、曹操に投降した。それにともなって百余万人の民も兗州に住むことを願った。

「三十万——」

曹操の属将たちはいっせいに瞠目した。これほど多い降人《こうじん》をみるのは二度とあるまい、と感動の声を発した者さえいる。曹仁は胸が熱くなり、まぶたが湿った。だが、曹操が養わねばならぬ兵の数が、一朝《いっちょう》にして三十万もふえたわけで、今後の豢養《かんよう》を心配する声も曹仁の耳にはいってきた。

——これから、どうなさるのか。

食料の確保は軍事の才能とはべつに行政の手腕あるいは農政の擺撼《はいかん》が要《い》る。

曹操は降伏した三十万もの兵をやさしげなまなざしで迎えた。むろん曹操はそのまま三十万の兵をかかえる必要はないので、精兵だけを兵として残した。それが曹操軍のなかで、

「青州兵」

と、よばれ、異彩をはなつことになる。

上古《じょうこ》の英雄で野《や》にある俊才を欲して、毎日、夜が明けるのを待ちかねていたのが、殷の湯王である。ちなみに野で独居していた伊尹を三顧の礼をもって迎えたのが湯王である。

曹操にも似たところがあり、黄巾の軍を鎮定するや、

「東阿《とうあ》に使いせよ」

と、程昱《ていいく》を招くべく、使者をだした。その使者が程昱を迎えにきたと知った郷里の人々は、

「こんども仲徳《ちゅうとく》はゆくまいよ」

と、ささやきあった。ところが程昱が出仕すべく、迎えの馬車に乗ったので、かれらはいっせいに、

「前と後とでは、こうもちがうのは、どうしてか」

と、皮肉をこめてはやしたてた。それをきいた程昱は笑っただけで応《こた》えなかった。曹操のもとに到った程昱はさっそく意見を述べた。直後にかれは寿張県の令《れい》を代行させられた。

また曹操は毛玠《もうかい》という清卓《せいたく》な才能を魯陽《ろよう》から招き寄せた。のちに曹操が興す政府の中枢神経となるこの人物は、陳留《ちんりゅう》郡平丘《へいきゅう》県の出身で、あざなを孝先《こうせん》という。若いころに県吏となった。が、動乱の濤声《とうせい》をきいて荊州へ避難しようとした。しかしながら途中で、

「劉表《りゅうひょう》の政令はいいかげんである」

と、耳にしたので、道をかえて、袁術《えんじゅつ》の本拠である魯陽へむかった。魯陽の地は毛玠を失望させた。袁術は閟宮《ひきゅう》に隠れた天子のようで、ぬくもりのある手をさしのべて政治をおこなっておらず、人民は開顔《かいがん》を忘れて疲乏《ひぼう》していた。

——ここも、だめか。

とはいえ威望を高めている袁紹の管轄地である冀《き》州へゆこうとしなかったのは、毛玠には独特な節義があったからにちがいなく、劉表と袁紹が誼《よしみ》を通じているという事実に反発する気分もあったせいであろう。毛玠は魯陽で袁術に擢用《てきよう》されることなく、歉然と月日をすごし

ていた。そこに曹操の使者がきたのである。

曹操の耳目のふしぎさといってよい。陳留の平丘は、諸将が打倒董卓の気焔《きえん》をあげた酸棗《さんそう》の東にあり、かつて陳留郡内にひそんでいた曹操が、毛玠の名をきいたことがあるのかもしれない。たしかに平丘県では、毛孝先は清潔で公正である、という評判をたてられていた。それを曹操が憶《おぼ》えていたのであれば、曹操の記憶力のよさにおどろくほかはないが、万潜《ばんせん》のような信頼できる州吏の推薦があったためである、と考えてもよいであろう。

曹操のもとに到着した毛玠は、重要な提言をおこなった。

「いま天下は分崩《ぶんほう》し、国主は遷移《せんい》し、生民は廃業し、饑饉流亡《ききんりゅうぼう》しております。公家《こうか》には経歳《けいさい》の蓄《たくわ》えがなく、百姓《ひゃくせい》には安固《あんこ》の志がありません。たれもが持久するのがむずかしいのです。袁紹と劉表が治める地では、士民が衆《おお》く強力であるにもかかわらず、深謀遠慮をもつ者はおらず、いまだに建立《けんりつ》の基礎さえすえてはおりません。そもそも戦いとは、義のあるほうが勝ち、位を守るのは財を用いるものです。天子を奉じて、天子をないがしろにしている臣に号令をくだし、耕植を脩《ととの》え、軍資を蓄え、そのようになされば覇王の業を成せましょう」

その通りである、と烈しくうなずいた曹操は、その進言を敬意をもって容《い》れ、ただちに毛玠を幕府の功曹《こうそう》に任じた。もともと曹操は献《けん》帝のほかに皇帝を立てることに反対であったが、すすんで皇帝を奉戴《ほうたい》する気にならず、それを可能にする力をもたなかった。が、兗州を擁統《ろうとう》することになったいま、天子を擁佑《ようゆう》することによって、義と位を得ることができると認識しられた。また、農政を改良して、富庶《ふしょ》を得ることが、霸業の基礎であることを毛玠からおしえられた。

四年後に施行される、屯田制《とんでんせい》は、毛玠の献言に源《みなもと》がある。辺境に屯戍《とんじゅ》する兵は自給自足であるから、守備をおこないつつ農耕もおこなった。したがって屯田制は曹操のまわりからでた独創ではないが、その制度に、兵士だけではなく庶民をも導入したところに曹操の農政における新趣《しんしゅ》がある。天下の農民は田畑を棄てて流民となっている。かれらを定住させて農産を高める非常手段が屯田制であるといってよい。その成功が、曹操に富強をもたらしたといっても過言ではない。

ところで交通の寸断あるいは杜絶《とぜつ》によって、情報もきわめてつたわりにくくなった。兗州刺史の劉岱が黄巾軍と戦って死んだのが初夏であり、訃報《ふほう》が長安《ちょうあん》にとどいたのが、晩夏か初秋であろう。朝廷は関東の実情を考慮することなく、

金尚《きんしょう》（あざなは元休《げんきゅう》）を、兗州刺史に任じて出発させた。金尚を中心とする小集団が、京兆尹《けいちょういん》、弘農郡《こうのう》、河南尹《かなんいん》を経て、兗州にはいり、陳留郡の封丘県《ほうきゅう》に近づいたのは、冬になってからであろう。

「新任の刺史が封丘に到着しました」

それをきいた曹操は、言下に、

「追い返せ」

と、命じた。血をながし、徳友《とくゆう》さえ喪って兗州を鎮《しず》めたのに、たとえ金尚が正式な刺史でも、どうぞ兗州をお治めください、と統治のための席を譲るほど曹操は無欲ではない。州民の安寧のために主導的に働いている者として、軍事と行政の能力がさだかでない者に州をあずけるのは、無責任というものであろう。

金尚は印綬《いんじゅ》をしめして自身の正当さを県令《けんれい》にしめして、従者をふやした。さらに使者を発して、

「曹操はすみやかに兵と吏人を譲り渡して、兗州を退去すべし。それをなさぬとあらば、賊とみなす」

と、高圧的にいった。それにたいする答えは、曹操の意を体《たい》した師旅《しりょ》の襲撃であった。この重厚さのない武装集団は、曹操軍の一部隊にまたたくまに砕裂《さいれつ》された。

金尚は罵声《ばせい》と悲鳴を挙げて逃げた。京兆尹出身の金尚は、おなじ郡の韋休甫《いきゅうほ》、第五文休《だいごぶんきゅう》とともに、

「三休《さんきゅう》」

と、呼ばれる名士である。かれの先祖には前漢《ぜんかん》の名臣である金日磾《きんじってい》がいて、名門意識が強く、皇室への忠誠は人後に落ちない。こういう忠烈な臣に矛戟《ぼうげき》をむけるとはなにごとであるか。怒りで全身をふるわせた金尚は兗州を脱すると、袁術のもとへ駆けこみ、

「曹操は悪人ですぞ。早々に征伐しなされ」

と、口吻《こうふん》から泡を飛ばしていった。

――これで曹操も賊魁《ぞくかい》となったか。

袁術は曹操征伐の詔令《しようれい》をたまわったようなものである。正義はわれにある、とおもった袁術は、いまが魯陽をでる潮時か、と感じた。孫堅《そんけん》を失ってから、袁術の軍事力は衰えをみせ、南からしのびよってくる劉表の脅威に耐えがたくなってきた。劉表と戦って勝てるという目算が立たず、足もとの南陽《なんよう》が疲弊してきた。ここで兗州に転出して、その沃腴《よくゆ》を奪い、曹操をたたきのめしたあと、公孫瓚と協力して、吐き気がするほど嫌いな袁紹を挟撃してやろう。

「おまかせあれ。宦官の孫ごときに、おくれをとるわたしではない」

と、袁術はうそぶいた。実際、かれは年が明けると大軍を率いて兗州に攻めこむのである。

さて、ここまで、重大な事件を素通りしてきた。

初平三年(一九二年)の四月辛巳《しんし》の日に、董卓が死んでいたのである。

あれほど用心深い董卓にしては、あっけない死にかたといえるであろう。

凶暴な虎のごとき董卓を謀殺する下ごしらえをしたのは、司徒《しと》の王允《おういん》である。

王允はあざなを子師《しし》といい、太原《たいげん》郡祁《き》県の出身である。父祖も州郡に仕えて高い身分を得ていた。あるとき、おなじ郡の郭林宗《かくりんそう》が王允を視て、

「王氏は一日千里の名馬にひとしい。王佐の才である」

と、賛嘆した。

王允は大義を好み、大志をいだいて、つねに聖人の経伝《けいでん》を習誦《しゅうしょう》し、朝夕に馳射《ちしゃ》をこころみた。中平《ちゅうへい》元年（一八四年）に黄巾の賊が簇生《そうせい》すると、とくに選ばれて豫《よ》州刺史を拝したので、さっそく荀爽《じゅんそう》と孔融《こうゆう》などを辟召《へきしょう》して従事《じゅうじ》にしようとした。戦いもまずくはなく、黄巾軍を撃破した。皇甫《こうほ》嵩《すう》と朱儁《しゅしゅん》とともに数十万の捕虜を得るという大功を樹《た》てたが、その際、賊のなかから中常侍《ちゅうじょうじ》張 譲《ちょうじょう》の賓客の書疏《しょそ》を発見した。

——張譲は黄巾と交通しているのか。

その書疏を動かぬ証拠として、宦官を天下の元凶とみなしている王允は張譲という大物の宦官の奸悪《かんあく》さをあばいた。霊《れい》帝は激怒して張譲を責めたが、張譲が叩頭《こうとう》して陳謝したため、罪にすることをやめた。処罰をまぬかれた張譲は、冷や汗を拭《ふ》いたあと、

——いまにみていろ。

と、王允にたいして忿怨《ふんえん》をいだき、たくみに中傷をかさねて、ついに王允を下獄させた。たまたま大赦《たいしゃ》があって王允は刺史に復帰したのもつかのまで、またしても逮捕されてしまった。このとき助命のために上疏《じょうそ》してくれたのが、何進《かしん》と袁隗《えんかい》と楊賜《ようし》である。いのちびろいをした王允は釈放されたあと、後難《こうなん》を避けるためもあって氏名を易《か》えて河内《かだい》と陳留のあいだを往来した。宦官にもたれかかるしかなかった霊帝が崩御すると、宦官誅滅《ちゅうめつ》をもくろむ何進は王允を招いて謀計にくわわらせ、従事中郎《じゅうじちゅうろう》とし、あとで河南尹に転出させた。王允にとって何進は恩人であり、その恩人が宦官どもに斬殺されたのは痛恨事であったにちがいない。洛《らく》

陽《よう》の地から宦官が消えてから、献帝が即位し、王允は太僕《たいぼく》を拝命し、ついで尚書令《しょうしょれい》を代行した。初平元年に楊彪《ようひょう》に代わって司徒となった王允は、恩人のひとりである袁隗が董卓に殺されるという悲報を長安できいた。

――わたしを救ってくれた人を、わたしは救えなかった。

王允は断腸のおもいであった。そのころ董卓は洛陽にとどまり、朝政を巨細《こさい》もらさず王允にあずけていた。王允は情を矯《た》め意を屈して董卓の信頼をそこなわぬように務めていた。危《き》殆《たい》にさしかかっていた皇室を扶持しえたのは、王允の苦しい尽力によるといってよい。董卓を恚《いか》らせれば、明日にでも献帝は毒殺され、朝廷は淪没《りんぼつ》させられてしまう。伉行《こうこう》をつづける董卓は洛陽から引き揚げてきたものの、長安には長くとどまらず、郿塢《びお》とよばれる要塞が完成すると郿《び》県へ去り、二百六十里のかなたから朝政を遠隔制御するようになった。やがて王允の耳にとどいたものは、

「天子と群臣を養う必要がどこにあるか」

という董卓の危険な声であった。どうやら董卓は天子を殺し、王朝を潰《つぶ》したいらしい。以前、王允は黄琬《こうえん》と鄭泰《ていたい》をひそかに招いて、董卓を誅殺《ちゅうさつ》する計画を立てたことがある。楊瓚《ようさん》を行左将軍事《こうさしょうぐんじ》とし、士孫瑞《しそんずい》を南陽太守とし、袁術を討つという名目で将兵を武関《ぶかん》からだして、洛陽にいる董卓を征伐して天子を洛陽に還《かえ》すというものである。ところが勘のするどい董卓はその上申を保留とした。董卓に疑われたとおもった鄭泰は武関を通って逃走した。袁術は

鄭泰を揚《よう》州刺史に任じた。鄭泰は任地にむかう途中で亡くなった。四十一歳であった。かつて鄭泰の弁舌は、董卓軍が山東《さんとう》にむかうことを止めた。それだけでも、関東の諸将は鄭泰に感謝すべきであろう。

王允は疑われなかった。それどころか長安にはいってきた董卓に温《おん》侯に封ぜられ、食邑《しょくゆう》五千戸をさずけられた。

こんどの密謀の仲間は、僕射《ぼくや》の士孫瑞と尚書《しょうしょ》の楊瓚である。初平三年の春は、六十余日も雨がふりつづいた。三人は霽《は》れることを天に請うという口実で台に登り、そこを密談の場とした。士孫瑞は、

「歳末からずっと太陽が照っておりません。しかしながら夜には月と星がみえます。いわば昼が陰で夜が陽なのです。こういうときは内で発する者が勝つのです。もうおくれてはなりません。公よ、お図《はか》りください」

と、せかした。深くうなずいた王允は、

「わかった。まもなく決行する。董卓を呂布《りょふ》に誅《ころ》させる」

と、いったので、ふたりは顔色を変えた。呂布は董卓の手足にひとしいではないか。

王《おう》　允《いん》

のちに程昱《ていいく》は呂布《りよふ》についてこういう。

「呂布とはいかなる人であろうか。麤疎《そそ》であり、親しむ者がすくなく、剛強ではあるが無礼である。匹夫《ひっぷ》の勇にすぎない」

むろんそれが呂布の全象《ぜんしょう》ではないが、見識の高い者は、似たような感想をもっていたにちがいない。

司徒《しと》の王允《おういん》とともに密謀を累《かさ》ねてきた士《し》孫瑞《そんずい》と楊瓚《ようさん》は、董卓誅殺《とうたくちゅうさつ》の実行者に呂布をつかうという王允の発言におどろき、

——お気はたしかか。

と、問いたいような目をむけた。呂布は董卓の格別な寵臣《ちょうしん》といってよく、父子の契《ちぎ》りを結び、義父を忠実に衛《まも》りつづけてきた男である。呂布は、たとえ相手が堯《ぎょう》や舜《しゅん》でも吠える犬とかわりがない。

士孫瑞はあざなを君栄《くんえい》といい、右扶風《うふふう》の人である。学者の家に生まれ、若いうちに家業を継いだ。博識であらゆることに通じ、歴仕して顕位に陞《のぼ》った。王允にみこまれるだけの胆知をそなえてはいるが、ものごとの深微を照徹《しょうてつ》する眼力はもたない。

――呂布はもっとも危険な男だ。

と、あたまから想っている。

長安《ちょうあん》の城壁とおなじ高さをもつ郿《び》県の要塞すなわち郿塢《びお》のなかに三十年分の穀物を備蓄した董卓が、金の華かざりのついた黒い車に乗って長安から姿を消したあと、王朝を監視するために呂布をよこした。董卓の弟の董旻《とうびん》は左将軍であり、甥の董璜《とうこう》は中軍校尉《ちゅうぐんこうい》であり、董卓の親戚で朝廷の高官となった者は多く、かれらもある意味では王朝の監視者ではあるものの、董卓の肉眼に近いのは呂布の目ということなのであろう。

王允は董卓が洛陽《らくよう》城に乗りこんでくるまえに、もとの并《へい》州刺史《しし》で執金吾《しっきんご》になっていた丁原《ていげん》とともに何進《かしん》の謀画《ぼうかく》にくわわっていたので、丁原の主簿《しゅぼ》であった呂布を知っており、ことばを交わしたこともある。

――おなじ并州出身だ。

という親しみがそうさせたともいえる。

ところが呂布は丁原を斬り、その首をたずさえて董卓のもとへ趨《はし》った。丁原に友誼《ゆうぎ》をもっていたわけではない王允は、その事件におどろいたものの、強い不快をおぼえず、むしろ呂布に関心をもった。

——かれは何を欲しているのか。

それを知るために呂布に近づいたことが、皮肉にも董卓から知遇をうけるきっかけになった。董卓は何進の肉親、家族、親戚、友人、知人などに憎悪の目をむけ、当然のことながら、何進の与党を信用しなかったのに、王允は例外的に厚遇された。この意外な境遇において、王允は用心深く、しかも懇々《こんこん》と呂布に接して、尊敬をうけるようになった。ほどなくわかったことがある。董卓は凶悪な破壊者であり、たとえば秦《しん》と前漢《ぜんかん》の時代につくられた銅製の像を椎破《ついは》し、また、前漢の武《ぶ》帝のときに採用され、後漢の通貨である五銖銭《ごしゅせん》をつぶして、流通しそうもない粗悪な小銭を鋳造させた。それは秩序の制定機関である王朝の伝統を断絶させ、人民の生活を安定させる経済を廃頽《はいたい》させる行為であり、みかたをかえると、定住に慣れた人々を上古《じょうこ》の遊牧生活に回帰させようとするこころみのようでもある。だが、呂布は破壊者ではない。董卓が粗暴な革命者であるのにたいして、呂布はむしろ既成の秩序の尊崇《そんすう》者である。

呂布は皇帝を至上の唯一人であると認め、その至尊の人の近くに立ちたいのが、かれの最大の欲望なのである。権力を欲しているというよりも、爵号にあこがれているといったほうが正しいであろう。丁原が登攀《とうはん》のための路を障《ふさ》いでいるとみなしたがゆえに、呂布はそれを除いたのである。董卓のもとで中郎将《ちゅうろうしょう》になったものの、呂布はその位で満足したとはおもわれない。呂布にとって董卓も登攀のための道を塞《ふさ》ぐ者ではあるまいか。

董卓によって何太后が殺され、少《しょう》帝が毒殺され、袁隗《えんかい》が殺害されたあと、

——かならず董卓を誅戮《ちゅうりく》する。

と、王允は心に誓った。だが、かれは軽剽《けいひょう》ではない。深恨を胸裡にしまって呂布とつきあい、董卓にとりいった。そういう王允を横目で視《み》て、董卓を攘伐《じょうばつ》しようとする者が密《ひそ》かに集まった。荀攸《じゅんゆう》、鄭泰《ていたい》、何顒《かぎょう》、种輯《ちゅうしゅう》、伍瓊《ごけい》らであり、伍瓊はさきに殺されてしまったが、かれらは、

「董卓の無道は、夏《か》の桀《けつ》王や殷《いん》の紂《ちゅう》王よりはなはだしく、天下の人々はみなかれを怨んでいる。強兵にささえられているとはいえ、じつは一匹夫にすぎない。いまただちにかれを刺殺して、人民に謝罪し、それからのちに殺《こう》山と函谷関《かんこくかん》という要害をおさえ、王命を輔《たす》けて、天下に号令をくだすというのが、斉桓晋文《せいかんしんぶん》の挙《きょ》というものである」

と、語りあって、董卓を殺すことに謀計の主眼をおいた。

ところが、参内するときに名をいわず、剣を佩《お》び、履《くつ》をはいたまま上殿することがゆるされている董卓は、いたって用心深く、隙《すき》をみせない。それゆえかれらの計画が実行にうつさ

れるのに時がかかり、

「まもなく決行する」

というところで、董卓に勘づかれた。何顒と荀攸は首謀者とみなされて逮捕され、投獄された。直後に董卓が郿県に去ったので、ふたりはすぐに処罰されず、取り調べと拷問《ごうもん》にさらされた。昔、陳蕃《ちんばん》や李膺《りよう》とつきあい、名士中の名士であると自負している何顒は、このみじめさを恥《ち》慨《がい》して、ついに獄中で自殺した。ところが荀攸は話しぶりも飲食のしかたも自若《じじゃく》としており、

――荀公達《じゅんこうたつ》は陰謀にかかわっていなかったのではないか。

と、獄吏や廷尉《ていい》におもわせた。

かれらの失敗を横目でみていた王允は、

――董卓を外から攻めようとしても、むりだ。

と、考えていた。護身のための懐剣は、ひそかに鞘《さや》をはずしておけば、その身を刺すことになる。呂布をつかって董卓を殺すという発想に迷いはない。そのために王允は腐心してきたのである。

郿県から長安にきた呂布が、曇った表情で王允を訪ねた。

「じつは、太師《たいし》に殺されそうになったのです」

と、呂布はいった。呂布にとって心をうちあけることのできる人は王允しかいない。

あるとき呂布はわずかなことで董卓の機嫌をそこねた。とたんに手戟《しゅげき》（柄の短い戟）が飛んできた。とっさに拳で払ったが、

——この人は、わたしを本気で殺すつもりであった。

と、全身で感じた。このあと呂布は董卓の機嫌がなおるまであやまりつづけた。

——この態《ざま》は、どうしたことか。

呂布は急に自分を愧恥《きち》し、はじめて董卓への忠厚を冷やした。そればかりではなく、背すじが寒くなった。奥むきの警備をまかされている呂布は、美貌の侍女に私通した。それを董卓に知られたのではないか。

前漢の李広《りこう》はきわめて騎射《きしゃ》にすぐれ、そのため匈奴《きょうど》の兵はかれを、

「漢飛《かんひ》将軍」

と、よんで、いたく恐れた。そのことを知っている人々は、おなじように弓馬に長じている呂布を、飛将、とよんでいる。李広のように軍を指揮して皇帝のために戦いたいのに、いまの呂布は董卓の身辺警護にすぎない。

「ようやく太師から離れることができた。太師のもとにはもどりたくないので、皇帝のご命令で、遠征にでるようにしてもらえませんか」

と、呂布は王允に知恵を借りようとした。

——本気でいっている。

眼光を強めた王允は、呂布の耳に口を近づけて、

「もどりたくなければ、太師を消せばよい」

と、ささやいた。呂布はのけぞり、

「父子なのですよ、われわれは……」

と、烈しく首を横にふった。王允は幽かに笑った。

「君の姓は呂であり、太師とは骨肉のあいだがらではない。死を憂えていとまがないというのに、父子などと謂《い》っておられようか」

呂布は慍《むっ》と沈黙した。

が、王允の目は呂布の表情の変化を追わない。ほんとうの父子であっても、父が子を殺してよいはずはないのに、董卓が呂布を殺そうとした事実が、呂布を悸《おそ》れさせ怨ませている。目をそらしたまま王允は、

「俚謡《りよう》がある」

と、淡々といった。その俚謡とは、

――千里の草、何ぞ青青たる。十日卜《ぼく》するも、猶《な》お生ぜず。

というものである。それを王允は呂布におしえた。

「何ですか、それは――」

と、いわんばかりに呂布はけわしげに眉を寄せた。

「俚謡は天の声だ。予言でもある。董卓が死ぬと天が告げている」

「董卓の董も、その謡《うた》にはいっていないではありませんか」

「わからぬか。こういうことだ」

目をもどした王允は膝もとに、草かんむりに千里、と指で書いてみせた。それを視た呂布は、

「あ……董……、すると――」

と、卜日十を自分の指で書いて、卓か、とおどろきの声を発した。

「そういうことだ。いま董卓は青々と盛んであるが、十日も経《た》たずに零落《れいらく》する、といっている」

呂布の表情が微妙に変化した。董卓を殺そうとする者は、かならず殺される。その恐怖が胸裡を昏《くら》くする。

かつて董卓を刺殺しようとした者で、伍孚《ごふ》という節士がいた。かれは何進に辟召《へきしょう》されたあと累進した。董卓の乱暴に百僚が震慄《しんりつ》したとき、かれは小さな鎧《よろい》を着け、朝服に佩刀《はいとう》をたばさんで董卓にまみえ、隙をうかがって刺殺しようとした。話を終えるまで隙をみつけることができなかったので、やむなく辞去すると、董卓が送ってくれた。

――いまだ。

伍孚は刀をだして董卓を刺した。が、董卓の力が伍孚の腕にかかったため、切っ先がそれ

た。直後に、董卓の軀が離れた。伍孚の刀がふたたび虚空を斬ると、すさまじい力にとらえられて、動けなくなった。

「卿《けい》はわしに叛《そむ》こうとするのか」

雷鳴のような声である。伍孚は大声でいいかえした。

「なんじはわが君主ではなく、わたしはなんじの臣下ではない。叛くということがどこにあろうか。なんじは乱国の簒逆者《さんぎゃくしゃ》ではないか。罪悪ばかりが大きい。今日は死ぬつもりで、姦賊《かんぞく》を誅《ころ》しにきた。なんじを市朝で車裂きにして天下に謝ることができぬのが口惜しい」

この忠勇の高官はついに董卓に殺害された。

董卓は用心深くもあり、悪運も強い、ということを呂布がもっともよく知っている。

「公は、十日も経たずに、とおっしゃったが、太師は郿塢に籠《こ》もっている。たれが殺せようか」

と、呂布は上目づかいに王允を視た。俚謡は民衆の願望にすぎず、天の声ではない、と考えざるをえない。

王允の眼光に微笑がまじった。

「今日あたり、天子の使者が郿に到着している。天子のご病気が快癒したので、それを報《しら》せた使者は、賀辞を献ずるように董卓に勧めることになっている。明日、董卓は郿を出発し、長安で死ぬ。あなたがそれをさまたげようとすれば、あなたも死ぬ。それとも詔書《しょうしょ》をたまわって、天下にたたえられる勲烈の臣となるがよいか。すでに籌策《ちゅうさく》は動いている」

呂布は全身でおどろいた。つねづね董卓は、

「王允はどこに骨があるかわからぬ従順な男よ。万一にも、叛くことはない」

と、いい、家僕をみるように王允をみくだしていた。呂布は王允を尊敬してきたので、そこまで蔑視したことはないが、董卓を誅戮するために牙爪《がそう》をあらわにする人物であるとは想わなかった。このときはじめて王允のすごみを感じ、

――人とは、奥の奥があるものだ。

と、むしろ感動した。すると自分も奥の奥をみせねばならぬであろう。

「詔書のこと……、たしかでしょうか」

呂布は生唾《なまつば》を飲みこんだ。

「むろん――」

と、王允はみじかくいった。この時点で、董卓の悪運は罄《つ》きたといえるであろう。

献《けん》帝の疾《やまい》は佯《いつわ》りではない。

郿県にいても、董卓には禁中《きんちゅう》のことさえわかる。

「天子は未央《びおう》殿に群臣をお集めになり、賀辞をお享《う》けになります」

そういう報告もとどいている。ただし、

「司徒が怪しげな動きをしています」

という警報がはいらなかったのは、長安城内に配置しておいた知人や配下が怠慢であったというより、董卓を排陥《はいかん》しようとしたほかの高官たちの失敗を教訓にした王允が、自身の陰謀に多数をくわえず、堅牢なほど秘密を保持しえたということであろう。ちなみにこのとき董旻や董璜など一門の者は老若を問わずすべて郿にいた。そのことが情報の量を減らし質を低下させていたことはいなめない。それゆえ郿県を発した董卓は、長安から吹いてくる風に危険なにおいをかがず、凶《わる》い予感ももたなかった。もはや皇帝の近くには宦官《かんがん》のようなえたいのしれぬ者どもはおらず、宮中は見通しがよくなっている。

――わしを急襲する怪鬼のような者はいない。

董卓には群臣を圧搾《あっさく》しているという自信がある。とはいえ、伍孚のように小人《しょうじん》の勇《ゆう》をひけらかす者が、いつなんどき飛びだしてくるか、わからないので、警備を厳重にした。むろん兵を率いての東行である。

長安は、洛陽の民が移住したので、ふたたび大都のにぎわいをもつようになったものの、董卓の悪政におびえて、活況を呈するところに到っていない。

城内の宮殿も再建の手がつけられていない。

群臣が集合する未央殿は未央宮のなかの殿舎であり、未央前殿ともよばれる。

董卓は未央殿でおこなわれる会に参列するとはいえ、長安城に近づくと、まず城外に営所を設け、そこから宮殿まで、歩兵と騎兵をならばせた。その間を、朝服を着た董卓が先導されつつすすんだ。

「きたか――」

王允は騎都尉《きとい》の李粛《りしゅく》に命じて、衛士の服をつけさせた手兵を引率させた。かれらは掖門《えきもん》を固めた。そこで董卓を止めてしまおう、という計画である。呂布は単独行動がゆるされているが、掖門の近くにいた。かれの懐中には詔書がある。その詔書こそ、深淵から首をもたげる大蛇を斬るために必要な命綱であった。

董卓は長安に近づくまえに、路傍にひとりの道士《どうし》をみた。その道士は、布のうえに、

「呂」

という字を書いて、董卓にしめした。一瞥《いちべつ》した董卓は、

――呪《まじな》いのつもりか。

と、いやな顔をしたが、まさかそれが呂布のことであるとは想到しなかった。

すでに未央殿に群臣がそろっているのに、董卓だけがあらわれない。掖門近くにいた呂布は、いらだちつつ、

――計画を知られたか。

と、腋間《えきかん》に冷たいものをおぼえた。事が露見すれば、長安を出奔して袁術《えんじゅつ》か袁紹《えんしょう》のもとに逃げこめばよい。董卓を誅罰《ちゅうばつ》せよという詔命《しょうめい》をうけたあかしに詔書を示せば、かならず優遇

されるであろう。

——太師はなぜこない。

おもいきって呂布は走った。やがて金の華かざりのついた馬車がみえた。馬車は停止したままである。

「どけ——」

路傍に立ちならんでいる兵を押し退《の》けた呂布は、馬車に近づいて、

「どうなさったのですか」

と、あえて大声で問うた。すると車中の董卓は呂布を認めて、

「馬が動かぬ。不吉であるから、参内をとりやめる」

と、いい、馬を替えさせて引き返そうとした。

「太師が参内なさらねば、ほかの吉日に会がひらかれ、太師は再度往復なさることになります。一度で、お済ませになるべきです」

董卓がでないかぎりその会は成立しない、と呂布はいった。

——なるほど、めんどうだな。

と、董卓はおもったものの、馬がすすまなくなったことを凶い予兆とみなせなくもないので、

「参内はするが、甲《よろい》をつけてからにする。なんじは先にゆき、よく見張っておれ」

と、あごで指図をおこない、営所から甲《よろい》をもってこさせた。董卓は車中で朝服の下に甲をつけてから再出発をした。

前漢王朝を創立した劉邦《りゅうほう》は、予知能力にすぐれ、その予見力の卓絶さによって項羽《こうう》に勝ったといえなくないが、皇帝になってから親征のために河北の東垣《とうえん》へゆき、柏人《はくじん》を通る予定にしていた。が、にわかに胸さわぎがした。

「はくじんとは、人に迫ることである」

と、いった劉邦はその県に宿泊せずに去った。じつは劉邦の宿舎は二重壁で、壁のあいだに刺客がはいって睡眠中の劉邦を襲うという暗殺計画が柏人で立てられていたのだが、密告者がいなかったにもかかわらず、劉邦は自身の横死《おうし》を回避した。

董卓の予知能力は劉邦のような神気をそなえていなかったというべきであろう。ついにかれは自身の殞命《いんめい》にむかってすすむことになった。

このとき未央殿にいる王允は目をつむって儼然《げんぜん》とすわっていた。もしも殿中に董卓があらわれれば、事は敗《やぶ》れたということであり、董卓が陰謀の首謀者を知らぬはずはないので、王允はいきなり殴殺《おうさつ》されるかもしれず、そうならなくても下獄させられて死刑に処せられるであろう、と死を覚悟していた。

だが、いっこうに董卓はあらわれず、董卓が死んだという報せもとどかない。さすがの王允も、

——長い。

と、心が熯《や》かれるように感じた。待つには耐えがたい長さである。王允ほど肝《きも》が太くはない士孫瑞と楊瓚は、たびたびふりかえり、しびれをきらしたように起《た》って、王允の背後まで足をはこび、

「太師の到着が遅れているようです。みてまいりましょうか」

と、いった。わずかに声がふるえている。王允は目をひらかず、

「たのむ……」

と、唸《うな》るようにいった。ひたいに汗が浮いてきた。うなずいたふたりはたがいに異様な形相をしていることにはじめて気づいたものの、けわしさを消すほど心にゆとりをもてず、掖門へむかって禱《いの》りつつ走った。

考えてみれば、この日そのものが異状であった。なぜなら、天空の雲が一掃されて、陽光がふっていたからである。長い不照《ふしよう》のときが終わったのである。それを認識できないほど士孫瑞と楊瓚は生きたここちがしなかった。

董卓を先導する者が掖門を通過した。その直後に、李粛の配下が門をふさぎ、戟《げき》をもっていた李粛が、

「太師——」

と、嘒《さけ》び、車中の董卓を刺した。しかしながら戟の刃は甲を裂くことができず、董卓の臂《うで》

を傷つけただけであった。ただし戟を避けたはずみで、董卓は車から顚落《てんらく》した。地をくぼませたような巨体は、すぐに起きあがることができず、まず首を立てた。それから首をまわして、上半身を地から離した。

「呂布は、どこにいる」

この呼び声は、たちまち呂布を出現させた。呂布の手には矛《ほこ》がある。ほっとした董卓にむかって呂布は、

「賊臣を討てとの詔《しょう》あり」

と、いい、矛をかまえた。眉をさかだてた董卓は、

「庸狗《ようく》め、よくも……」

と、罵声《ばせい》を放った。しかしそれには答えない呂布の矛が董卓の息を止めさせた。

あおむけに倒れた董卓をみた呂布は、呆然と立っている李粛の配下らに、

「何をみている。早く斬れ」

と、血のしたたる矛で董卓を指した。呂布の視界に趨《はし》る影がはいった。主簿の田儀《でんぎ》（田《でん》景《けい》）や董卓の従者たちが屍体《したい》にかけよろうとしている。

「寄るな」

一喝した呂布は矛をふるってかれらをことごとく刺殺した。

董卓を護衛するために道の両側にならんでいた兵たちは、足がすくんだように動けない。

かれらにするどい眼光をむけた呂布は、おもむろに赦書《しゃしょ》をとりだして、

「みなは赦《ゆる》された。罰せられることはない」

と、いった。それをきいた兵たちは、おもわず喜笑して、全員で、

「万歳」

を、称えた。

掖門での騒ぎをきき、兵をかきわけて道に倒れている董卓の死骸《しがい》をみずからの目で確認した士孫瑞と楊瓚は、手をとりあって喜び、飛ぶように未央殿にもどり、立ったまま、群臣にむかって、

「ただいま董卓が、中郎将の呂布によって、誅殺されました」

と、告げた。満堂は騒然となった。それは驚愕と喜悦の声がまじったものであったが、ひとつ歎惜《たんせき》の声が王允の近くからあがったので、慍《むっ》と王允はその声の主をみた。あろうことか董卓の死を悲しんだのは、蔡邕《さいよう》であった。すかさず王允は蔡邕につめより、

「董卓は国の大賊ではないか。主を殺し、臣を残《そこな》い、天地が佑《たす》けず、人神が疾《にく》む者である。君は王臣でありながら、代々漢朝の恩をうけているというのに、国主の危難をみても戈《か》を倒さず、董卓が天誅《てんちゅう》をうけたときに、嗟歎《さたん》するとは、なにごとであるか」

と、激怒した。

蔡邕といえば天下の碩学《せきがく》である。それゆえに、その嘆慨《たんがい》を自分への痛烈な批判であると感

じた王允は、

「廷尉、この者は董卓の与党である。獄にくだすべし」

と、逮捕を命じた。これから王允は董卓の一門と与党をことごとく収監して処罰するつもりであり、てはじめに自分にとって最大の論敵になりそうな蔡邕の口をふさいでしまおうと考えた。

とりおさえられた蔡邕は自分の軽率さを悔やみ、王允にあやまった。

「不忠であったとはいえ、もとより大義は識《し》っています。古今の安危については、耳が厭《あ》きるほどきいており、口でもつねにいってきました。どうして国に背《そむ》き、董卓にむかいましょうや。とんでもないことばが、謬《あやま》ってでてしまい、人を患《くる》しませてしまった。どうかわたしを黥首《げいしゅ》の刑にして、漢史を書きつづけるようにしていただきたい」

死刑になるべき司馬遷《しばせん》でも減刑されて『史記』を書いたではないか、と蔡邕は言外に訴えた。が、王允の怒りは斂《おさ》まらず、

「釈《ゆる》す」

とは、いわなかった。蔡邕は投獄された。

おどろいた公卿《こうけい》たちは、

「蔡邕は百年にひとりの文藻《ぶんそう》です。獄中で死ぬようなことになれば、国家の損失です」

と、口をそろえて王允を諫めた。だが王允はうなずかず、

「昔、武帝は司馬遷を殺さなかったがゆえに、誹謗《ひぼう》の書を作らせ、後世に流布させることになった。方今《ほうこん》、国祚《こくそ》はなかばで衰え、兵馬は郊外に在る。幼主の左右にいる佞臣《ねいしん》に筆を執《と》らせれば、のちにわれわれが誹謗をうけることになる。釈すことはできぬ」

と、いい、ついに蔡邕を殺害させた。

ただし異説がある。

蔡邕は董卓にいたく厚遇されたことはたしかであり、董卓によって左中郎将《さちゆうろうしよう》まで陞《のぼ》らされ、朝廷でことあるごとに、草稿を作らされた。王允によって殺されそうになったとき、多くの名士がかれのために弁護した。悔いた王允が処刑を中止しようとしたがまにあわず、蔡邕は死んだという。

ちなみに蔡邕の女《むすめ》が、驚嘆すべき才気をもつ蔡琰《さいえん》である。あざなを文姫《ぶんき》というが、弁才も兼備し、しかも音楽の天才である。

こういう逸話がある。

ある夜に蔡邕が琴を弾いていた。すると絃が切れた。それをみていたわけではない蔡琰が、遠くから、

「第二絃です」

と、いった。蔡邕は、

「たまたまあたったにすぎぬ」

と、いい、わざと一絃を断って、わかるか、と問うた。

「第四絃です」

その通りであった。

蔡琰は河東《かとう》の衛仲道《えいちゅうどう》という者に嫁《か》した。が、このころ夫を亡くし、子もないので、父のもとに帰っていたとおもわれる。父の刑死は蔡琰に不運をもたらしたが、二、三年後にさらに数奇な運命が蔡琰を待っていたのである。

董卓が死んだ日は、ふしぎなほど静かで、

——日月清浄《せいじょう》、微風起こらず。(『英雄記』)

と、天地が安息したようであった。ところが人だけが熱狂した。長安にすむ士と庶人は董卓の死を知るや、みな慶賀しあって、都内は歓声と喜笑で満ちあふれた。

董卓の屍体は市に暴《さら》された。それはただならぬ肥満体であり、膏《あぶら》がながれでて地に染みて、そのせいで草が丹《あか》く変色した。

屍体を監視している吏人は、その膏をながめているうちに、小さく含笑《がんしょう》し、昏《くら》くなると大きな灯心をつくった。それを屍体の臍《へそ》のなかにさしこんで火をともした。

「おお、点《つ》いたわい」

王朝に闇をもたらした男は死んだあとに闇を破る灯台となった。その灯は朝まで消えず、つぎの夜も、そのつぎの夜も、黒煙をともないながらも夜の底をおだやかに明るくした。そのように董卓の屍体は燃えつきた。のちに董卓の部下がその灰を集めて棺《ひつぎ》にいれ、郿にはこんで葬った。

郿塢のなかには二、三万斤《きん》の黄金、八、九万斤の銀、珠玉、錦綺《きんき》、奇物などが山のように積まれ、かぞえられなかったという。

呂布はそれらの財物を欲したので、

「公卿と将校に班《わ》けあたえたらいかがですか」

と、王允に進言したが、

「もってのほか――。国の府庫に納めるべきである」

と、とりあってもらえなかった。

王允は厳格であり、董卓に阿付《あふ》した者をことごとく投獄して処刑した。この風聞が郿へ飛んだ。董卓の部下はさまざまなおもわくをいだいて蹶起《けっき》し、董卓一門を急襲した。董旻、董璜をはじめ、母、妻妾《さいしょう》、子孫、親戚などが殺害された。九十歳の董卓の母は、郿塢の門まで走り、

「どうか助けてくだされ」

と、門衛にたのんだが、その場で首を斬り落とされた。

ほかの集団も蹶起した。

董卓に殺された袁隗と袁基《えんき》に仕えていた者たちは、苦しい日々をすごしていただけに、わっと喜び、かつて郿で殺された者を改葬し、董氏一門の屍体を聚《あつ》めて火をつけた。

——これで王朝は立ち直る。

なんといっても殊勲は、董卓を刺殺した呂布である。王允はこの大殊勲者を尊重し、奮武《ふんぶ》将軍に任命して節《せつ》をあたえ、朝廷では三公に準ずる地位をさずけ、温《おん》侯に封《ほう》じ、政治に参与させた。

呂布にとっての酣春《かんしゅん》とはこれであろう。長年の願望がついに実現したのである。

ところで董卓によって投獄されていた者たちはすべて釈放された。そのなかに荀攸がいた。かれは獄中で自殺した何顒とちがって、命運の罄尽《けいじん》を胆力でしのぎきった。

君子は固《もと》より窮《きゅう》す。小人《しょうじん》窮すれば斯《ここ》に濫《みだ》る。(『論語』)

と、孔子はいったが、窮地に追いこまれても乱れなかった荀攸こそ、正真正銘の君子といってよい。肝胆の鍛えかたが尋常ではない。十三歳で父を喪《うしな》ってから、他人《ひと》に頼らず、自立する目で、世間と官府を観《み》てきたせいで、独特な知恵と観照力をそなえたといえるであろう。

それゆえ獄からでた荀攸は、

「王允と呂布の王朝か……」

と、つぶやき、王朝にとどまろうとはせず、あっさり官を棄てて故郷に帰った。

のちにふたたび登用された荀攸は、

——蜀郡《しよく》がよい。

と、その沃野《よくや》千里《せんり》の郡を治めることを望み、太守となって蜀へむかったが、交通が杜絶《とぜつ》しており、荊州《けい》にとどまることになる。

さて、王允をはじめとする三公九卿《けい》と呂布にとって喫緊《きつきん》のことは、

「董卓軍の部曲《ぶきよく》（部隊）をどうするか」

ということであった。

くりかえすことになるが、董卓が孫堅《そんけん》に敗れたあと、属将の董越《とうえつ》を澠池《めんち》において函谷関を突破して長安に直進してくる敵に備えさせ、段煨《だんわい》を華陰《かいん》にとどまらせて、澠池の軍が敗退した場合の防ぎとし、女婿である牛輔《ぎゆうほ》を河東郡の安邑《あんゆう》へ遣《や》って袁紹を盟主とする河内《かだい》郡にいた連合軍の進路を塞《ふさ》がせた。そのほかに、校尉《こうい》の李傕《りかく》、郭汜《かくし》、張済《ちようせい》などを諸県に配した。

董卓が郿県へ遷《うつ》ったあと、諸将への指令をまかされた牛輔は本営を南へさげて、澠池と華陰の中間にある陝《せん》に設置した。上将といってよい牛輔は、李傕、郭汜、張済などに隊を率いさせて陳留《ちんりゆう》や潁川《えいせん》などの郡を攻略させていた。それらの軍とはべつに、樊稠《はんちゆう》、李蒙《りもう》、王方《おうほう》などの部隊が長安の近くにいる。それらの部隊は董卓の命令で長安を遠巻きに防衛していたのであるが、董卓が死亡したあとでは、ぶきみな存在である。やむなく董卓に従っていた兵と、

もとから董卓とともに西方を往来していた兵とは質がちがう。董卓を父兄のように敬慕している兵は、董卓を殺した呂布を憎んでいるにちがいない。それゆえ呂布は、

「董卓の部曲をあまさずに殺したほうがよい」

と、王允に勧めた。

しかし王允は肯首せず、

「かれらに何の罪があろうか。それは、せぬ」

と、とりあわなかった。

――何をいっても聴いてもらえぬ。

董卓を誅殺したあとの王允がにわかに驕傲《きようごう》になったことに呂布は不快をおぼえた。同様に、たびたび献策しても司徒にとりあげてもらえぬ、とこぼす者がふえた。王允と謀計をすすめて成功させた士孫瑞は、何の褒賞も得られず、王允から忘れ去られたようなあつかいをされている。さきに王允は士孫瑞と話しあって、

「部曲を赦免《しやめん》し、解散させよう」

と、決めたのに、迷って、あらためて会議をひらいた。あとのことを想えば、この遅疑《ちぎ》が失政となった。董卓を斃《たお》した直後に、董卓の属将たちに赦宥《しやゆう》の通達をおこなっておけば、大混乱を回避し、この王朝は再建への道を拓《ひら》くことができたかもしれない。

その会議ではある者がつぎのように発言した。

「董卓の兵であった涼州《りょう》人は袁氏をはばかり、関東を畏《おそ》れています。いま急に解兵して関所を開いてしまうのはどうでしょうか。皇甫嵩《こうほすう》を将軍として、その兵を督《ひき》いさせ、陝にとどまらせて安撫させたらいかがですか」

「いや、関東で義兵を挙げた者は、みなわれらのともがらである。いま軍を陝に駐屯させて関東に対すれば、涼州人を安心させることができても、関東の諸将の心を疑うことになる。それはできぬ」

王允に欠けているのは、決断力である。決断力のない者は、主導者にはなれない。未決定の長さは疑心を産む。

多くの民は、

「まもなく涼州人は誅殺されるであろうよ」

と、ささやきあい、それがうわさとなって長安から四方にながれだした。

「赦免する。解兵せよ」

ようやく各部隊は詔令《しょうれい》をきいたが、飛言もきいているので、部隊長はおいそれと兵をはなすわけにはいかない。かれらはことごとく自衛の構えをした。

牛輔は董氏一門なので赦免されず、処罰されることになった。呂布は李粛を陝にむかわせ、牛輔を処刑するように命じた。が、牛輔が掌握しているのは勁兵《けいへい》であり、李粛が率いていた兵では歯がたたない。それゆえ李粛は、

「われわれは兵を罰するわけではない。牛輔ひとりを収縛《しゅうばく》にきた」

と、あらかじめ告げて、兵と牛輔を分離させようとした。郿塢では誅罰を恐れた部下が董氏一門を殲滅《せんめつ》したので、おそらく陝でも同様なことがおこなわれるであろう、と李粛は楽観した。だが、陝にいたのは軍隊である。この時点では、軍律を犯して上官に叛逆する兵はほとんどいない。兵は命令通りに動く。

「騙《だま》されるな。李粛は全軍を誅滅《ちゅうめつ》する気だ」

と、血走った目をあげた牛輔は、迎撃を命じた。騎兵が発進して李粛の軍を急襲した。機動力のない李粛の軍はひとたまりもなく敗走し、弘農《こうのう》県まで逃げた。

「だらしがない」

すぐさま呂布は李粛を処刑した。

朝廷には皇甫嵩や朱儁《しゅしゅん》などの名将がいたにもかかわらず、下からの献言をことごとくしりぞけた王允は、かれらをうまくつかえなかった。五月丁酉《ていゆう》の日に、大赦《たいしゃ》をおこない、丁未《ていび》の日に、皇甫嵩を車騎《しゃき》将軍に任命しただけである。

陝から動かない牛輔は、じつは臆病な武将であり、昼夜おびえていた。つねに辟兵《へきへい》（兵士召集）の符を把《にぎ》り、軍令違犯者を処刑すべく鈇鑕《ふしつ》をかたわらに置いて、強がってみせた。だが、

——ゆくところがない。

というのが実情である。東には関東の諸将がいて、南には袁術がいる。北の河東郡には、かつて牛輔が戦った白波《はくは》の賊がいる。むろん西には長安があり、そこを難なく通過できるはずがない。

澠池にいて、おなじように動けなくなった董越は、

――牛輔の指図を仰ぐしかない。

と、おもい、少数の兵を率いて陜へ行った。

このころ人に会うことを極度に警戒していた牛輔は、人相見に相手をみさせて叛逆の気があるかないかを知り、さらに筮占《ぜいせん》によって吉凶をたしかめてから会見をおこなっていた。それゆえ董越がきたときいても、

「すぐに、通せ」

とはいわず、念のために筮占をおこなわせた。でた卦《か》は、

「兌下離上《だかりじょう》」

であった。兌は沢を、離は火を象《かたど》る。沢の上に火があると想えばよい。筮者はすかさず、

「火が金に勝ち、外が内を謀《はか》る、という卦です」

と、いった。

八卦《はっか》の象《かたち》をみて占う方法を易《えき》ともいい、その易は大別して三種類ほどあったが、周易《しゅうえき》とよばれるものだけが残って継承された。兌下離上という卦は、一語で、

「睽《けい》」

と、いわれる。睽は、そむく、ということである。ただし、そのそむくという内容は単純ではなく、時と場がちがえば、凶とも吉とも解釈することができる。筮者は、

――董越は牛輔に叛く。

ということをにおわせたが、ほかの筮者であれば、董越と牛輔はちがう方向にむかうが、たとえば天と地とはそむきながらひとつのものであるように、べつべつに動けば吉《よ》い結果が得られる、といったかもしれない。外からきた者が内にいる者をおとしいれる、といった筮者は、董越に悪意をもっていたとおもわれる。その筮者は董越に鞭《むち》で打たれることがしばしばあったので、ここで復讎《ふくしゅう》したともいわれる。

「殺せ――」

牛輔は言下に董越を殺害させた。

将が鬼気をただよわせていることは、軍が目的をもっていれば、兵に緊張を強いて、兵気を高揚させる場合もあるが、ここでは軍が目的を喪失しているので、兵を晦惑《かいわく》させてしまった。

――このままでは立ち枯れてしまう。

という危機感をもつ兵が日に日に増えて、ついに小さな叛乱を起こすようになった。脱走する兵もではじめた。それらの兵を逮捕させて処刑することをくりかえした牛輔は、まもな

く大規模な叛乱が起こりうることを予感した。そういうときに、夜中、営内で大きな躁擾《そうじょう》があった。その騒ぎの正体は叛乱ではなかったのであるが、大叛乱だとおもいこんだ牛輔は、いそいで金と宝をもち、これまで厚遇してきた支胡《ほくこ》赤児《せきじ》ら五、六人の側近を随え、塁《るい》を越え、河水《かすい》を渡って、対岸から西方をめざそうとした。しかしながら支胡赤児らは、多量の金と宝に目がくらんで、牛輔を襲い、その首を斬って長安へ送った。牛輔は側近たちをも占っておくべきであった。

董卓の残留軍は大将を喪ったのである。

華陰にいる段煨は董卓が生きていたころでも、兵に掠奪《りゃくだつ》を禁じていたように、紀律にうるさい将で、ここでは牛輔に同調せず、朝廷の命令に従って解兵し、自身は華陰にとどまって農事をおこなった。ただしかれには徳量があり、かれを敬慕する兵は大きく四散せず、いつでも集合することができるように、華陰とその周辺にいたとおもわれる。

陝に残っている兵は動揺しつづけている。

そこに到着したのが、李傕、郭汜、張済らの部隊である。

「牛将軍は亡くなられたのか」

三人の校尉は顔を見合わせて嘆息した。もはや命令をくだす者はいない。

かれらはすべて涼州人で、出身の郡は、李傕が北地《ほくち》、郭汜が張掖《ちょうえき》、張済が武威《ぶい》である。朝廷は軍を催して涼州の兵を全滅するときこえてくるいま、このようなところにとどまってはいられない。

「間道をつかって涼州へ帰ろうではないか」

と、三人の意望が一致したので、軍を解散することにした。ところが校尉はかれらだけではない。牛輔の下にいた討虜校尉《とうりよこうい》が、三人の談議がまとまった直後に、異見の声を挙げた。その討虜校尉こそ、稀代《きたい》の策謀家といってよい賈詡《かく》である。賈詡の献策によって、長安は大混乱におちいるのである。

賈《か》詡《く》

かつて西方には閻忠《えんちゅう》という策士がいた。

かれは皇室と王朝の衰頽《すいたい》を予想し、

——天下は麻のごとく乱れる。

と、考えたので、当時、猖獗《しょうけつ》をきわめていた黄巾《こうきん》軍を比類ない武徳によって鎮圧し、海内《かいだい》の称賛を一身に浴びた皇甫嵩《こうほすう》に近づき、自立して天命に応《こた》えて南面して号令をくだす好機をのがせばかならず後悔する、と献言した。ところが皇甫嵩は王朝の忠臣であるという美名にこだわり、その献言をしりぞけた。それは同時に、天の声をしりぞけたことになり、のちに皇室が董卓《とうたく》によって危苦を強いられても傍観したまま軍を動かさず、自身が董卓に屈服してからは、その威名は零《お》ち、かれの王朝への忠誠は、先見の明のない、時勢に遅れた鈍質《どんしつ》とみなされるようになった。

王朝に信仰にひとしい感情をいだいている者にとって、なるほど閹忠は危険な男ではあった。が、時代の本質に修復しがたい変異が生じていることを見抜いた閹忠は、まぎれもない異才であった。

そのように目のつけどころがちがう閹忠から、

「良平《りょうへい》の奇あり」

と、みこまれたのが賈詡《かく》である。良は張良《ちょうりょう》、平は陳平《ちんぺい》をいい、いうまでもなくふたりは前《ぜん》漢《かん》の初代皇帝である劉邦《りゅうほう》の天下平定を輔《たす》けた謀臣である。奇は、みどころがあるときにつかう語で、ふつうでない才能のことである。すなわちたれからもほめられたことがなかった賈詡は、はじめて閹忠から、張良や陳平のような奇才である、といわれたのであるが、その発言をよく考えてみれば、張良と陳平は世が乱れ、しかも劉邦のような英雄に遭遇しなければ、輝きを発することのできない者たちであり、ふたりの策謀にはあくどさがあった。それを想えば、閹忠は乱世は必至であるから賈詡のきわどさをもった才能は威力を発揮するものの、その才能をほんとうに活用することができる英雄に遭うまで賈詡は不運であろう、と予言したことにもなる。

たしかに賈詡には尋常ではない胆知がある。

孝廉《こうれん》に選ばれて郎《ろう》となった賈詡が、罹病《りへい》したため官を去って西方へ還《かえ》るということがあった。かれの郷里は武威《ぶい》郡の姑臧《こそう》県である。武威郡の郡府は武威県ではなく姑臧県に置かれている。洛陽《らくよう》を発《た》った賈詡は弘農《こうのう》郡と京兆尹《けいちょういん》を通過し、右扶風《うふふう》の北部にある汧《けん》県にさしかかった。汧県をすぎればほどなく涼州《りょう》にはいることができる。

賈詡には数十人の同行者がいた。

運の悪いことに、この小集団はたまたま氐《てい》族の叛乱にでくわした。全員が捕らえられたとき、賈詡は仰首して、

「わたしは段《だん》公の外孫である。なんじらはわたしを殺したら別のところに埋めよ。わが家はかならずそれに厚く贖《あがな》うであろう」

と、厳粛にいった。

氐族の兵はおどろいた。当時、太尉《たいい》の段熲《だんけい》は、ひさしく辺域を守ってきたことでその威は西方を震わせていた。段氏の一門に危害を加えるとあとが怖いと考えたのは氐族ばかりではなかったであろう。それゆえかれらは、賈詡をのぞいてみな殺しにしたあと、賈詡と盟《ちか》い、さらにかれを郷里に送りとどけた。

むろん賈詡は段熲の外孫ではない。かれがなみの胆知の持ち主ではないことをあらわす逸話である。

牛輔《ぎゅうほ》が横死《おうし》したあと軍と賈詡はとり残されたが、

——じたばたしてもはじまらぬ。

と、賈詡は肚《はら》をすえていた。したがって李傕《りかく》、郭汜《かくし》、張済《ちょうせい》をまえにして賈詡は解兵に反対した。

「きいたところでは、長安《ちょうあん》では涼州人をことごとく誅《ころ》そうという議論がなされている。こういうときに、諸君は軍を棄てて独行しようとする。それではわずかな配下しかもたぬ亭長に捕らえられてしまいますぞ。それよりも軍を率いて西行し、みちみち兵を集め、長安を攻めて董公の仇を報じたほうがよい。さいわいなことにそれが成功すれば、国家を奉じて天下を制することができる。失敗したところで、それから逃走してもおそくはない」

窮余の一策である。

逃げるのであれば、兵はひとつにまとまって、迂回《うかい》することなくまっすぐ長安にぶつかってみたほうがよい、という策である。この軍には主将がいないので、朝廷の正規軍に勝つことができるとはおもわれないが、朝廷の事後処理に鈍さがあることや、呂布《りよふ》のような小勇の者が朝廷の軍の指揮をおこなうことなどを考えれば、

——こちらにも勝機はある。

と、賈詡はみた。

「よし、やるか」

賈詡の発言をきいた三人は衰容《すいよう》を一変させた。董卓を裏切った呂布を憎む感情は三人に共

通してある。牛輔が死ぬまえから軍は衰乱していたので、往時の威勢を保持しているわけではないが、さいわいなことに兵力は半減していない。

「生きて西方に還りたければ、長安を突破せよ」

意気を蘇生させた李傕らは、兵士に励声《れいせい》を浴びせ、鼓行《ここう》させた。陝《せん》は洛陽と長安の中間にあり、そこから長安へゆくのにふつうの行軍でも半月しかかからない。この軍が華陰《かいん》を通過したとき、急に兵がふえた。さらに鄭《てい》県をすぎたとき、樊稠《はんちゅう》、李蒙《りもう》、王方《おうほう》らが部隊を率いて合流した。兵力は十万以上になった。

そうなるまえに長安にいる王允《おういん》は軍をだして涼州軍を撃破しておくべきであったのに、かれが打った最初の手は、涼州の名士である胡文才《こぶんさい》と楊整脩《ようせいしゅう》を遣《や》って、李傕らを撫柔《ぶじゅう》したことであった。

「関東の鼠は、何をしようとしているのか。君たちが往って呼んできてくれ」

王允にそういわれて送りだされたふたりは、かねて王允には好意を寄せておらず、

——あんな頑迷《がんめい》な司徒《しと》のために働けるか。

と、おもっていたので、李傕らに会っても説得らしきことはせず、

「すでに百官は王允に背《そむ》いており、兵は呂布には従いません。戦えばかならず勝つでしょう」

と、述べた。かれらは指揮官だけではなく大軍をひきつれて長安にもどってきたといえる。

涼州軍が昼夜猛烈な速さで長安にむかってくることを知った王允が打った第二の手とは、董卓の属将であった胡軫《こしん》と徐栄《じよえい》に兵をあたえて迎撃の陣を布《し》かせたことである。この二将に率いられた軍は、新豊《しんぽう》において西進する敵軍と戦い、徐栄は戦死し、胡軫は降伏した。曹操《そうそう》軍を大破し、孫堅《そんけん》軍を一蹴したことのある徐栄は名将とよんでさしつかえないが、上司にめぐまれなかったといってよい。

まもなく長安城は包囲された。

「死にそこないの兵です。かならず退散させてみせます」

と、王允にむかって豪語した呂布は、兵を指揮して北門を守った。その北門に兵馬を寄せたのは郭汜である。

——郭汜が将とは笑わせる。

いきなり城門をひらいて出撃した呂布は、郭汜の陣に接近して、大口をひらき、

「兵を退かせよ。身ひとつで勝負を決めようではないか」

と、一対一の勝負を望んだ。

「呂布は董公の仇だ。望むところよ」

矛《ほこ》を執《と》り、眉をあげた郭汜は、左右の声も耳にはいらぬように呂布にむかってすすんだ。

「ほう、尻ごみしなかったことは、称《ほ》めてやろう。いざ——」

と、呂布は微笑して矛をかまえた。

「なんじの首を董公の冢《つか》のまえにそなえてやる」

郭汜の矛が風を起こし、うなりを発して、呂布を砕こうとした。呂布の矛の動きは予想以上に速く、郭汜の矛をまともにうけずに、相手の力を殺《そ》いだ。矛をふりまわしている郭汜は息がつづかなくなり、大きく呼吸した瞬間に、目にもとまらぬ速さで矛先が飛んできた。矛先だけが飛ぶはずはないのに、郭汜にはそうみえた。とたんに衝撃をおぼえて郭汜は倒れた。甲《よろい》を突かれたのである。

「奉先《ほうせん》め――」

怒号とともに矛を片手で猛烈に左右にふった。それが呂布のつぎの撞入《とうにゅう》をおくらせた。矛をかまえなおした呂布の視界に、郭汜を助けにきた騎兵がはいった。

「すこしいのちが延びたな」

矛を引いた呂布は悠々と自陣にもどった。が、そのことが戦況を好転させたわけではない。いのちびろいをして自軍にしりぞいた郭汜は、戦意を沮喪《そそう》せず、かえってくやしさを露骨にして攻撃を命じた。長安城は十日間の攻防戦に突入した。

六月戊午《ぼご》の日、攻城をつづけていた十万余の兵がついに城内にはいり、兵ばかりではなく都民をも殺し、手あたりしだいに放火した。その戦いで、太常《たいじょう》の种払《ちゅうふつ》、太僕《たいぼく》の魯旭《ろきょく》、大鴻臚《だいこうろ》の周奐《しゅうかん》、城門校尉《じょうもんこうい》の崔烈《さいれつ》、越騎《えっき》校尉の王頎《おうき》が斃《たお》れ、一万以上の吏民が死んだ。

北門を破られた呂布は、城内で涼州兵と戦い、撃退することができぬとみるや、馬を青瑣《せいさ》

門の外に駐《と》めて、王允にむかって、

「公よ、去りましょう」

と、大声で脱出をうながした。董卓の死後、朝廷で専断をおこなうようになった王允とは協合しにくくなった呂布ではあるが、自分を知ってくれて高位をあたえてくれた人であり、尊敬にあたいする唯一人が王允なのである。王允を逃がしたい、と心が動き、身も動いた。

ところが顔をみせた王允は、

「国家を安んずるのが、わたしの最上の願いである。もしもそれがかなわぬのであれば、身を奉《ささ》げて死ぬまでのことだ。朝廷と幼主はわたしを恃《たの》んでおられる。難《なん》に臨んで逃げるようなことはせぬ。どうか関東の諸公によろしくいってくれ。国家を念《おも》ってくれるように、と」

と、いい、呂布をみつめたあと、姿を消した。

――独りで天子を守りぬこうとなさるのか。

むりだ、と叫んだところで、その声は青瑣門にはねかえされるだけであろう。幷《へい》州人と涼州人はちがうのだ。董卓を誅殺《ちゅうさつ》した直後に涼州兵を誅滅《ちゅうめつ》する号令をくだしておくべきであった。呂布の胸裡に虚しさがひろがった。王允を喪《うしな》って、自分はどこへ往こうというのか。

「将軍――」

配下の声は敵兵の接近を告げている。無言で馬に乗った呂布は、禁裏《きんり》にむかって頭をさげたあと、

「この首を郭汜に渡してたまるか」

と、つぶやき、脱出のために発進した。呂布を中心とした数百騎という集団は涼州兵を蹴散らして、崩壊した城壁の外にでた。かれらは追撃の兵をふりきって東南へ走り、ついに武《ぶ》関《かん》を越えた。武関のむこうは荊《けい》州の南陽《なんよう》郡である。そこには袁術《えんじゅつ》がいる。

「呂布は逃げたのか」

顔をゆがめた李傕は南宮《なんきゅう》の掖門《えきもん》に本陣をすえていた。もっとも憎むべき呂布を捕らえられなかったのは残念でならない。だが心の側面には、これほどうまくゆくとはおもわなかった、という笑みが浮かんでいる。

――王允は皇甫嵩を信用しなかったのだ。

かつて董卓に服従した皇甫嵩を王允はみている。しかも皇甫嵩の子である堅寿《けんじゅ》は董卓に誼《よしみ》を通じていた。それゆえ王允は皇甫嵩に長安防衛の指揮をさせなかった。個人の勇気をひけらかすしか能のない呂布が守禦《しゅぎょ》の総司令官であったことは、李傕らにさいわいした。皇甫嵩についで名将の誉れが高い朱儁《しゅしゅん》は長安城内にいない。

以前、董卓が長安に遷都をおこなおうとしたとき、朱儁の名声を重んじるかたちで利用しようとし、朱儁を太僕に任命して、佐治《さじ》させようとした。要するに董卓は朱儁を副相国《しょうこく》にしようとした。が、それを固辞した朱儁は董卓が西行したあと、洛陽を守るためにとどまった。しかし董卓のための防ぎになりたくない朱儁は山東《さんとう》の諸将と通謀し、内応の意志をみせた。

そのあたりは皇甫嵩のありかたとはちがう。ところが山東の諸将の動きは鈍重で、洛陽まで進攻してくるけはいをみせない。それらの軍と連携することができなければ、董卓の軍と独力で戦わねばならなくなるので、身の保全を考えて、

――董卓軍に襲われにくい地へ移ろう。

と、官を棄てて、荊州へ奔《はし》った。洛陽を守衛する者がいなくなったことを知った董卓は、弘農郡出身の楊懿《ようい》を河南尹《かなんいん》に任命して東へ遣った。それをきいた朱儁は、兵をすすめて洛陽に還り、楊懿を走らせた。とはいえ、洛陽はすっかり荒廃して、養兵にはふさわしくない地になっている。それゆえ朱儁は兵を東へ移動させて中牟《ちゅうぼう》に屯営《とんえい》を設けた。そこを拠点に、檄《げき》文《ぶん》を州郡にまわして、董卓を討伐するための兵を募《つの》った。それに応えたのが徐《じょ》州の陶謙《とうけん》であり、かれは三千の精兵を朱儁のもとに送りこんだ。朱儁に好意をもっている陶謙は、上表をおこなって朱儁を行車騎将軍《こうしゃき》に任命してもらおうとした。それは一種のとりひきであり、朱儁をつかっておのれの威権を高めようとする陶謙のしたごころがみえかくれする。実際、刺《し》史《し》であった陶謙は牧《ぼく》になった。牧になれば、その州の支配者になったも同然である。また朱儁の一連の進退をみると、かれは袁術と公孫瓚《こうそんさん》、袁紹《えんしょう》と劉表《りゅうひょう》とはべつの勢力圏を形成しようとしたようであり、それに陶謙が同調したようにおもわれる。ただし朱儁の徳望がさほど高くなかったことで、この連合は拡充をみせなかった。

「朱儁がふらちなことをしようとしている。征《い》って、たたいてしまえ」

董卓に命じられた李傕と郭汜は、数万の兵を率いて東行し、朱儁の軍と戦い、それを破った。敗退した朱儁は中牟から動けなくなった。

――わしは、朱儁に勝ったのだぞ。

ほとんど天下に名の知られていなかった李傕は、そう叫びたかったであろう。名のある武将に勝ったことは、軍歴を勲章で飾ったようなものであり、李傕は自信を得た。が、べつなみかたをすれば、時代の主流に朱儁は乗ることができなかったがゆえに、軍事的才能はまさっているのに、李傕の勢いに負けた。

李傕には勢いがある。

長安城を攻めることを勧めた賈詡の勝算にはその数値が大きかったかもしれない。

李傕のもとに郭汜がきた。ふたりは戦況を確認しあった。献《けん》帝のいる未央宮《びおうきゅう》には兵が籠《こ》もって抗戦をつづけている。

「明日には、未央宮に踏みこめるだろう」

と、郭汜は小さく笑った。

「呂布は逃げたが、董公を刺した兵を二、三捕らえた。王允を捕らえたら、まとめて処刑してやろう」

涼州兵は未央宮を攻める一方で都内の民家に押しいって老若を問わず殺し、女をさらった。

蔡邕《さいよう》の女《むすめ》の蔡琰《さいえん》がさらわれたのも、このときであるとおもわれる。蔡邕の郷里は陳留郡《ちんりゅう》の圉《ぎょ》県であるから、婚家から実家にもどった蔡琰は圉県にいたとも考えられるが、父が董卓に厚遇されていたのであるから、長安にいる父のもとに帰ったと想うのが自然である。董卓が誅殺されてからほどなく獄死した蔡邕は、蔡琰ばかりでなく、搢紳諸儒《しんしんしょじゅ》に哀しみをあたえた。兗《えん》州と陳留郡の士は蔡邕の像を画いて、その碩《おお》きい文徳を偲《しの》び、景仰《けいぎょう》すべき事績を頌美《しょうび》した。とにかく蔡琰は長安で喪に服していたにちがいない。そこに西方の兵が乱入した。さらわれた蔡琰は、南匈奴左賢《きょうどさけん》王の妾《しょう》にされて、ふたりの子を産み、胡天《こてん》の下で十二年も住むことになる。匈奴に使者をつかわして、黄金と宝玉を与えて、蔡琰をつれもどすのが曹操である。曹操は蔡邕と仲がよかったとはいえ、ほとんどかかわりのなかった蔡琰を恤《あわれ》む心のおきどころは、天下の微《かす》かな声さえききとれる非凡の政治家のありようそのもので、文事に関心のうすい権力者ではまねのできないことであろう。

なにはともあれ涼州軍がさまざまな民族の兵で編成されていたことがわかる。それだけにかれらには皇帝への尊敬度が低い。皇帝のいる宮殿を攻めることに忌憚《きたん》をおぼえない。

この日、李傕、郭汜、張済、樊稠らはそれぞれ将軍と称した。翌日は、おもに王允を捕らえるために兵が動いた。未央宮に踏みこんだ兵は、抵抗する近衛兵をことごとく殺した。その際に、司隷校尉《しれいこうい》の黄琬《こうえん》を殺害した。

王允は献帝をかかえるように未央宮を脱して北へ奔り、東北の門である宣平門《せんぺい》に登って息をひそめた。この逃避行が王允と献帝のふたりだけでなされたものであれば、涼州兵の目をかすめることができたであろうが、献帝には従者がすくなくない。

「天子と王允は、宣平門に隠れているのではないか」

日没前にその報《しら》せをきいた李傕らは、

「それだ——」

と、色めき、兵を急行させて宣平門を包囲させてから、煙燼《えんじん》のなかをそろって東北へ移動した。日没となったものの、宣平門は暮れ残っている。李傕らは門の下で拝礼し、地に伏して叩頭《こうとう》した。門の上に献帝がいることはまちがいない。やがて献帝が姿をあらわして、

「卿《けい》らは、威福をなしてはならぬのに、むやみに兵を放つとは、どういうことか」

と、叱声《しっせい》を浴びせた。十二歳の少年皇帝の声に威がくわわっている。ここで恇駭《きょうがい》するような醜態をさらせば、門下にひきずりおろされて、帝位からもおろされかねない。

李傕らは仰首した。

「董卓は陛下に忠誠を尽くしてきましたのに、ゆえなく呂布に殺されました。われわれは董卓のために報復しただけであり、叛逆をおこなったわけではありません。事が竟《お》わりましたら、廷尉《ていい》のもとへゆき、処罰をうけるつもりでおります」

献帝は董卓によって立てられた皇帝なので、董卓を追慕する李傕らは献帝の廃位を考えてはいないが、王允をかばいだてするようであれば、少々手荒いことをあえておこなわねばな

らない。王允を殺したあとにおとなしく罪に服するなどということは妄《うそ》である。

献帝は黙然とした。おそらく心のなかでは、

「董卓がわたしにどのような忠誠を尽くしたというのか」

と、門下の叛乱者を呵譴《かけん》したかったであろう。だが門の上に追いつめられた献帝には、正義を貫行《かんこう》するだけの力量がなかった。正義とは理念だけのものではないことをここでの献帝は露呈した。

「陛下、お別れでございます」

王允は拝礼した。もしも献帝が王允を渡さぬといえば、献帝はかれらにはずかしめられるであろう。それを恐れた王允はいさぎよく門をおりようとした。

「允よ……」

献帝は悲痛さをこらえたような顔つきをした。献帝は生まれるとすぐに生母の王《おう》美人が何《か》皇后に毒殺されたため、生母の顔を知らない。養育してくれた董太后（孝仁《こうじん》皇后）も何進《かしん》と何太后に迫害されて病歿した。それからほどなく洛陽に乗りこんできた董卓の擅殺《せんさつ》がはじまり、献帝の心はやすらいだことはなかった。董卓が死んだと知ったとき、

——ああ、これで洛陽に帰ることができる。

と、牢獄からでた囚人が青天を仰ぎみたような気分になった。この解放をもたらしてくれたのが王允であり、献帝ははじめて信頼することのできる輔弼《ほひつ》を得たと感じた。董卓さえい

なければ、健全な王朝がふたたび運営されるであろう、と胸裡に明るい未来を画いた。だが二か月も経《た》たぬうちに、その歓愉《かんゆ》は西方の兵によってふみにじられた。

――王允を失いたくない。

失えば、またしても曀《くら》い孤独に棲《す》まねばならない。

「なにとぞ、ご自愛を――」

この声を残して、王允が門をおりたとき、献帝は自分が河水《かすい》のほとりに立ち、王允が河水に身を投げたように感じた。かつて宦官《かんがん》の張讓《ちょうじょう》らは、献帝の兄である少《しょう》帝にむかって悲哭《ひこく》して、おなじようなことをいって溟《くら》い水のなかに消えていった。

李傕らに捕らえられた王允を献帝は瞰《み》た。すぐに王允は夕闇に沈み、二度と献帝のまえにあらわれることはなかった。

翌日、王允は処刑された。その屍体《したい》は市にさらされた。処刑されたのは王允だけではない。王允の妻子も族人も殺され、董卓を刺した兵も死刑に処せられた。それをみた都内の人々は、

――むごいことをする。

と、心のなかで李傕らを非難し、王允のために涙をながした。しかし都民は涼州兵を恐れて、王允の遺骸《いがい》に近づくことはしなかった。夏のことなので、屍体が腐るのが早い。腐爛《ふらん》するまえに、たれか斂葬《れんそう》する者はいないのだろうか、と都民のすべてがひとりの俠士《きょうし》の出現をひそかに望んでいた。その望みが凝結したのか、ある朝、王允の屍体が消えたので、都民は

胸をなでおろした。

むろん勇気をもって遺骸を収容した者がいたのである。その俠骨《きょうこつ》の人物は、趙戩《ちょうせん》という。かれは京兆尹の長陵《ちょうりょう》県の出身で、質朴で好学の人である。『詩経』と『尚書』のなかにある語句をつねに用いて言を発し、人への愛恤《あいじゅつ》を忘れないばかりか、わけへだてなく人に接するという謙恕《けんじょ》をもっていた。

――趙戩は礼誼《れいぎ》を知っている。

と、三公にみこまれた趙戩は、辟召《へきしょう》されて、尚書選部郎《しょうしょせんぶろう》となった。やがて董卓が政治の中枢というべき台閣《たいかく》（内閣）を自分の息のかかった官僚で満たそうとしたが、趙戩はこばみ、ききいれなかった。怒った董卓は趙戩を召して殺そうとした。見守っていた者たちは最悪の事態を予想して、恇懼《きょうく》した。董卓にさからってぶじにすんだ者はいない。しかし趙戩は自若《じじゃく》としていた。董卓のまえで顔色を厳正にして、ことの是非を説いた。董卓は凶戾《きょうれい》であるとはいえ、その説述をきくと、

「わしがまちがっていた」

と、自分の非を認めた。趙戩のために心配していた者たちは、その意外さにおどろくと同時に、趙戩の勇気を私《ひそ》かに賛《ほ》めた。

このあとに趙戩は長安から遠くない右扶風の平陵《へいりょう》県の令《れい》に転出した。よけいなことかもし

れないが、平陵は前漢の昭帝《しょう》の陵である。皇帝陵には役人が配置され、さらに陵を守るために人が移住させられた。その結果、県が新設された。

高祖《こうそ》の長陵県
恵《けい》帝の安陵《あんりょう》県
景《けい》帝の陽陵《ようりょう》県
武《ぶ》帝の茂陵《もりょう》県
昭帝の平陵県

という五陵の県がとくに有名である。その五県は長安からみて北か西北にあり、もっとも遠い茂陵でも徒歩で二日という距離である。

平陵の県令《けんれい》である趙戩は、王允が殺害されて屍体にたれも近づかないときき、

——董卓を誅戮《ちゅうりく》した勲臣を、鳥の餌《えさ》にするつもりか。

と、憤嘆し、官を棄てて長安に急行し、屍体を収斂《しゅうれん》した。このあと三輔《さんぽ》の混乱が烈しくなるばかりなので、荊州へのがれて、劉表に賓客として厚遇された。のちに荊州を平定した曹操は、趙戩の手を執って、

「あいまみえることの何と晩《おそ》きことか」

と、いい、すぐさま自分の掾《えん》とした。その後、趙戩は五官中郎将《ごかんちゅうろうしょう》(曹丕《そうひ》)の司馬《しば》となり、さらに相国の鍾繇《しょうよう》の長史《ちょうし》となって、六十余歳で死去した。

さて、王允を殺して、長安を攻め取った李傕らは凱歌《がいか》を奏して、灰と化した董卓をあらためて郿《び》に埋葬した。それは李傕らが董卓の後継者であることを天下に喧伝《けんでん》するものであり、董卓を裏切った者どもを容赦しないという示威《しい》でもあろう。

が、その盛大な埋葬に、天変があった。

棺《ひつぎ》が地中に沈むと、にわかに風と雨が烈しくなり、ついに暴風雨が董卓の墓を震わせ、地をうがつ豪雨が墓のなかにながれこんで、棺を浮きあがらせ漂わせた。それでも李傕は、

——不吉だ。

とはおもわなかった。李傕は鬼神と妖術を嗜《この》み、つねに左右に道人《どうじん》と巫女《ふじょ》を置き、謳《うた》を歌わせ鼓《こ》を打たせて神おろしをさせている。董卓はかれにとって最高の神になったといってよい。暴風雨はかれの敬意が董卓にとどいたあかしである。

「墓が動いたのは董公がお歓びになったのであり、大雨になったのは、燃やされた董公が水を欲しておられたからであろう」

と、李傕はいい、上機嫌で長安にもどった。

——わしが朝廷を主宰することができるのか。

夢にもおもわなかったことが李傕の現実となった。涼州軍にさからった公卿《こうけい》と官吏をのこらず殺したので、朝廷の人事はすこぶるやりやすい。

八月に皇甫嵩が太尉の位に登ったのは、皇甫嵩が長安防衛のためにほとんど働かなかった

ことをあらわしているといってよいであろう。皇甫嵩の最盛期を知っている人々は、
「忠臣もおちぶれたものだ」
と、嘆き、かつて天下の輿望《よぼう》をひとりじめにした将軍がみる影もなくなったことに、時のうつろいのむごさを感じた。
おなじ月に李傕らは太傅《たいふ》の馬日磾《ばじつてい》と太僕の趙岐《ちょうき》に天子の使者のしるしである節《せつ》をもたせて、天下をめぐらせ、群雄に争いを熄《や》めるように説かせることにした。
——これでよし。
李傕らはほくそえんだ。あとは自分たちに高位高官をさずければよいのである。
李傕　車騎《しゃき》将軍　池陽《ちよう》侯
郭汜　後《ご》将軍　美陽《びよう》侯
樊稠　右《ゆう》将軍　万年《ばんねん》侯
張済　驃騎《ひょうき》将軍（あるいは鎮東《ちんとう》将軍）　平陽《へいよう》侯
いわば四巨頭が朝廷の運営者となったのであるが、張済は内政にかかわりたくないのか、あるいは権力闘争が起こりうると予想し、その渦中にいたくないとおもったのか、すぐに長安をでて弘農に軍を駐屯させた。
おなじように身の保全をこころがけたのは賈詡である。
この稀代《きたい》の策謀家は、李傕らを使嗾《しそう》して、生涯に数度はおとずれる窮苦《きゅうく》のひとつを脱した。

牛輔将軍の死後に李傕らが軍を解散して個々に涼州へ逃げ帰ろうとしていたら、いまごろ賈詡をふくめた校尉《こうい》の全員は捕獲されて刑死しているであろう。

——生きつづける。

というのが賈詡の人生の基本であると同時に主題であり、すなわちそれが他人に勝つということにほかならず、武力の限界を知っているからこそ、知恵と度胸が要《い》る。長安にはいった賈詡は、敵を倒したあとにはかならず外にむかっていた力が内にむけられる、と予感した。狡兎《こうと》が死ねば走狗《そうく》が烹《に》られるのは、昔も今も変わらないはずであり、この場合は、李傕、郭汜、樊稠がおなじ程度の勢力をもっているだけに、やがて主導権を争うようになるであろう。それゆえ左馮翊《さひょうよく》に任命された賈詡は、侯に封《ほう》ぜられそうになったが、受けなかった。

「なんじの献策がなければ、いまのわれわれはない。最大の功であるといっても過言ではない」

李傕らにそういわれても、賈詡は固辞した。

「あれはいのちを救うための計であり、どこに功がありましょうか」

ここでは自身のいのちを救うために長安をでて郡守となった。そういう謙譲ぶりが賈詡に声望をもたらした。それをなんとなく感じた李傕らは相談して、

「賈詡を呼びもどそう」

と、決めた。左馮翊がもつ軍事力を賈詡ににぎられるのはまずいということもあるが、賈

詡がいないと王朝の運営に不都合が生ずるということを痛感したからである。それゆえ賈詡を召還した李傕らは、

「尚書僕射《しょうしょぼくや》になってもらいたい」

と、少々気をつかっていった。

いちど長安の外にでた賈詡は郡の治安が予想以上に悪化していることに不安をおぼえた。左馮翊の人口は十数万であったのに、董卓が長安に遷都を敢行してから、かれの属将によって撓滑《どうかつ》がおこなわれたために、半減してしまい、郡の力が劣弱になっている。

――これでは、賊に殺されかねない。

と、賈詡は郡守として恐怖を感じた。官を棄てて函谷関《かんこくかん》の東か武関の南へのがれる手がないこともないが、長安攻略の計画を立てた自分が、袁紹や袁術に歓迎されるはずはなく、まして冀《き》州か荊州には呂布がいる。うかつに関所の外にはでられない。そう苦慮していたときに、長安に呼びもどされたのである。こうなったら李傕らを楯につかい、かれらにもっとも近くにいながら遠ざかる工夫をしてみよう、と賈詡は肚をすえた。それはたれも見破ることのできない妖術であるともいえる。

「尚書僕射は百官の師長であり、天下の願望が寄せられる官です。わたしはもともと重名《ちょうめい》をもっていないので、人を心服させることができません。たとえわたしが栄利に昧《くら》くても、国家をどうすればよいか、考えてみましょう」

尚書僕射のような長官はつとまらないが、朝廷内で努力をしてみましょう、と賈詡はいった。不安定な王朝では高い地位に陞《のぼ》らぬことが身をそこなわぬ初歩であり、権力も勢力ももたなければ、李傕らに憎まれることも警戒されることもない。

「寡欲《かよく》な男よ」

李傕らは賈詡を尚書に任命して、官吏の選挙をつかさどらせた。選挙は、選抜挙用のことであり、賈詡はめだたぬように良材を登用した。

ところで李傕らと合流して長安攻撃に協力した李蒙と王方の処遇は不明である。ふたりは歴史が転化する際に、一瞬、熠燿《ゆうよう》たる光を放って、すぐに時の濬潭《しゅんたん》に墜《お》ちていった者たちであろう。

三公は虚位《きょい》となった。九月の時点では、

太尉　皇甫嵩

司徒　淳于嘉《じゅんうか》

司空《しくう》　楊彪《ようひょう》

であったが、十二月には、流星があったという理由で、皇甫嵩は罷免された。

君その政を失し、臣その道を失すれば、すなわち星その次《じ》を失し、光なくして流れん。

未来予言書というべき緯書《いしょ》のひとつは、そのようにいう。星の次とは、星座であるとおもえばよい。天文の小さな異変によって太尉の位からおろされた皇甫嵩は、もはや覇気を失った老臣にすぎず、のちに光禄大夫《こうろくたいふ》を拝し、太常に遷《うつ》ったあと、興平《こうへい》二年（一九五年）に病死する。その死にたいして驃騎将軍の印綬《いんじゅ》が贈られた。

黄巾の兵の十余万の首級を獲《え》て、たかだかと京観《けいかん》を築いたころの皇甫嵩は、何と颯爽《さっそう》としていたことか。その英姿は、まるで夢中の光景のようにおもわれる。それほど時代は激動し、人に夢をみさせないほど、炯々《けいけい》と醒《さ》めている。

呂布はつねに自分が皇帝の臣であるとおもっている。

それゆえ数百騎を率いて武関をでたあとも、

――わたしが皇帝をお助けする。

と、想像をたくましくした。身のほどを知らぬ、と嗤《わら》うことはできぬであろう。なぜなら呂布は正式に奮武《ふんぶ》将軍に任命され、温《おん》侯に封ぜられたのであるから、自称あるいは偽称のやからとはちがうからである。南陽郡にいる袁術はかつて後将軍に任命されたことがあり、いまは南陽太守にひとしいが、朝廷から派遣された南陽太守の張咨《ちょうし》を殺したのは袁術ではなく孫堅であり、また袁術は袁紹とちがってべつの皇帝を立てようとたくらんだこともないという理由で、

——袁術には皇帝への忠義心がある。

と、呂布はみた。したがって袁術とともに行動して、皇帝の力になることができる、と考えたので武関をでて袁術のもとへむかったのである。袁氏一門の深讎《しんしゅう》である董卓を討ったのは自分であるから、歓待されないはずがない、というおもわくが呂布にはある。

「わたしの到着を袁公路《えんこうろ》に告げよ」

呂布は配下のふたりを使者として先駆させた。袁術が大歓迎してくれるであろう、と想えば、晩夏の天地はなおさら明るい。この道はやがて袁術の軍とともに長安へむかう征路になるであろう。そういう想像のなかで呂布の心身はやすらかであった。

この騎馬集団は武関から魯陽《ろよう》へむかったのであるから、南陽郡の北部を駆けつづけたことになる。ちなみに呂布の馬は、

赤兎《せきと》

と、いって、天下の名馬である。

が、馬上の呂布にとって、前途はけっして明るいものではなく、往く道は皇帝のもとへ帰る道にはならなかった。かれを待っていたのは兵馬倥偬《こうそう》の歳月であった。

呂布の使者が到着したことを報された袁術は、露骨にいやな顔をして、

「呂奉先は変節によって小名《しょうめい》を得たにすぎぬ。わしは会わぬぞ。南陽にとどまってはならぬといえ」

と、憎悪をまじえていった。袁術は道義を楯にして呂布を拒絶した。主である丁原《ていげん》を殺し、父にひとしい董卓を刺殺した呂布は、人の風上《かざかみ》に置けない男である、ということである。倫理において、袁術は自分には甘く他人には厳しい。

「袁公路は、わたしに会ってくれぬのか」

使者の報告に接した呂布は、信じられぬ、という顔をした。董卓をかたづけた自分はどこへ行っても絶賛されるはずではなかったのか。

「わたしは袁公路をみそこなったらしい」

袁術の狭量を感じた呂布は眉宇《びう》に哀愁をにじませた。袁術は長安の外にいる諸将のなかで踔然《たくぜん》としているという判断がくずされた。

——やむなし。

南陽にとどまることが許されないのであれば、袁紹のもとへゆくしかない。呂布がもっている情報の量は寡《すく》なく、しかも質が悪い。かれが長安にいるあいだに天下は激動しており、もしもかれに自立の精神があれば、独自の勢力を培植《ばいしょく》する地はいたるところにあった。しかしながらすでに声望をもった人物に頼ろうとしたところに、呂布の限界があったといえるであろう。

魯陽から冀州の鄴県《ぎょう》までは、騎馬であれば、二十日もかからない。

途中で呂布は王允の死を知った。かれは馬からおりて、西にむかって哭泣《こっきゅう》した。行政につ

いて無知同然の李傕や郭汜が、これから皇帝を脅迫しつつ王朝の運営にあたるようであるが、

――いつまでかれらが協力しあえるか。

と、呂布は長安の支配者となった者たちの運命を晦《くら》く予感した。かれらに内訌《ないげき》が生ずれば、有司のなかからかならず王允のような者があらわれて、かれらを誅滅するであろう。そうなれば呂布はまっさきに中央政府に招かれるであろうが、

――袁紹は天子を輔《たす》けにゆくまい。

と、わかるだけに、袁紹のもとへゆくことに気がすすまない。それでも冀州へゆくしかない、と呂布は自分にいいきかせた。つねに呂布の左右にいる成廉《せいれん》と魏越《ぎえつ》は、

「兗州は黄巾の賊で満ちているようです。なるべく西の道を通りましょう」

と、いった。それゆえ、いったん豫《よ》州の潁川《えいせん》郡にはいったこの集団は、兗州の陳留郡にははいらず、河南尹と河内《かだい》郡を通過した。その道も黒山《こくざん》の賊が往来しているのでかならずしも安全ではないが、かれらは不意の襲撃に遭わずに鄴県へ到着した。

「呂布がきたのか……」

袁紹はわずかにしぶい顔をした。そのけはいがあたりを染めた。袁紹の意想を察することに敏である謀臣の逢紀《ほうき》は、

「孝悌《こうてい》の道に悖《もと》る呂奉先は天下の孝子に憎まれております。父にひとしい者をふたりも殺した呂奉先は、不仁の極みであり、そのような悖徳《はいとく》者をお容《い》れになれば、公《きみ》の声望に傷がつく

ばかりか、訞《わざわ》いのもとになります」

と、強くいい、呂布を州外に退去させるように勧めた。しかし田豊《でんほう》はそれに反対した。

「かの者は意志をもたぬ兵器のようであり、正の者がつかえば邪を殺し、邪の者がつかえば正を害します。袁氏の仇敵《きゅうてき》である董卓を討ったのが、かの者であることはまぎれもなく、それによって天下の大難がひとつ去りました。袁公路にこばまれたかの者を公がお迎えになれば、袁氏の棟梁《とうりょう》が公であることを天下にお示しになることができますし、かの者をおつかいになれば、常山《じょうざん》に逃げこんでいる張燕《ちょうえん》をやすやすと討伐することができます」

上古《じょうこ》、帝堯《ぎょう》は四人の悪人、すなわち四凶をもって魑魅魍魎《ちみもうりょう》のたぐいを禦《ふせ》いだといわれる。悪をもって悪を攘伐《じょうばつ》するのが王者の常法であるとすれば、呂布をつかって張燕を討伐するのは悪い発想ではない。

張燕は黒山の賊の首領であり、一時期、百万の軍勢を保有していた。が、霊《れい》帝の末年に朝廷に降《くだ》り、平難中郎将《へいなんちゅうろうしょう》の官位を授与されたので、賊ではなくなった。その後、董卓の専横《せんおう》がはじまると、その悪政を憎んで董卓打倒のために挙兵した。かれは袁紹の狡猾《こうかつ》さをも嫌って公孫瓚と手を組んだ。が、公孫瓚が界橋《かいきょう》の戦いで大敗したので、張燕も北へ退き、いま常山にいる。

一万余の精兵と数千の騎兵というのが、張燕軍の内容である。

——よし、呂布を迎えいれて、張燕を伐《う》ってやろう。

田豊の意見を容れた袁紹は、呂布と面会することにした。客席ではなく臣下の席をあたえられた呂布は、心外であるという表情をして、

「わたしは三公の下、九卿《けい》の上という位にいた。三公九卿を輩出した袁氏一門の総帥《そうすい》が、礼をお忘れになってはこまる」

と、立ったままいった。

——西方の犬が、何を吠えるか。

口をゆがめた袁紹は、席をつくりかえさせて、冷えた目を呂布にむけた。

「大いに歓待したいところであるが、わたしはこれから常山の張燕を討伐にゆく。呂将軍は飛将《ひしょう》とよばれて、その勇猛さを天下で知らぬ者はおらぬ。冀州の掃除を手伝っていただけるであろうな」

冀州にいたかったら手柄をたててからにせよ、と袁紹はいったことになる。

「よくぞ董卓を誅《ころ》してくださった。袁氏一門を代表して礼をいう」

袁紹からそのことばをききたかった呂布は、

——袁氏には度量の大きな者がおらぬ。

と、軽い失望をおぼえた。冀州は長くとどまるところではないかもしれぬと予感した呂布は、気がすすまぬまま、袁紹軍に同行した。王允とともにいた長安がむしょうになつかしくなった。

謀　主

初平《しょへい》三年（一九二年）は、事件がはなはだ多く、歴史の大綱《たいこう》をきれいに摘索《てきさく》しがたい。

正月の孫堅《そんけん》の死と界橋《かいきょう》での袁紹《えんしょう》の大勝からはじまり、四月の董卓《とうたく》の横死《おうし》を経て、十二月の曹操《そうそう》の黄巾《こうきん》軍鎮圧まで、過度のめまぐるしさがあった。

曹操は兗《えん》州の郡守たちに舁《かつ》がれて、兗州を監督するようになり、刺史《しし》あるいは牧《ぼく》と称したが、その官は朝廷の認可を得たものではないので、立場は袁紹とおなじである。

このとき、兗州刺史はもうひとりいる。公孫瓚《こうそんさん》に任命された単経《ぜんけい》である。公孫瓚自身は界橋で大敗したあと従弟の公孫範《こうそんはん》とともに薊《けい》に帰還したが、主力からわかれた勢力が青《せい》州を奄《えん》有《ゆう》した。その中心に臨菑《りんし》に府をかまえる田楷《でんかい》がおり、それを佐《たす》けるように高唐《こうとう》に劉備《りゅうび》がいる。

兗州を取りたい単経は、平原《へいげん》にいて、虎視眈々《こしたんたん》と進攻の機会をうかがっている。

もっとも奇怪な動きをしたのが徐州牧《じょしゅうぼく》の陶謙《とうけん》である。かれは軍を遠征させて、東郡北部にある発干《はっかん》に駐屯させた。

——南陽《なんよう》をでて陳留《ちんりゅう》へ遷《うつ》りたい。

と、考えている袁術《えんじゅつ》は謀略の手を打った。公孫瓚に使いを送り、

「冀《き》州を圧迫してもらいたい。まもなくわたしも兗州にはいるので、南北から冀州を攻めようではないか」

と、いった。劉備と単経が兵を動かせば、袁紹だけではなく、曹操も兗州と冀州の境に注目し、兵をかたよらせることになる。すると陳留は軍事的視界の外になる。そういう袁術の計図《けいと》である。その計図に、べつなおもわくをもって陶謙がくわわった。

陶謙の本意は、中牟《ちゅうぼう》に逼塞《ひっそく》している朱儁《しゅしゅん》を推《お》して太師《たいし》とし、州牧や太守が結束して李傕《りかく》を討ち、天子を洛陽《らくよう》に迎えるというものである。ところが李傕が皇甫嵩《こうほすう》を罷免して太尉《たいい》に周忠《ちゅう》を昇らせ、尚書《しょうしょ》に賈詡《かく》をすえると、朱儁のもとに、

「入朝するように」

という使者をよこした。朱儁の下にいる軍吏たちは、

「往けば、謀殺されます」

と、恐れたが、これは詔命《しょうめい》である、猶予はならぬ、李傕と郭汜《かくし》は小豎《しょうじゅ》にすぎず、樊稠《はんちゅう》は庸《よう》

児《じ》といえる、ほかに遠略をもっている者はおらず、勢力が拮抗しているので、かならず変乱が生ずる、わたしはその間隙に乗じて、大事をなしてやろう、と朱儁はいい、入朝して太僕《たいぼく》となった。

それからおよそ半年後の初平四年（一九三年）の六月に、朱儁は周忠のあとを襲《つ》いで太尉を拝命した。それでも李傕らのすきにつけこむことができず、翌年の興平《こうへい》元年（一九四年）に日食のせいで太尉を罷免された。

朱儁の死は興平二年（一九五年）の三月である。

その月に李傕は数千の兵で宮殿を包囲させ、献《けん》帝を迎えの車に乗せて、自分の営所に遷した。群臣は歩いて乗輿《じょうよ》に従い、宮中からでた。兵は皇帝が去った殿中にはいり、宮人や御物《ぎょぶつ》を掠《かす》め取り、宮殿に火をかけた。妄挙《ぼうきょ》はそれだけではなく、かれらは官府と民家にも放火したのである。

このとき李傕は郭汜と闘争中であり、李傕に攫《さら》われたかたちの献帝は、争いをやめるように郭汜をさとすべく、公卿《こうけい》をつかわした。その公卿のなかに大司農《だいしのう》の朱儁がいた。

多くの公卿を迎えた郭汜は、手を抵《う》って喜び、

「またとない人質をくれたものだ」

と、いい、全員を営内に拘留した。

「わたしが人質になるとは——」

憤激した朱儁はその日のうちに病を発して死んだ。文字通り、憤死である。戦歴のかがやかしさにおいて皇甫嵩とならび称される朱儁は、皇甫嵩とおなじ年に死んだ。朱儁と皇甫嵩は王朝の威光のもとで戦ってきただけに、王朝の復活を信じ、自立と独歩を考えなかったのであろう。往時の朱儁からすれば、董卓の下にいた李傕や郭汜は、なるほど小豎にすぎぬであろう。その蔑視すべき小成《しょうせい》の者に拘束された朱儁は、王朝が沈淪《ちんりん》する音をきかなかったであろうか。

朝廷にもどった朱儁が深い溝にはまったように身動きができなくなったことは、朱儁を中心とする朝廷を再成するという陶謙の企望《きぼう》を成就させなかった。いや、朱儁に期待したのは陶謙だけではなく、じつに多くの地方の長官が陶謙の企図《きと》に賛同したのである。かれらがそろって危険視したのは、袁紹である。袁紹がべつな王朝を樹《た》てたがっているのは周知のことである。それゆえ陶謙も、袁紹を批判する勢力のひとつであり、さらに強力な批判者である公孫瓚と袁術に協力するのは不自然ではない。それゆえ軍を冀州に近い発干へゆかせて、駐屯させ、いつでも冀州に攻めこめることを公孫瓚と袁術につたえた。曹操にことわらなかったのは、

――曹操は袁紹と袂《たもと》を分かったはずだ。

という認識があったからである。

しかし曹操は怒った。

「わが庭に無断ではいりこむとは、盗人のごときふるまいである」

兗州を侵す者は、何人であっても赦《ゆる》さない。曹操は発干の陶謙軍を攻撃して州外に退散させた。この行為は間接的に袁紹を援《たす》けたことになる。

——曹操も敵か。

敗報をきいた陶謙はこのときから曹操に悪感情をもった。

曹操はなりゆきで袁紹と手を結んでいるにすぎない。自分の地位の不安定さは、解消されない懸念である。

「よろしく天子を奉じるべし」

というのが毛玠《もうかい》の進言であった。

——それがよい。

陶謙は長安《ちょうあん》から遠いという地理的条件の悪さもあるが、朱儁を利用して不図《ひと》を完成しようとする虫のよさをもっている。なにごとも他人《ひと》に頼るのは失敗のもとだという意《おも》いが曹操にはある。自分で天子を迎えたい。そのためには天子を保護する軍を長安に到らしめねばならないが、陶謙のように無断で他の州郡に兵馬をいれれば、かならず反発される。

「天子をお遷しする道をつくらねばならぬ」

曹操は使者を発した。

この使者は河内《かだい》郡にはいって、河内太守である張楊《ちょうよう》に面会し、趣旨を述べ、

「道をお借りできませんか」

と、懇願した。

張楊はあざなを雅叔《がしゅく》といい、雲中《うんちゅう》郡の出身である。武勇を認められて并《へい》州で採用され、并州刺史の丁原《ていげん》に仕えるようになった。丁原の下には呂布《りょふ》もいたので、張楊は友誼《ゆうぎ》をもった。何進《かしん》が宦官誅滅《かんがんちゅうめつ》を計画した際に、張楊は故郷に帰還して兵を集めるようにいいつけられ、千人余を得た。が、何進が殺害され、丁原も呂布に暗殺され、袁紹が洛陽を脱出したので、并州南部の上党《じょうとう》にとどまり、山賊を討伐しつつ勢力を拡充した。山東《さんとう》の諸将が董卓打倒を叫んで挙兵したとき、張楊は数千の兵をもっており、その兵を率いて袁紹軍に合流した。その後、袁紹から離れたせいであろうか、張楊は董卓から建義《けんぎ》将軍・河内太守に任命された。并州閥の人であるから、董卓を倒した王允《おういん》が朝廷を主宰するようになっても解任されず、王允が斃《へい》死《し》したあとも董卓側であったとみなされて太守のままである。

曹操の使者に会って話をきいた張楊はいやな顔をした。

――わたしは虞《ぐ》公ほど愚かではないぞ。

春秋時代に晋《しん》の献《けん》公は虞の国に道を借りて虞を滅ぼした。曹操は大義を掲げながら、河内に兵をいれて、河内を取るつもりであろう。張楊は猜疑《さいぎ》心の強い男ではないが、常識はそなえている。

「聴けぬ」

と、いって、曹操の使者をかえそうとした。

が、張楊の近くに、
董昭《とうしよう》
という済陰《せいいん》郡定陶《ていとう》県出身の切れ者がいて、

「ご再考の余地があります」

と、張楊にささやいた。のちに曹操の重臣となるこの兗州人は、決断力と知恵に富んでおり、かつて冀州の癭陶《えいとう》県の長、柏人《はくじん》県の令《れい》を歴任した。袁紹が冀州牧になると、参軍事《さんぐんじ》の官をさずけられた。参軍事は参謀であると想えばよいであろう。袁紹が公孫瓚軍を界橋に迎え撃とうとしたとき、鉅鹿《きよろく》郡の太守である李邵《りしよう》をはじめ郡の吏人たちが動揺し、公孫瓚の側へ趨《はし》ろうとするけはいをみせた。それを知った袁紹は鉅鹿の動揺を鎮《しず》めるために、董昭を遣《や》ることにした。そのころの袁紹の下には人材が豊富である。

董昭の力量を悉知《しつち》しているわけではない袁紹は、多少の不安をおぼえたので、

「いかなる術をもって禦《ふせ》ぐつもりか」

と、問うた。この場合の禦ぐというのは、李邵たちの離叛を止めるということである。配下に難事を処理させる場合、あらかじめ、

「こうせよ」

と、教えて送りだすか、まかせたかぎり何もいわぬか、それが人をつかう者のありかたで

あるのに、袁紹は出発まぎわの董昭をつかまえて、方法を問い質《ただ》した。答えが気にいらないときは、袁紹はどうするつもりなのか。

——この人は、人を見抜けないのか。

あるいは何事にたいしても疑念をいだくのか。董昭は小さな怒りと大きな不快をおぼえた。

「ひとりでは微力であり、多数の謀計を消すことはできません。それゆえかれらとおなじ意見を唱え、かれらの情意をつかんでから、適当に制《おさ》めるだけです。計とは時に臨んで在るべきものであり、ここでいうことはできません」

じつはそういうことも董昭はいいたくないのであるが、袁紹には陰翳《いんえい》をもったいいまわしが通じないと感じたので、あえてはっきりといった。微妙なたじろぎをみせた袁紹は、

「善《よ》い。ゆけ」

と、いい、董昭を送りだした。

——何が善いのか。

袁紹という人物のわかりにくさをあらためて感じた董昭は、自分がけっして袁紹に寵幸《ちょうこう》されない配下になったことを自覚した。それを想うと気が滅入《めい》るので、鉅鹿郡にはいったときに気分をあらためた。用心深い董昭は、騒動の主因を調べあげた。

——孫伉《そんこう》らが謀主か。

鉅鹿郡に孫伉という豪族がいる。かれと連類が郡の吏民の不安と恐れを煽《あお》っている。が、

郡全体はまだ迷っており、袁紹に敵対する構えをしていない。

——それなら。

と、一計を案じた董昭は、郡府にはいるまえに袁紹の檄文《げきぶん》を作り、それをかざして府内にはいった。

「賊の斥候《せっこう》である安平《あんぺい》の張吉《ちょうきつ》の辞を得た。それによると、賊が鉅鹿を攻めるにあたり、孫伉らが応ずることになっている。あらたに檄が到着したら、かれらを逮捕して軍法に照らして処刑せよ。ただし罪をその身にとどめ、妻子を連座させてはならぬ」

あらたな檄文が袁紹から送られてくるはずがない。董昭はその檄文をひそかに書いて、郡の高官に示し、吏人を出動させた。

孫伉らが抵抗したので全員を斬り、郡内にこの処置を知らしめた。この果断に郡内の人民は大いにおどろき惶《おそ》れたが、ほどなく動揺をやめた。

董昭は秩序を回復し、民を慰撫《いぶ》した。かれには行政能力もある。逃げだしていた民は郡に帰り県にもどった。それをみとどけてから董昭は袁紹のもとにもどり、成果を報告した。

「善し」

と、袁紹は称《ほ》めた。

——往くも善し、復《かえ》るも善しか。

董昭と袁紹の感覚にはずれがある。このあと、たまたま魏《ぎ》郡太守である栗攀《りつはん》が兵によって殺害された。すぐに袁紹は董昭に魏郡太守の職を領《おさ》めさせた。が、太守の官をさずけたわけではない。

――なるほど、わたしは信用されていない。

袁紹が重用するのは人の能力ではない、ということが董昭にはわかってきた。袁紹に愛されるためには、ほかの要素が要《い》る。

魏郡は袁紹にとって本拠とすべき郡であるが、なにしろ郡境に賊が多い。その数は万をくだることはない。かれらは使者を往来させ、交易をおこない、売買もおこなった。董昭はそういう者たちを厚遇して、賊の内情をさぐらせ、賊の離間をおこなわせ、虚に乗じて討伐を敢行しては大勝した。

治安回復に知恵をつかい努力しつづけていても、董昭はけっきょく袁紹に信任されなかった。袁紹はいちど、好かぬ男だ、とおもえば、その感情の目でその者を視《み》つづける癖《へき》をもっている。人を見直すことをしない。

このころ袁紹は陳留太守の張邈《ちょうばく》と仲が悪い。その張邈の下に、董昭の弟の董訪《とうほう》がいる。袁紹の左右にいる者は、董昭を魏郡太守にしたくないので、

「董昭は賊に通じております。魏郡をあのような者におさずけになれば、すぐさま張邈と呼応して、公を攻めるでしょう」

と、讒言《ざんげん》をくりかえした。

「よし、董昭を罰してやろう」

袁紹がこういったときには、董昭は太守の職をなげうって遁走《とんそう》していた。罪もないのに死刑にされてはたまらない。袁紹は理知の人ではないので、釈明してもむだである。

――天子にお仕えしたい。

長安にむかって奔《はし》った董昭は河内郡にはいった。が、そこで止められた。董昭の名をきいていた張楊が、とどめたのである。

「李傕らが長安にはいった。当分、混乱がつづくだろう。ここでようすをみたほうがよい」

そうおしえた張楊は董昭を騎都尉《きとい》に任じた。張楊は袁紹に与《くみ》しないので、河内は董昭にとって比較的居ごこちがよい。

そこに曹操の使者がきたのである。


董昭は曹操に会ったことはないが、曹操の経歴と東郡太守になってからの戦いぶりについてきいたことがある。とくに兗州刺史になってから曹操は黄巾軍とみごとに戦った。

「袁紹と曹操は一家をなしていますが、それが長くつづくとはおもわれません。曹操はいまは強くはありませんが、まことに天下の英雄です。それゆえかれと結ぶべきであり、いまここにその機会があるのですから、天子へ上表する事があるというのであれば、それを通してやり、あわせてかれを推薦するのがよいでしょう。もしも事が成れば、永く堅く結びつくことになりましょう」

たれとも結託していない張楊は、天子の復権と王朝の復活を待ち望んでいるひとりであり、そういう政治的清潔感に袁紹も曹操も適《あ》わないことはわかるものの、孤立は滅亡につながると危ぶむ董昭の親切心がそういわせたのである。

——曹操に恩を売っておくか。

張楊は計算高い男ではない。それどころか欲得ずくの思想と行動を嫌う。ここで董昭の意見を容《い》れたのは、曹操への好意ではなく、董昭への敬意による。

曹操の使者は従事《じゅうじ》の王必《おうひつ》である。かれは河内郡を通って長安へむかった。張楊も使者を発して、曹操を推薦した。董昭は曹操のために長安をおさえている李傕や郭汜に書を送った。また張楊の使者は曹操のもとにも到ったので、

「ご篤志《とくし》に感謝する」

と、喜んだ曹操は、犬馬《けんば》金帛《きんぱく》をさずけて帰した。事態は進展したというべきで、曹操は西方と往来することができるようになったのである。

曹操にはみえないところに助力者がいる。

長安にはいった王必は、皇帝へ曹操の書翰《しょかん》を呈出するまえに、李傕と郭汜に会って曹操の趣旨をつたえておいたほうがよいであろうと考え、まっさきに面会を求めた。

——曹操の使いか。

李傕と郭汜は王必に会う気がなかったが、贈り物とともに董昭の書翰が到着したので、会うだけは会ってやろう、という気分になった。王必の口述をきいたふたりは、

「曹孟徳《そうもうとく》は帝室のために励んでいるか」

と、うなずいてみせたが、これといった好意をあらわさなかった。ふたりには根深い疑心がある。関東の諸将がいまだに争いを熄《や》めぬのは、皇室への敬意が欠如しているせいで、やがて天下は東西に二分されて、東には漢《かん》王朝とはつながりのない王朝が樹つのではないかということである。その認めがたい王朝の推輓《すいばん》者が袁紹で、曹操は助力者である、というのがふたりに共通する観察である。それゆえふたりは、

「関東ではべつな天子を立てようとしているらしい。曹操は長安の天子に忠誠を尽くすといってきているが、本心ではあるまい」

と、語りあい、王必には、長安からでてはならぬ、と帰国を禁じた。

——手順をまちがえたか。

李傕と郭汜には会釈をする必要はなかったのではないか。長安には三公の府があり、上書をおこなうてだてはいくらでもある。王必は議郎《ぎろう》のひとりに会って曹操の書翰が上覧されるように依頼した。だが、帰途につけない。こういうときに、李傕と郭汜に進言した者がいる。

鍾繇《しょうよう》
という黄門侍郎《こうもんじろう》が、その人である。

かれは潁川郡《えいせん》長社県《ちようしや》の出身で、あざなを元常《げんじよう》という。

かれは少年のころに忘れがたい体験をした。族父《おじ》の鍾瑜《しようゆ》につれられて洛陽に行ったときのことである。途中で人相見に会った。その人相見は鍾繇をしげしげと観《み》てから、

「この童子には貴相がある。しかし水に厄《くる》しむことがあるから、用心しなければならぬ」

と、鍾瑜に語《つ》げた。

水難の相があるといわれても、いつ、どこで、とおしえてもらわぬかぎり厄災《やくさい》を避けようがない。川があれば舟に乗らぬわけにはゆかぬ。雨がふったとき、つねに家のなかにいるとはかぎらない。

「気にすることはない」

と、鍾瑜は少年にいって馬をすすめた。ところが、十里もゆかぬうちに、橋を渡る際に、突然馬が驚いたため、なげだされた鍾繇はそのまま川に墜落して、あやうく死にそうになった。鍾繇を助けあげた鍾瑜は、

——水に厄しむとは、このことか。

と、人相見の予言が的中したことにおどろくと同時に、すると貴相というのもあたることになる、と確信し、鍾繇をますます大切にし、学資をだしてやり、学問に専念できるようにした。

やがて鍾繇は孝廉《こうれん》に挙げられて、尚書郎《しようしよろう》に除官《じよかん》され、陽陵県《ようりよう》の令に任ぜられた。疾《やまい》のため

官を去ったものの、三府に辟召《へきしょう》されて、廷尉正《ていいせい》、黄門侍郎となった。かれは、曹操の使者が帰途につけず難渋《なんじゅう》している、ときくと李傕や郭汜に面会して、

「方今《ほうこん》、英雄がならび起《た》ち、おのおのは命を矯《た》め、かってに州郡を制《おさ》めています。ただ兗州の曹操だけが帝室に心を寄せているのに、その忠款《ちゅうかん》にさからうとは、将来の企望にそうやりかたではありません」

と、ふたりの処置のまずさを恐れずに誚《せ》めた。

朝廷は太傅《たいふ》の馬日磾《ばじってい》と太僕の趙岐《ちょうき》を各地へ遣って有力諸将の争いを熄《や》めさせようとしている。が、ふたりの警発に打たれて武器を戢《おさ》める刺史と太守が続出するとはおもわれず、もしも関東と関西《かんせい》の戦いになったら、李傕と郭汜は、関東にいながら献帝に忠誠をむけている曹操のような有力者と結んでおいたほうが得策なのではないか。鍾繇がいったのは、そういうことである。

「なるほど、そうか」

ようやくふたりにも関東の実情がわかった。曹操は袁紹に追随しているわけではない。がらりと態度をかえたふたりは王必を招いてねんごろに応答した。それによって、以後、曹操の使者は危害をくわえられることなく往復することができるようになり、曹操の意志も朝廷を通って皇帝に達することとなった。李傕と郭汜の変心に不審をおぼえた王必は、

――何があったのか。

と、さぐってから帰国した。

「鍾元常という者が、李傕らを説いてくれたためです」

と、王必は曹操に報告した。

「鍾繇か――」

曹操はすぐにうなずいた。つねづね荀彧《じゅんいく》が、

「潁川には有能な者がすくなくありませんが、そのなかでも鍾繇が卓逸《たくいつ》しています。鍾繇の曾祖父は鍾晧《しょうこう》であり、あの李《り》元礼《げんれい》が、その至徳は師とすべきである、と誉《ほ》めたほどであり、鍾繇の才徳は鍾晧にまさるともおとらぬものです」

と、いっているので、曹操にとってはじめてきく名ではなかった。

――自分の下に欲しい。

曹操のおもな関心は人材にある。人を活《い》かさないかぎり、機関は活動しない。天下という広大な地は、人が無難に治めて、はじめて広大であるといえる。曹操は桓《かん》帝と霊《れい》帝の王朝の秕政《ひせい》を目撃した。王朝を翼輔《よくほ》するであろう優秀な才能を王朝が殺したり弾圧したのである。

――国家機構も、人のように自殺するのか。

まだ後漢《ごかん》の王朝が滅んだわけではないが、臨終から遠くない、という予感はある。ただし、王朝を生かすも殺すも、天が決めることだ、という考えかたは曹操にもある。長安の宮殿の一角を住処《すみか》としている献帝から広大な領地は消失している。周《しゅう》王朝の最後の王である赧《たん》王よ

りみじめな境遇である献帝を扶《たす》けて、消えた領地を復元するのは、震天するほどの壮挙であろう。とはいえ、

――それは幻想であろう。

と、曹操はおもった。献帝は失ったものを何ひとつとりもどすことはできず、自分も献帝を扶助《ふじょ》することはできないにちがいない。すべてが天に還《かえ》っているというのが現状ではないか。それにもかかわらず、人が与えたり受けたりしているのが幻想であるというのである。

このころ揚《よう》州刺史の陳温《ちんおん》が病死した。

かつて曹操が汴水《べんすい》のほとりで徐栄《じょえい》に敗れたあと、兵を募《つの》るために揚州にはいったとき、曹洪《そうこう》に兵を与えてくれたのが陳温であった。陳温は反董卓の勢力の後援者であり、袁術よりも袁紹へ誼《よしみ》を通じていた。陳温には統率力があり、かれの在任中は、揚州は大きく擾乱《じょうらん》しなかった。しかしかれの死によって揚州は重石《おもし》がはずれた。

訃報《ふほう》に接した袁紹は、

――これで、揚州を取れる。

と、おもい、急遽《きゅうきょ》、従兄の袁遺《えんい》に、

「陳温のあとを襲《つ》がれるとよい」

と、指図をあたえ、兵を付けて送りだした。いまや刺史は監察官ではなく、州という広域

の支配者になれる。袁遺が揚州をおさえると、荊州《けいしゅう》の劉表《りゅうひょう》と結びあい、兗州の曹操を加えれば、関東の半分に袁紹の威令を布《し》くことができる。あとは幽《ゆう》州の公孫瓚をうちのめし、劉表の北進におびえている袁術を追放すれば、徐州の陶謙はあわてて帰属するであろうし、公孫瓚の部下であった青州刺史の田楷は首をすくめて遁竄《とんざん》するしかないであろう。いい忘れたが、孫堅が敗死してくれたので、豫《よ》州には袁紹の息のかかった周昂《しゅうこう》がはいって刺史となっている。袁紹がめざしている、

「関東王朝」

の成否は、袁遺の遠征にかかっているといってもよいであろう。

ところで袁遺の動静に多少不明なところがある。酸棗《さんそう》に諸将が集合して董卓討伐の盟《ちか》いをおこなったとき、袁遺は山陽《さんよう》太守として参加した。その後、諸将が解散したとき、山陽郡に還ったとおもわれる。それが初平元年（一九〇年）のことで、翌年までは山陽郡にいたが、初平三年（一九二年）の所在が不透明である。この年に、黄巾の大軍が兗州になだれこんできた。任城《じんじょう》国の相《しょう》が黄巾の兵に殺されたということは、任城国の隣にある山陽郡も寇擾《こうじょう》されたかもしれず、袁遺は避難するために郡をでて袁紹のもとに身を寄せたかもしれない。山陽郡にいて袁紹の指令を受けたとはおもわれないふしがある。

ちなみに揚州刺史の陳温の死も、初平三年のうちで、袁遺の軍は十二月中に揚州にはいったとおもわれる。

ところが、揚州のなかには丹楊郡《たんよう》があり、その郡を治めているのが、袁術と結びつきの強い呉景《ごけい》であることを忘れてはなるまい。くりかえすことになるが、呉景は孫策《そんさく》の母の弟である。陳温が亡くなったという報《しら》せは、呉景のもとから袁術にとどけられていたのである。

「ならば、なんじが往って、揚州を治めよ」

と、袁術が指したのは陳瑀《ちんう》である。

陳瑀の父の陳球《ちんきゅう》は太尉の位まで陞《のぼ》り、のちに永楽少府《えいらくしょうふ》の官にあるとき、司徒《しと》の劉郃《りゅうこう》などと宦官の誅滅を謀《はか》ったものの、事が泄《も》れて、獄死した。貴人であった何《か》氏が皇后に立てられるまえのことである。陳瑀は洛陽市長になったあと、議郎を拝命し、呉《ご》郡太守に任命されたのに赴任しなかったのは、関東で挙兵があったため、交通が杜絶《とぜつ》して呉郡までゆけなかったためか、帝都を出発して南陽にはいったところで、

「いま呉郡に往っても、殺されるだけだ」

と、袁術に説得されて、とどまってしまったためか。いずれにせよ陳瑀は宦官に復讎《ふくしゅう》すべく、何進と袁氏に協力したはずであり、董卓の専横《せんおう》がはじまると朝廷の外にでたひとりである。陳瑀は弟の陳琮《ちんそう》や武術にすぐれた陳牧《ちんぼく》、それに門弟などから成る小集団を提撕《ていせい》していたが、軍とよべるほどの規模の武装集団を引率してはいない。

「揚州をとりたまえ」

と、袁術はいうが、いつものようにかれは兵を貸してくれない。しかしためらっている場

合ではない。揚州を支配できるまたとない機会をみすごしてはならない。陳琮と陳牧も顔を紅潮させて逸《はや》った。

ふたりは陳瑀が袁術に臣下のようにあつかわれているのが、おもしろくなかった。陳瑀が呉郡太守に任命されたのは正式であるのに、まるで王のような生活をしている袁術はほんとうの南陽郡の太守ではない。袁術はおのれのためには侈《おご》り、他人には吝嗇《りんしょく》である。玄謀《げんぼう》をもって天下を経略するもののありかたといえるであろうか。それゆえ陳琮と陳牧は、

「いまこそ剖分《ほうぶん》のときです」

と、袁術から離脱することを陳瑀に勧めた。もとよりそのつもりの陳瑀は、

「兵は下邳《かひ》で集める」

と、剛毅さをみせて徐州に急行した。陳瑀の故郷は徐州下邳国の淮浦《わいほ》である。その県のすぐ南には淮水《わいすい》がながれている。陳瑀は下邳で兵を集めるといったが、下邳は郡ではなく王がいる国である。国民は保守的であり、秩序を紊《みだ》す嗷騒《ごうそう》を嫌い、不当さを憎むために恣意の兵事を好まないはずであるが、おどろいたことに、闕宣《けつせん》という妖賊に慴伏《しょうふく》している。国王や相をはじめ吏人は闕宣に手も足もでない。そういう奇形の状況では、

「わたしが真の呉郡太守であり、このたび揚州刺史を拝命した」

という陳瑀の甘い話につられる人々はすくなかった。兵が沓至《とうし》しないので、

「兵を集めるには、郡にかぎります」

という陳牧の勧進を容れた陳瑀は、千に満たぬ兵を率いて、游水《ゆうすい》にそって東隣の広陵郡《こうりょう》の海西《かいせい》という県へ転徙《てんし》した。広陵郡は東が海、南が江水《こうすい》という郡なので、海賊が多いが、冒険心に富む者も多く、陳瑀が揚州を支配するときいて飛びついてきた者が多い。またたくまに数千の兵を得た陳瑀は、

——これで揚州はもらった。

と、喜び、勇躍して江水を渡った。

が、揚州には先着していたもうひとりの刺史がいた。それが袁遺であると知った陳瑀は一瞬たじろいだ。陳瑀にはみせかけの壮勇はあるが、地に足のついた沈毅《ちんき》さはない。

かつて河間《かかん》の張超《ちょうちょう》が太尉の朱儁に袁遺を推薦したとき、

「袁遺には冠世《かんせい》の懿《い》と幹時《かんじ》の器量があります。その忠允《ちゅういん》さと亮直《りょうちょく》さが、天縦《てんしょう》であることはいうまでもありません。載籍《たいせき》（書物）を包羅《ほうら》し、百家を管綜《かんそう》し、高所に登って賦《ふ》を作り、物を覩《み》て名を知るということにおいては、今日では及ぶ者がなく、その儔《ともがら》はおりません」

と、比類ない美質を絶賛した。

ところでその推薦の辞のなかで、幹時、という語がみなれないが、幹が動詞としてつかわれると、になう、つかさどる、という意味をもち、日本語としては、幹事、として残っている。したがって幹時とは、時をつかさどる、時代をになう、と解することができる。また天縦は天与と同義である。ちなみに推薦者である河間の張超とは、張邈の弟と同姓同名ではあ

るが、朱儁の別部司馬《べつぶしば》であった張子並《ちょうしへい》をいう。

とにかく袁遺の名は陳瑀よりはるかに高い。その顕々《けんけん》たる貴紳《きしん》に先手を打たれては、陳瑀としてはなすすべがない。

――先に揚州にはいるべきであった。

陳瑀は頭をかかえ、落胆してしまった。袁術のもとへは帰りたくないが、揚州を退去しても、往くところも落ち着くところもない。そういうときに、

「耳寄りなお話があります」

と、陳牧が近づいてきた。海西で集まった兵のなかには素姓の怪しげな者がすくなくないが、そのなかに二十数人を率いてきた者がいた。その者は、厳白虎《げんはくこ》を説いて協力させる自信がある、という。

「厳白虎とは――」

「呉郡の盗賊です」

「盗賊の力を借りるのか」

と、陳瑀は不快げにいった。

「往時、朝廷は黒山《こくざん》の賊である張燕《ちょうえん》に官爵をさずけたではありませんか。天子でも世を鎮めるために、盗賊の力をお借りになったのです。公は正しい呉郡太守であり、いままた揚州刺史を代行するように命じられたのですから、偽《にせ》の揚州刺史を駆逐しなければなりません」

いわれてみれば、なるほど、そうである。陳瑀は印綬《いんじゅ》をにぎりしめた。この印綬は偽造したものではない。

やがて陳瑀と厳白虎の密談がおこなわれた。陳瑀は陳牧を、厳白虎は弟の厳輿《げんよ》をともない、四人だけで語りあい、話が煮詰まると、厳白虎はようやく開顔《かいがん》した。

「陳君が本物の呉郡太守であることは、わかった。わたしは好んで偸盗《ちゅうとう》をおこなっているわけではない。袁紹だけではなく袁術も譎詐《けっさ》の人であり、天子ばかりか人民をも騙《だま》して英雄づらをしているのは、盗賊よりたちが悪い。陳君が袁術の手足とならず、袁紹の使いを揚州からたたきだすのであれば、手伝おう」

厳白虎には正義の主張がある。

時代が汚濁すると、小さな正義は賊とよばれる集団にならないかぎり、批判力を失ってしまう。往時、王朝に堕落や傲侈《ごうし》をみて失望した人々は、逸民《いつみん》となって痛烈に批判をおこなった。沈黙することが最大の政治批判であるときもあった。その声なき声をききとる能力が政府になくなったあと、各地に賊が簇生《そうせい》した。それは天が王朝にあたえた最後の改善の機会であったともいえる。が、王朝が荒怠《こうたい》をつづけたため、ついに黄巾の賊が起って、頽弊《たいへい》した体制に痛打をくわえた。それは民衆の怒りの表現であるにはちがいないが、そのうしろにどれほどの悲哀が積もってきたことか。そういう民衆の感情と時代の必然がわかって、今後の経略に活かそうとしたのは、曹操しかいなかったといってよい。陳瑀にあるのは管見《かんけん》にすぎない。おのれは正しく、厳白虎も正しい。そう信ずるところの基にあるのは、王朝こそ正義を執行する機関であるという信仰である。

ところで厳白虎の弟の厳輿は、思想の正閏《せいじゅん》を兄にまかせ、武辺では剛鋭であった。厳輿に率いられた数千の兵を陳瑀が得たことは、銛利《せんり》な牙爪《がそう》をそなえたようなものであった。陳瑀の軍はすでに州の民を慰撫しはじめていた袁遺に襲いかかった。

強打されたかたちの袁遺は呉景のいる丹楊郡を避けて九江郡《きゅうこう》へ退いた。ついでにいえば、このとき呉景の下には都尉《とい》の孫賁《そんほん》やまもなく二十歳になろうとする孫策もいた。かれらは陳瑀の軍を援助した。勢いに乗った陳瑀の軍は九江郡でも袁遺の軍を破った。

——やむをえぬ。

ついに袁遺は淮水を渡って豫州の沛国《はい》へ逃げた。この敗北で、袁紹の関東王国の構想は大きく毀損《きそん》した。袁紹のもとには人材が豊富であったのに、武将としては二流であった袁遺をむずかしい地へ遣った袁紹の判断の甘さがすべてであったといってよい。

——従弟にあわす顔がない。

と、愧汗《きかん》にまみれた袁遺が沛県にさしかかったとき、凶刃によって落命した。配下の兵が袁遺を殺害したのである。袁遺という学問好きの知名人は戦乱の世からにわかに颺去《ようきょ》した。

——惜しい人を喪《うしな》った。

袁遺の死を心から悲しんだのは、袁紹であったというより、曹操であったというべきであろう。壮年になってからも学ぶということをやめなかったのは自分と袁遺だけだ、といった曹操は本質的に努力家であった。それゆえに他人の努力の程度がわかったのである。努力という文字からもっとも遠いところにいたのは袁術であろう。

かれは揚州からとどけられた捷報《しょうほう》に気をよくした。袁紹を苦しめることに情熱をもっているので、

——いまが好機か。

と、腰をあげた。腰をあげざるをえない状況であるともいえる。劉表の勢力がじりじりと北上しているため、交通が阻絶《そぜつ》して、南陽郡の南部から運ばれてくるはずの食料がまったく魯陽《ろよう》に到着しなくなった。それほど敵は近いということであり、新天地を求めなければ、枯渇する危険がある、ということでもある。新年になって南方からの吉報に接した袁術は、

——曹操を攻めて、兗州を取る。

と、決断した。

「いま曹操はどこにいる」

この袁術の問いに情報通の属吏が答えた。東郡と済陰郡の郡境に鄄城《けんじょう》という県があり、そこに曹操はいるという。兗州のなかで鄄城の位置は中央よりやや西寄りであるが、公孫瓚に与力《よりき》する青州の諸将の不意の侵入にそなえているというのが曹操の現状であろう。つまり曹操はあらたな敵が西からくるとは予想していないにちがいない。

――陳留の太守は張邈か。

いま張邈は袁紹と険悪な関係にあるから、袁紹をおびやかすために曹操を潰《つぶ》すと説けば、曹操を掩護《えんご》するような用兵をおこなわないかもしれない。また、以前曹操に敗北した黒山の賊や匈奴《きょうど》の於夫羅《おふら》を招けば、かれらは喜んで兗州攻めに参加するのではないか。

多くの使者を発した袁術は、将軍に任命した劉詳《りゅうしょう》を先発させ、全軍を率いて魯陽をでた。二度と南陽郡にもどるつもりはないので、すべての家財と親族を移動させた。曹操のような成り上がり者に負けるはずがない、と袁術は自分の名声にうぬぼれた。

袁術軍はいちど河南尹《かなんいん》にはいり、東進して、兗州の陳留郡に侵入した。この軍をさまたげた兵も賊もおらず、気をよくした袁術は軍を封丘《ほうきゅう》に駐屯させた。

――わが威風に兗州の草木も靡《なび》くであろう。

陳留太守の張邈は静黙をまもっている。張邈は君子づらをしているが、その本心は自分よりまさる者を嫉視《しっし》するしか能がなく、酸棗で兵を挙げたときも、董卓の怨みを一身にうけることを畏《おそ》れて会盟を主宰することを辞退して、弟の張超の下にいる臧洪《そうこう》を壇《だん》にのぼらせて盟誓の文を読誦《どくしょう》させた。すすむときは懦《だ》、退くときは怯《きょう》、とは、まさに張邈をいう。そう張邈を軽蔑している袁術は、曹操の旗色が悪くなれば、かならず張邈があわてて帰趨《きすう》するとみている。それまでなりゆきを静観するというのが張邈のずるさであるが、袁術にいわせれば、

「知恵も勇気もなければ、そうするしかない」

ということになる。張邈には、袁紹を伐《う》つための遠征である、すこしでもさまたげるとなんじをさきに伐つぞ、と恫《おど》してある。陳留郡の兵が動かぬとみさだめた袁術は、劉詳の軍を前進させて匡亭《きょうてい》に布陣させた。匡亭は匡城《きょうじょう》ともよばれる。ほどなく袁術の軍に黒山の賊と於夫羅の兵がくわわった。この軍の威容をみれば、兗州内の豪族は続々と袁術のもとに走趨《そうすう》してくるであろう。

——いまごろ曹操は本初《ほんしょ》に泣きついているかもしれぬ。

と、袁術は笑いに皮肉をそえた。袁紹は曹操を援けるほどゆとりをもっていない。青州と冀州の境では戦闘がつづき、袁紹は自分の子である袁譚《えんたん》を青州刺史に任命して攻略をおこなわせているが、決定的な勝利を得られない。戦場となった野には春になったというのに一本の青草もはえないといわれる。袁紹は袁譚に兵糧を送りつづけてきたのに、その兵糧が尽きようとしているらしい。

封丘から北上すれば、冀州の魏郡に攻めこめぬことはない。昨年の末に公孫瓚は軍を南下させて、冀州清河《せいか》国と青州平原郡が境を接する龍湊《りゅうそう》に進出して、袁紹をおびやかした。ところが果敢に迎撃をおこなった袁紹軍に公孫瓚の軍は敗れて、またしても幽州に撤退した。それにこりずに公孫瓚が冀州を攻めれば、袁術は曹操ごとき小人《しょうじん》を相手にせず、いきなり袁紹の肺腑《はいふ》を抉《えぐ》りにゆくことも考えぬではない。

——公孫瓚よ、北から冀州を攻めよ。

白馬の将軍に出師《すいし》をうながすべく、すでに袁術は使者をつかわした。すなわち袁術は封丘に滞陣して、曹操と袁紹を睨《にら》んでいたことになる。

公孫瓚、田楷、陶謙という大物をあやつっているのが袁術であることは、曹操にはわかっている。陳留郡に侵入した袁術に策があるであろうが、狐疑《こぎ》していては袁術の思う壺にはまる。

——恐れるな。

百万の黄巾の兵を慴伏させたという実歴が曹操にはある。袁術の声実《せいじつ》をじかにみわけるためにも、ここはみずから撩戦《りょうせん》をおこなわねばならぬであろう。

「征《ゆ》くぞ——」

高らかに叫んで曹操は鄄城をでた。新編成の青州兵の威力をためすときでもある。曹操軍はすみやかに劉詳のいる匡亭へむかった。

徐《じょ》州

袁術《えんじゅつ》は司空《しくう》の袁逢《えんほう》の子として生まれ、若いころに俠気《きょうき》があるともてはやされた。

天下に知られた名家の嫡男であったから、おのずと官途は啓《ひら》けるはずであり、官階《かんかい》を汗眩《かんげん》の努力で登るまでもなく、高位に達することはみえているので、少壮のかれは鷹を飛ばし狗《いぬ》を走らせるような屋外の遊びに興ずることが多かった。人をつかっても、人につかわれることはないとおもっているので、恥をかかない程度の知識を得ておけばよく、学問に耽嗜《たんし》したことはない。たしかに袁術は朝廷にはいっても実務官になることはけっしてあるまいが、学問がむしろ人の器を小さくすると考えて、言語に真剣にむきあわなかったことは、やはり人格的あるいは度量的成長に限界をつくったといえる。言語はけっして無機的なものではなく、あえていえば人の内側の感覚の目をひらかせる。それは、からだを激しく動かさなくても、鷹と狗のあとを追って走るときに眼前にひらける風景にまさるともおとらない景観をみさせてくれるし、おなじような爽快感をもたらしてくれる。

袁術ばかりでなく袁紹《えんしょう》も、良家に生まれた者にいやおうなくかぶせられる、とりすました君子像を嫌って、遊侠《ゆうきょう》道を闊歩《かっぽ》してみせたが、その行動がもっている憧憬《しょうけい》は、無頼の徒から起こって戦雲に乗じて龍のごとく昂揚《こうよう》した前漢《ぜんかん》の劉邦《りゅうほう》へゆきつく。しかしながら劉邦には万人にはないふしぎな能力があり、たとえば危険を予知し、叛臣《はんしん》を見破るといった能力を起動させる根底のところに、神祠《しんし》への深い信仰があった。残念ながら袁術は何かを真に恐れるという感性をもたなかった。権門に生まれ育つということは、世間的にみるまでもなく、過保護を享受《きょうじゅ》することにほかならず、恐れるという感覚を身につけようがない。屋外にでてどれほどきわどいことをおこなっても、袁術は安全な環境のなかにいたことになる。ところが学問はそういう環境をけっして安全であるとはみなさない精神を育てる。あるいは、よりよい環境を想像する力を培養《ばいよう》する。『論語』ひとつをとっても、そこには改革の精神が充溢《じゅういつ》しているではないか。すなわち恐れと批判力をもたぬ者は、正しい認識力と強い創造力をもちようがない。

魯陽《ろよう》を発して陳留《ちんりゅう》郡に進出した袁術が、曹操《そうそう》との戦いをまえにして、勝利のための数値を、どこからどのように抽《ひ》きだしていたのか、大いに疑問がある。

本営のある封丘《ほうきゆう》から先陣のある匡亭《きようてい》までの距離は七十余里である。急げば一日で着けるというところに劉詳《りゆうしよう》軍を布陣させた袁術は、曹操をおびき寄せる餌《え》をおいたつもりであろうか。曹操が袁術の盛名に忌憚《きたん》して決戦を挑まないかもしれぬ、と袁術が考えたのであれば、袁術の戦略は最初から誤算の上にあったというべきである。

みずから軍を率いた曹操は電光のごとき速さで動き、匡亭に接近した。そういう曹操をここで袁術が一蹴したいのであれば、飄忽《ひようこつ》として軍をすすめ、さきに地の利をおさめて、劉詳軍と連動して決戦にそなえておくべきであった。が、曹操軍が攻撃を開始しても、袁術は悠然と報告を待っていた。もしかすると劉詳軍が単独で曹操軍を敗退させると想っていたのかもしれない。しかし匡亭からきた急使は、

「厳しく包囲され、撤退もままならぬので、すみやかに救援をたまわりたい」

と、劉詳軍が全滅しそうであることを語《つ》げた。

——まさか。

袁術がただちに起《た》たなかったのは、劉詳にあたえた軍が小さくなかったせいで、こんなに早く頽挫《たいざ》するはずがないとおもったからであろう。ところが袁術のもとには一日に三回も急使がきた。

——だらしがない。

心中で劉詳をののしった袁術は、ついに主力軍に発動の命令をくだした。

ここに曹操と袁術が直接に対決することになった。しかしながら、みかたによっては、曹操はやすやすと破った劉詳軍を殲滅《せんめつ》せず、袁術をひきだす餌とした。戦略における発想さえ袁術は曹操に攫《と》られたといえるであろう。

——ほんとうに袁公路《えんこうろ》が救援にくるのか。

偵探をおこなっていた騎兵の報告をきいた曹操は、いちどはいぶかってみた。そうではないか。袁術は兗《えん》州を奪い、そのうえで袁紹と戦う。いわばふたつの目的をもっている袁術が戦略家であれば、袁譚《えんたん》と戦ってもひけをとらない青《せい》州の田楷《でんかい》にはたらきかけて、兗州を東西から挟撃し、さらに外交の手で州内の太守と県令《けんれい》を誘引して叛乱を起こさせ、戦いを長期にもちこむのが得策であろう。

ところが袁術は主力をみずから率いて匡亭で苦戦している劉詳を助けにくるという。曹操が非凡な戦略家であると天下に認められるのはのちのことであり、董卓《とうたく》が消滅してからは劉《りゅう》表《ひょう》の剽劫《ひょうきょう》をのぞいてどこにも脅威をおぼえない袁術の目からみれば、曹操は嫖《かる》い存在であったのか。

——一日で勝負がつく。

自分の耳を疑っていた曹操は、おなじ内容の報告をべつの偵騎からきいて、ひそかに喜び、すみやかに布陣をあらためた。この戦いがもつ意義は大きい。曹操にはそれがわかり、袁術にはわからなかったといえる。匡亭での戦いは、袁術の命運を衰弱させるきっかけになった

のであるが、

——曹操は徐栄《じょえい》に惨敗した庸器《ようき》ではないか。

という印象からぬけきっていない袁術は、戦うまえに敵を知るという基本的な観察をおこたっていたといえるであろう。

匡亭の西北には濮水《ぼくすい》がながれている。まともに袁術軍を迎え撃つと自軍が川におしつけられてしまうので、包囲を解いた曹操は軍を旋回させるように南へさげた。これは袁術軍を恐れて曹操が退却したとみえなくはない。

すぐさま劉詳は使者を発した。

「曹孟徳《そうもうとく》が去ったというのか」

いそぎにいそいできた袁術は、曹操の懦怯《だきょう》さはこれでわかったわ、と哄笑《こうしょう》し、行軍をゆるめて匡亭に近づいた。袁術が戦術に長じていれば、まっすぐ匡亭にむかわず、南へまわるべきであった。

——戦わんと欲する者は、水に附《つ》きて客を迎うること勿《な》かれ。

と、『孫子』にあるように、軍は水を恐れねばならない。軍が水に近いということは、低地にいるということでもあり、高地に敵が出現した場合、不利となる。袁術軍は濮水にそうようにすすんでいた。

——袁公路は兵法書を読んだことがないのか。

それとも韓信《かんしん》になったつもりか、と笑った曹操は南から陣を急接近させた。むろんその軍の位置は袁術に知られたが、

「ほう、逃げたのではなかったのか」

と、陣頭を南にむけた袁術は、この時点でも、自軍が川を背にしていることに気づかなかった。袁術は鮮卑《せんぴ》、匈奴《きょうど》、羌《きょう》などの勁悍《けいかん》な族と戦ったことはなく、黄巾《こうきん》を相手にしたこともない。宮中で宦官《かんがん》とその与党を撃殺したという戦歴しかもっておらず、大軍の指揮に馴《な》れていない。戦いを開始したあとの大将は、戦陣を巨細《こさい》となく知るという感覚をそなえていなければならず、知る正確さの上にあらたな予断をおき、的確な決断をくださなければならない。戦術を究察《きゅうさつ》していた曹操でさえ、初陣ではそれができず、みじめに敗退したのである。

この戦場では、両者の経験に差がありすぎた。

曹操は、騎兵隊を指揮している曹仁《そうじん》に、

「退路を断て」

と、命じて、封丘へ通う路を迅速に遮断させた。これだけでも、袁術軍に動揺をあたえた。うしろが川では、包囲されると全滅すると袁術軍の兵が気づいたからである。

両軍の先陣が衝突した。曹操に先陣をまかされた夏侯淵《かこうえん》は、いきなり敵を強打した。

——南陽《なんよう》の兵とは、こんなものか。

と、夏侯淵がいぶかったほど敵の先陣は There脆《もろ》かった。短時間で袁術軍に歪《ゆが》みが生じた。それ

を曹操がみのがすはずはない。袁術がその歪みを矯正《きょうせい》するまえに、曹操は遊軍を投入して敵陣の右翼をえぐった。その急速な猛攻によって袁術軍の右翼がこわれた。右翼を構成していた兵は匡亭ではなく封丘のほうにむかって潰走《かいそう》したのである。かれらの前途にいたのが曹仁の騎兵隊である。曹仁は敵軍の右翼の崩壊をみるや、隊を東進させ、逃げる兵には目もくれず、袁術のいる中堅へむかって突進した。この颶風《ぐふう》のような隊の殺傷力はすさまじい。

大将がいる位置は、より正確にいうと、中堅の後方で、つまり牙営《がえい》の前は重厚な布陣なので、左右に兵を厚く配するということはない。牙営の左右に敵兵が到達することはほとんどないからである。しかしこの戦いでは、曹仁の騎兵のほかに、右翼を切り裂くように猛進した兗州の遊軍が、牙旗《がき》に恐ろしい速さで近づいた。それを知った袁術旗下の兵士は、

「すみやかにご退去を――」

と、警報を発し、牙旗の移動をうながした。ここで袁術が退却をためらっていたら、あるいは匡亭のほうへ逃走していたら、袁術は濮水のほとりで戦死したであろう。備蓄の食料のない匡亭に大軍が籠《こ》もれば半月も経《た》たぬうちに兵糧が尽きて降伏するか全滅するか、いずれにせよ活路をみつけることなく死地で斃《たお》れることになったにちがいない。が、袁術は旗下の兵を率いて封丘へむかった。この必死の兵の集団は曹仁の騎兵隊とぶつかって深い傷を負ったものの、包囲されることなく、走りつづけた。

袁術軍は牙旗が戦場を離脱したことで大崩壊した。

「追え――」

袁術の立ち直りをゆるしたくない曹操は、温存していた青州兵を放ち、苛烈に追撃させた。もとは黄巾の兵でいまは曹操の私兵というべきこの強兵は、猛烈な速さで袁術を追った。青州兵の前途を潰走する南陽の兵は、千、二千という数で地に倒れた。それでも袁術の馬のほうが速く、千数百の兵に護《まも》られて封丘に帰着した。すでに一万を越える兵が封丘に逃げこんでおり、封丘を守っていた兵と牙旗のあとにつづいた兵をくわえると二万数千の兵が封丘を防衛すべく配置についた。封丘にはいることができなかった袁術軍の兵は追撃の兵を怛《おそ》れて四方に遁走《とんそう》した。曹操はつねに贅肉《ぜいにく》を殺《そ》ぎ落としたような精勁《せいけい》な兵を率いているので、このときも一万に満たぬ兵で戦い、封丘に到った。

袁術が封丘にいると知った曹操は、

「塁《るい》を築き、包囲せよ」

と、全軍に命じた。封丘のなかには非戦闘員がおそらく一万以上はおり、袁術軍は進出した地で掠奪《りゃくだつ》をおこなって食料を得ているのであるから、補給路はもっておらず、籠城すれば自滅するしかない。大軍がつねに有利であるとはかぎらない。

――五十日も、もつまい。

と、曹操はみた。封丘の四方に小城を築いて封鎖してしまえば、封丘内はひと月後には干《ひ》上《あ》がってしまうであろう。もはや袁術を捕獲したも同然である、と曹操はわずかに気をゆるめた。

一方、敗走して我にかえった袁術は、曹操軍が塁を造りはじめたのをみて、

——封丘がわしの墓陵となる。

と、戦慄《せんりつ》した。援軍がくるのであれば籠城戦は意義をもつが、どこからも援《たす》けがこないと自覚した袁術は、敵の包囲が完成するまえに封丘をでることを決断し、属将には、

「南下する。遅れるな」

と、いままでにみたことのない形相でいった。

この決断と命令がもつ意味のわからぬ将はいない。戦ってみてはじめてわかったことであるが、曹操軍のてごわさは予想以上であり、そのすきのない鋼鋭《こうえい》な軍に包囲されれば、突破口をひらくことはむずかしい。諸将は深刻に愁えはじめていた。そこにこの命令がくだされた。

——袁将軍に武将としての勘がよみがえった。

口にだしてそういう者はいなかったが、諸将は窮地に立ちながら、なかば安心した。まだ活路が完全に閉ざされたわけではない。

夜、袁術をはじめ戦闘員も非戦闘員も、炬火《きょか》を灯《とも》さず、物音も立てず、封丘をでた。月下に塁の影が黒々とみえるが、塁と塁をつなぐ甬道《ようどう》は未完成である。先頭をすすむ小集団の兵が、水のない塹《ほり》におりて、盛り土を登り、斜面をすべりおりて草地に立ったとき、哨戒《しょうかい》の兵

に気づかれた。その直後、千余の兵が塹を越え喊声《かんせい》を放った。

盛り土の急斜面を躋《のぼ》っていた袁術は、頭上の兵に顔を踏まれ、さらに土を浴びた。

「何をするか――」

と、口のなかの土を吐きだしながら袁術は怒鳴ったが、すでに戦闘がはじまっており、いちいち兵をとがめているゆとりはない。

曹操軍はいっせいに炬火を灯し、塁をでて矢を放ちはじめた。袁術とともに土の斜面をすべりおりた兵は、起たなかった。矢をうけたらしい。

「将軍――」

という声に袁術がふりむくと、数頭の馬がすべってきて、一頭の馬の前脚にぶつかった。地に倒れた袁術は、こんどは草を嚙んだ。側近にかかえ起こされた袁術は、すぐには馬に乗らず、馬を楯がわりにして奔《はし》った。

おなじころ曹仁の騎兵隊が動いた。

つねに曹操の近いところにいる史渙《しかん》は、

「袁公路が逃げました」

と、みずから報告した。鎧《よろい》をつけおわっていた曹操は、

「これで袁術の軍が孤旅《こりょ》であることがわかった。青州から攻めこまれることはない。どこま

でも袁術を追ってゆくぞ」

と、陽気にいった。ここでは明るい表情をしまうわけにはいかない。せっかく袁術を包囲したのに捕獲しそこなったとくやむと、つぎの行動に魯《にぶ》さが生ずる。その魯さが大きな失敗を招く場合もありうる。曹操は優位を失わないように、こまかなことまで配慮しなければならない。表情も、そのひとつである。将の精彩は兵につたわる。曹操軍は未練を残さず塁を棄てて、袁術を猛追した。

封丘から二百四十里ほど東南に襄邑《じょうゆう》がある。逃げつづけても曹操軍の追撃が熄《や》まないと知った袁術は、息切れしたようにその県にはいって休息をとった。が、長時間休んではいられない。曹操軍の騎兵隊が近づいてきたので、迎撃の陣を布《し》かせると、袁術は襄邑をでて、太寿《たいじゅ》に移った。

城外に到着した曹操は、突入を強行しないで勝つ方法はないかと考え、渠水《きょすい》に目をつけて、

「渠水を決潰《けっかい》させ、城に灌《そそ》げ」

と、奇抜な命令をくだした。それにより、川から水路にはいってきた水が牆壁《しょうへき》を崩して城内にながれこんだ。

「曹孟徳め、卑劣なことをする」

睡眠不足で目が充血している袁術は罵声《ばせい》を放ったものの、またしても安眠することができず、逃走しなければならない。逃げるたびに兵を失ってゆく。阻却《そきゃく》の袁術軍は瘦せに瘠《や》せた。

寧陵《ねいりょう》は睢水《すいすい》の北岸にある県であるが、袁術はそこに逃げこみ、ようすをみていたところ、曹操軍の立てる砂煙を遠望するや、

「しつこい――」

と、憔悴した表情でいい、その県をでて、東南へむかった。

――袁術は揚《よう》州へゆくのであろう。

途中で曹操は気づいた。揚州刺史《しし》の陳温《ちんおん》が病歿したあと、袁術のもとにいた陳瑀《ちんう》が実力で揚州を支配しようとしている。

「袁術は揚州を陳瑀からまきあげるつもりにちがいない」

曹操がそういうと、

「たしかに袁公路はそのつもりでも、陳瑀は唯々《いい》諾々《だくだく》と揚州を献上しないでしょう。両者はかならず争い、揚州は安定せず、公にとって脅威にはならないでしょう」

と、曹洪《そうこう》が答えた。曹洪は奇想をもたないが、平凡な想念にとじこもってしまうわけでもなく、ものごとの本質を見抜く目をもち、その行動は着実である。袁術が怠惰であることは革《あらた》めようがない性質で、たとえ袁術が揚州を支配するようになっても、それで満足してしまい、江水《こうすい》を渡り、淮水《わいすい》を越えて、軍を北上させるような覇気をしめすはずがないと曹洪はおもっている。

「袁術を揚州へ追い遣れば、この戦いは、嘉《よ》しとするか」

なにしろ袁術の逃げ足は速い。その機敏さを兵術に活《い》かせないのがふしぎである、と曹操は首をひねった。

気がつけば、頭上には夏空がひろがっている。雲の形も春とはちがう。

袁術は太陽に助けを乞うように南へ南へ走っている。

曹操は豫《よ》州の梁《りょう》国にはいり、さらに沛《はい》国まで袁術を追った。沛国は曹操が生まれた国である。このとき豫州刺史は中央政府からつかわされた郭貢《かくこう》であり、袁紹に任命されていた周昂《しゅうこう》は豫州を去って九江《きゅうこう》郡へ太守として赴任していた。

ついに曹操は追撃をあきらめた。袁術が淮水を渡ったと知ったからである。

「対岸は九江郡です」

と、曹洪が意味ありげにいった。周昂はかつて孫堅《そんけん》を悩ませ、公孫瓚《こうそんさん》の従弟を陽城《ようじょう》で戦死させた戦術の達者である。むざむざ九江郡を袁術に奪われることはあるまい、と曹洪はいいたかったにちがいない。

「帰る」

曹操のもとに急報が到着した。徐《じょ》州牧《ぼく》の陶謙《とうけん》が動いたのである。

下邳《かひ》の妖賊である闕宣《けっせん》が天子を自称した。なんと陶謙がその妖賊と結んで挙兵し、兗州を寇掠《こうりゃく》し、泰山《たいざん》郡にはいって二県を奪い、さらに西進して任城《じんじょう》まで侵そうとしている。

――質《たち》が悪い。

曹操に陶謙を嫌悪する感情が湧いた。闕宣と組むということは、いまの天子を否定して妖賊になりさがるということである。董卓のほうがまだましであった。善人の面をつけた悪人ほど嫌いなものはない。

「世祖《せいそ》が憎んだのは、陶謙のような偽善者よ」

と、いった曹操は、すみやかに軍を北上させて、済陰《せいいん》郡の定陶《ていとう》に陣をすえて陶謙軍の動止をうかがった。

——泰山郡の華《か》県に父がいる。

華県が陶謙に奪われたときいた曹操は、泰山の太守である応劭《おうしょう》に密使を送り、

「華県にいる父を済陰まで送りとどけてもらいたい」

と、依頼した。

曹操の父の曹嵩《そうすう》は官を離れてから、沛国の譙《しょう》県にもどった。その後、董卓が洛陽《らくよう》にはいって何《か》太后や少帝《しょう》などを殺し、暴逆をおこなうようになると、曹嵩は譙県をでて東行し、泰山郡の華県に落ち着いた。ただし避難先は華県でなく、徐州の琅邪《ろうや》であるともつたえられる。泰山太守の応劭は黄巾軍を独力で撃退したほどの傑人であり、陶謙はまがりなりにも郡内の寧定《ねいてい》を保ちつづけている。戦乱を避ける民は安定している地を求めるものであり、曹嵩が琅邪まで行ったことを否定しきれないが、子の曹操が兗州牧になったことを知れば、兗州内にいた、と想うほうが自然であろう。

曹操の使いに接した応劭は、小さくおどろき、

「故《もと》の太尉《たいい》が華県におられるのですか。はじめて知りました。陶謙の兵にさとられぬようにお迎えして、かならずお送りします」

と、断言した。すぐに配下をつかって曹嵩の住所をさぐりあてた応劭は、脱出の日時を伝語させた。が、華県は陶謙の支配下にある。警備の兵は怪しげな動きをする者をみのがさなかった。その兵は不審な家の住人の正体をつきとめ、上官に報告した。一驚した上官は陶謙にいそいで報告した。

「曹操の父の巨高《きょこう》が華県にいるのか。捕らえて殺せ」

陶謙は、言下に命じた。

——巨高は宦官の養子ではないか。

太尉の位も金で買ったような曹嵩には生理的な嫌悪が陶謙にはある。曹嵩と曹操という父子にみえるのは不浄な血胤である。いま州と郡を治めている長官たちの大半は宦官の悪政に苦しみ、大なり小なり戦ってきた者たちである。したがって兗州の諸郡の太守たちも宦官の子孫である曹操に命令されることを不快に感じているはずだ、と陶謙は推察している。兗州をゆすぶれば、かならず州内から曹操を攘伐《じょうばつ》する者が起つにちがいない。

陶謙は曹操を恐れない。それどころか蔑視していた。

この感情が曹操につたわらないはずはない。

さて、曹嵩に死が近づきつつある。

かれは三公の位を銭で買えるほどの富力をもちながら、曹操が挙兵するときに資用を援助したようではない。曹操が董卓の圧力からのがれたときに実家のある譙県に帰らなかったのは、父との関係に隠微さがあったのかもしれない。たとえそうであっても、曹操は危険地帯にいる父をひきとろうとした。

なにしろ曹嵩の家財は、運ぶのに車を百余台も要する。その荷づくりを終えないうちに曹操の弟である曹徳《そうとく》が騎兵をみた。

「もうきましたよ」

と、曹徳は父に報告した。

「心配ない。迎えの兵であろう。門をあけなさい」

応劭が護送の兵をよこしてくれるのが今日であるから、荷づくりの終わらぬうちにきた騎兵をいぶかることなく、曹嵩は門を開放させた。

だが、門内に突入してきた兵は、

「お待ちください。まもなく出発することができます」

と、笑貌《しょうぼう》をみせた曹徳を、無情にも刺殺した。かれらは曹嵩の家人をみつけしだい殺した。恐怖の悲鳴をきいた曹嵩は、応劭に裏切られたとおもい、脱出をこころみた。家の裏へ逃げて、土塀に穴をあけた。ある程度の大きさになったところで、自分が先に逃げずに妾《しょう》の手を

三國志

宮城谷昌光

第四巻 特別付録

［第一巻あらすじ］

時は後漢、第六代・安帝が十三歳で帝位に即く。

羌族の叛乱やあいつぐ天災という国難に揺れる後漢王朝が、地方から首都洛陽へと賢人を抜擢したなかに、儒者・楊震がいた。洛陽に楊震が着任する頃、後に戦乱の雄となる曹操の祖父・曹騰が少年宦官となり故郷を出て洛陽にのぼる。王朝内で声望を高めた楊震は、ついに首相に任命される。

国難をまえにしてなんら危機意識をもたぬ安帝に、摂政・鄧太后は、国を憂う。その鄧太后が急逝すると、安帝は、鄧氏一族を王朝から追放し、宦官、乳母とその娘らを重用する側近政治を開始した。首相である楊震は重ねて諫言の書をたてまつるが、安帝はいっこうに顧みない。そればかりか逆に楊震は、罷免され、都を追われ、毒を仰いで果てた。一方、宦官として皇太子・保に仕えていた曹騰は、保が閻皇后と宦官に皇太子を廃されてしまい、保とともに幽隠の日々を送ることになる。

墓参の車中で安帝が急逝し、第七代・少帝が即位すると、今度は閻氏が支配する外戚政治が始まる。

王朝の危機を感じた宦官の孫程は、保を帝位につけるべくクーデターを画策、勝利する。孫程をはじめ参戦した十九人の宦官はすべて列侯に叙任される。

中常侍という高位についた曹騰は、のちに曹操の父となる、嵩を養子に迎えた。

聡明な第八代・順帝（保）にも、滅びつつある後漢王朝をすくうことはできなかった。腐敗の元は義兄・梁冀である。羌族との戦いで心労が重なり歿した大将軍の義父・梁商にかわって大将軍の座についたのだ。下劣な梁冀には、先の大将軍に仕えた賢佐の李固が目障りでならない。李固の評判は高まるばかり。一方、梁冀の悪評は順帝の耳にも届くようになった。順帝は三十にして病に倒れ崩御する。殉死するつもりの曹騰に、順帝は「まだ王室のためにすべきことがある」と言い残す。

翌年、第九代・沖帝が崩御すると、御しやすい八歳の勃海王子を跡継ぎに推す梁冀と厳正な清河王を推す李固が対立。梁太后に問われた曹騰は勃海王を推挙し、勃海王が第十代・質帝となった。

［第二巻あらすじ］

第十代・質帝が、わずか一年半後に梁冀によって毒殺されると、李固らは、清河王を帝位に即けようとする。洛陽に着いた清河王を曹騰が訪ねると、宦官嫌いの王は曹騰を罵辱。その夕、曹騰は梁冀邸に向かい進言する。翌日、梁冀は、蠡吾侯が帝位を継ぐことを宣言し、李固らを獄死させる。蠡吾侯が第十一代・桓帝となり、摂政をつづけた妹の梁太后が没すると、あとは梁冀の天下である。ついには自邸を摂政府とする梁冀に桓帝は怒りをつのらせる。

曹操が誕生したのはそんな時代のさなか、一五五年であった。

桓帝は、梁冀の妹・梁皇后を厭い、梁貴人を寵愛する。梁冀が、梁貴人を養女にしようとするにおよんで、桓帝は宦官に命じ梁冀の邸宅を急襲。梁冀は妻・孫寿と毒を飲む。

梁冀亡き後、実権を握ったのは宦官である。宦官と官僚との対立は深まるばかり。ようやく梁冀を滅ぼした桓帝は、盗賊や異民族の跋扈を尻目に、美女四、五千人を集めた後宮に入り浸る。

宦官の不正を正した李膺らは黄門北寺獄に繋がれた。第一次党錮事件である。

西方では、董卓が台頭しつつあった。董卓が張奐の指揮下で先零羌を征伐した冬に、桓帝が崩御。第十二代・霊帝はまたもや少年。桓帝の竇皇后は皇太后となり父の竇武を大将軍に任命する。竇武は陳蕃とともに宦官誅滅をくわだてる。

荒廃した地方に太平道という宗教組織がひろがり、一八四年、黄巾の賊は蜂起する。曹操は黄巾討伐の援軍として潁川に向かう。皇甫嵩の見事な火攻めで曹操は功をあげ、済南国の相に任じられた。

［第三巻あらすじ］

在野の賊を討伐する気のない董卓は、罷免される。代わった皇甫嵩らの活躍で、黄巾の乱は収まったかにみえたが、疫病、大火が王朝をおそい、各地で賊が略奪をはじめる。叛乱は各地へ伝播。遊俠に明け暮れる袁紹が大将軍・何進の侍御史となったころには、益州を劉焉が、漢中を五斗米道の教祖・張魯が支配し、王朝の地方への力はなくなっていた。

霊帝を廃する陰謀が持ち上がった。曹操も誘われるが断る。夢で桓帝に罪をせめられた霊帝は、病死。霊帝は宦官に皇嗣を協にと遺言したが、何皇后と大将軍・何進は長子の弁を皇位に即けた。何進は、袁紹らと宦官掃滅をはかる。何進が宮中で宦官たちに斬殺されると、袁紹、袁術は宮中に攻め込み、大虐殺をおこなう。宦官たちは、少帝（弁）らを連れて逃げるが、河水に身を投げる。

少帝を迎えるところへ、袁紹に呼び寄せられた董卓が兵をひきいてあらわれる。董卓は私兵増強のために、さっそく丁原の部下、呂布に目をつけた。董卓は皇帝の廃退を袁紹にもちかけるが、袁紹は冀州に逃げる。董卓は少帝を廃位し、陳留王（協）を立てて帝とした。後漢最後の帝、十四代・献帝である。相国という破格の昇進をとげた董卓は洛陽を私物化。婦女を犯し、資財を奪った。

曹操は洛陽を脱出し、陳留郡で董卓打倒のため五千の兵を集める。酸棗の地に反董卓軍が十数万結集した。董卓は、防衛に適した長安へ遷都すべく、洛陽を焼き払う。曹操は、鮑信とともに董卓に挑もうとする途中、董卓の将・徐栄の軍とぶつかり一敗地に塗れた。曹操は江水の南に移動し再び兵を集めて、新王朝樹立を画策していた袁紹の陣をめざした。翌一九一年、董卓軍を、孫堅が打ち破る。

袁紹に皇帝即位を迫られた劉虞は、反対に献帝を助ける兵をあげた。袁術がそれに加勢したのをしり、袁紹は、豫州刺史・周昂を孫堅と戦わせた。この戦いで従弟の公孫越を失った公孫瓚は、袁紹を恨み、冀州、青州、兗州を支配下に置き、袁紹はその脅威を利用し、韓馥を脅して牧の地位を奪う。袁紹の奸計をみた鮑信は、曹操のもとに戻り、ともに東郡を攻めた。

袁紹への復讐戦を続ける公孫瓚の軍に、関羽、張飛を従えた劉備が加わった。公孫瓚は袁術と手を組み、対する袁紹は劉表と同盟した。一九二年正月、袁紹軍と公孫瓚軍は界橋近くで激突。袁紹が勝利する。一方、袁術は、孫堅を劉表攻めに送り出す。

作製・編集部

ひいて、

「さあ、ゆけ」

と、外にだそうとしたのは、曹嵩のやさしさというものであろう。が、その妾は細腰痩身《さいようそうしん》ではなく、豊満の美女であったので、穴をくぐりぬけられない。

「どうした。早うせぬか」

曹嵩が女の背と腰を押しているうちに、兵の声と足音が近づいてきた。

「もう、よい」

女の袂《たもと》を強く曳《ひ》いた曹嵩は、土塀の穴から脱出することをあきらめて、廁室《ししつ》へかくれた。が、兵で充満した家に秘奥の空間などはない。壁はことごとくこわされ、廁室もくまなくしらべられた。

「いたぞ――」

この声で、数人の矛《ほこ》の先が曹嵩と妾を同時に突いた。家のなかにいた者はひとりのこらず殺害されたのである。

応劭に命じられてこの家に到着した兵は、惨状をみるや驚愕した。かれらよりも烈しく驚愕したのが応劭である。

――わたしは曹操に誤解され、不倶戴天《ふぐたいてん》の仇とされよう。

父の仇はなんとしても討たねばならぬのが儒教の教えである。曹嵩を殺した者を曹操は全力で殺そうとするにちがいない。その事件は、応劭がなんら手をくだしていないとはいえ、曹操の住処《すまい》を陶謙に通報したとみなされ、いいわけが亨《とお》りそうにない。

血の気を失った応劭は、官を捐《す》てて泰山郡をでると、冀《き》州の袁紹のもとへ奔ってしまった。

「奇妙だな」

曹操に命じられて泰山郡の郡境まで行って曹嵩を護送してくる兵を待っていた騎兵は、約束の日がすぎてもその影をみることができなかったので、不審をおぼえた。騎兵の長はしびれをきらして、

「郡府へゆき、太守に問い質《ただ》してこい」

と、数騎を遣った。

その数騎が、数日後に、棺《ひつぎ》とともにもどってきた。長官に敬礼した騎兵は、

「この棺のなかにおられるのが、兗州牧のご尊父の故太尉です。泰山の太守はゆくえをくらましました。ただし凶行をおこなわせたのは、徐州牧の陶謙であると、郡府の吏人は申しておりました」

と、述べた。

「何たることか――」

棺をのぞきこんだ長は、嚇《かっ》と目を瞋《いか》らせて、公にお報《しら》せせよ、と急騎を走らせた。

おそらく曹操がこれほど恚憤《いふん》したことは、かつてなかったであろう。いや、以後もない。

——わが父が、陶謙に何をしたというのか。

官を離れた曹嵩は平民とおなじで武装しておらず、戦禍《せんか》におびえて平穏な地を求めて静座するように生きていたにすぎない。曹操が陶謙を迫害したのであれば、曹操の家族は憎しみの的にされてもしかたがないが、兗州を侵略しているのは陶謙ではないか。

父の遺骸《いがい》をみた曹操は声を放って哭泣《こっきゅう》した。

——弟も殺され、父の家族はみな殺しにされた。

州の民を教化しなければならぬ牧《ぼく》であれば、敵対している将の家族さえ送りとどける礼を体現しなければなるまい。ところが陶謙は盗賊にも劣る悖悪《はいあく》の行為をおこなった。

——赦《ゆる》さぬ。

この怨恨をふくんだ強烈な感情が兵卒のひとりひとりに染みた。曹操と兗州は陶謙と徐州を赦すべからざる讎仇《しゅうきゅう》とみなした。

葬儀に駆けつけた張邈《ちょうばく》が涙をながすのをみた曹操は、

——張孟卓《ちょうもうたく》こそ、わが友だ。

と、しみじみ感じて、あとでふたりだけになる席を設けると、

「陶謙を討たねばならない。もしもわたしが還《かえ》ってこないようであったら、わたしの家族をよろしくたのむ」

と、悲壮さをみなぎらせていった。

「わかった。止めはせぬ」

冷静にみれば、曹操軍より陶謙軍のほうが強大である。やすやすと仇を討てるとはおもわれない。それどころか曹操が一敗地にまみれるおそれのほうが強い。だが彼我の実力の差を考えていては仇は討てない。

喪に服した曹操は、ひとつの手を打ったといわれる。陶謙軍を縮小させるために、州と郡の軍を解散させるべく、上表をおこない、それによって天子の詔《しょう》が陶謙にとどいた、というのであるが、どうであろう。むろん陶謙はその詔を受けても軍を解散せず、自身の正当さを訴えるために上表をおこなったのである。朝廷への直通の道をつくった曹操であるから、もしかしたら、そういうまわりくどいことをおこなったかもしれず、その狙いは、天子の詔を陶謙が拒絶することを見越して、徐州攻めを私怨を晴らす行為だけではないと天下に印象づけることにあったのではないか。

秋、曹操は戎衣《じゅうい》をつけて起った。

兗州を守ることに腐心してきた曹操がはじめて他の州を攻めるのである。出発前に、

「わたしが還らなかったら、張孟卓を頼め」

と、曹操は家族にいった。

復讎《ふくしゅう》心だけで戦いに勝てるわけではない。また陶謙は袁術のように怠惰ではなく、自我の

強さを狡賢《ずるがしこ》さでくるんで、まったくぬけめがない。徐州の軍も同様な戦いかたをするであろうし、陶謙が公孫瓚と交誼《こうぎ》をもっているかぎり、青州の軍も陶謙を援けにくるかもしれない。曹操はつゆほども楽観をもたなかった。

――徐州をいきなり衝《つ》けば、泰山郡の陶謙軍はあわてて退くであろう。

曹操は済陰郡から軍をまっすぐに東進させて、山陽《さんよう》郡を横断して沛国の北部を通過した。兗州の任城国を攻略していた陶謙は、曹操軍が任城国の救援にこないで徐州に侵入したことを知り、急遽《きゅうきょ》兵を返した。

曹操軍は一城また一城と落としてゆく。

――曹操が報復にきた。

と、徐州の兵はおびえた。曹操軍は軍全体が怒気を発しているようで、岩をも刺斫《ししゃく》しそうなその勢いをはねかえす城はひとつもない。

曹操には雑念はなく、ただ怒りだけがある。その怒りをぶつければ、城は開いた。

――でてこい、陶謙。

と、曹操は心中で叫びつづけている。仇敵《きゅうてき》とされた陶謙は徐州にもどり、兵をかためつつ、曹操軍との決戦にそなえた。情報では、曹操軍は大軍ではない。その編成に奇抜さがあるわけではなく、特殊な武器をそなえているわけでもない。

――数でまされば、わが軍が勝つ。

と、陶謙は自信をみなぎらせた。要するに、曹操は父を殺されて血迷っているにすぎない。徐州の地に曹操のための葬穴《そうけつ》を掘ることになろう。

初冬の風を感じながら、陶謙は軍を率いて彭城《ほうじょう》にむかった。南下してくる曹操軍のゆくてをはばむように布陣したのである。

——ようやく、でてきたか。

曹操は自軍の兵力より三倍もあろうかとおもわれる陶謙軍を遠望しても恐怖をおぼえなかった。陶謙軍のすべてが父の仇である。

「敵兵を捕らえることはない。撃殺せよ」

黄巾軍と戦ったときとはまったくちがう命令を曹操はくだした。

主戦場は彭城と史書には書かれているだけで、詳細な戦陣はわからない。彭城は泗水《しすい》のほとりにある大きな県で、彭城国の国都でもある。そこから遠くないどこかで両軍は激突した。

曹操と陶謙は策をもちいなかった。

駆け引きなしの押しあいであり、体力と気力がまされば勝つという戦いかたをした。最初から兵数でまさっている陶謙軍が優勢であった時間はみじかく、固い岩盤にぶつかったように前進することができなくなった。そこから長時間一進一退をくりかえした。曹操軍はいきなり鋭気をあらわにせず、受けて起って、敵の力が徐々に衰えるまで耐えた。それが曹操の戦術的意志であり、兵卒までがその意を体《たい》して戦った。

——もう敵軍は崩れるはずだ。

と、おもった陶謙は早めに遊軍を投入して勝利を確定しようとした。だが、曹操軍の牙旗は後退しない。

「しぶといな」

と、ついつぶやいた陶謙はいらだちはじめた。かつてこういう粘性の強い相手と戦ったことはない。

冬の日はかたむくのが早い。

旗竿の影が長くなりはじめた。両軍の兵は疲れきって、まともに撃ちあっている者がすくなくなった。そのとき曹操軍の牙旗が動いた。後退したのではなく、前進したのである。すると曹操軍は剛猛さをとりもどしたように力強く動きはじめた。

——何という軍か。

陶謙は自分の目を疑った。敵の欻然《くつぜん》とした動きを阻塞《そそく》する隊をだすべきなのに、早くいろいろな手を打ちすぎた。もはや軍に余裕はない。

短時間に戦場のけはいが変わった。負けるとはこういうことか、と陶謙は恐怖をおぼえた。自軍の兵が潰走した。陶謙は天子をのぞいていかなる貴人をも侮蔑してきた。いや、天子を自称した下邳の闕宣と手を組んだ陶謙は、献《けん》帝を天子と認めないというのがかれの本心であったかもしれない。そのあたりは献帝を仇のかたわれであるとみなしている袁紹よりもいか

がわしく、曹操がもっとも激しく嫌悪したところであろう。陶謙も曹操を嫌悪して、

――自分だけが天子に奉仕しているという忠臣づらをするな。

と、いいたかったにちがいない。そういう憎悪の衝突は、曹操のほうがまさったといえなくない。敵に背をむけて走りはじめた陶謙軍の兵の多くは、泗水を渡ろうとした。が、泗水は細流ではない。鎧をつけている者は対岸に着くまえに力つきて沈み、鎧をぬいだ者や武器を棄てた者は川辺で殺された。その死者の多さは、

――泗水、これがために流れず。(『三国志』)

と、いわれたほどである。敗戦の恥辱をあじわった陶謙は、呆然自失して何度も馬から落ちそうになった。陶謙は逃げに逃げて、東海《とうかい》郡の郯《たん》県にはいって、ようやく人心《ひとごころ》がついた。死者のあまりの多さにまたしても気を失いかけた。

「田楷に使者を――」

曹操軍の進撃を止めることができる兵がもはや徐州にいないことを知って、青州刺史である田楷に救援を求めたのである。危急を告げられた田楷は、袁紹の子である袁譚と戦いつづけてきたのであるが、朝廷の使者である趙岐《ちょうき》の和解勧告を容《い》れて、袁譚との戦闘をやめて兵を引いてから半年以上が経っているので、州の力を回復させ、徐州を応援するくらいのゆとりはもっていた。だが長期間、青州の外にでているわけにいかないので、平原《へいげん》県にいる劉備《りゅうび》に、

「陶恭祖《とうきょうそ》を援けよ」

と、命じた。さっそく劉備は腹心というべき別部司馬《べつぶしば》の関羽《かんう》と張飛《ちょうひ》を招いて赴援《ふえん》の是非を問うた。劉備は田楷の下にいるとはいえ、田楷の臣下になったわけではなく、陶謙を援けるためにはるばる徐州までゆくことが、なんら名実にかかわりなければ、理由をかまえてその命令を拒《こば》むことができる。劉備にとっての主は、田楷ではなく公孫瓚なのである。しかしながら公孫瓚は北方では無敵の勁《つよ》さを誇っているのに、袁紹に対すると、蛇に睨《にら》まれた蛙のように畏縮《いしゅく》し、どうしても勝てない。田楷も袁譚に苦戦して、決定的な戦果を得たことがない。劉備はそれらの戦闘に参加して、戦争における優勝劣敗とは兵力の優劣で定まるものではなく、

——将の器量に大いにかかわりがある。

と、考えるようになった。劉備は高唐《こうとう》にいたとき、いちどだけ曹操の兵と戦ったことがある。あっけなく撃退された。

——曹操とは大器か。

いまでもその疑いをもちつづけている。しかし曹操が、朝廷の良臣たちの依帰《いき》となってきた袁術をうち負かし、徐州という広域の動揺をおさえつづけてきた陶謙を破ったのは、まぎれもない事実である。

「曹操には大志があります。しかも袁紹のような虎狼《ころう》の相貌《そうぼう》をみせないところが賢い」

と、関羽はいった。

「志の大きさでは、わたしは曹操に負けぬつもりだが……」

「君はいつか天維《てんい》をつかむでしょう。そのためには大志をもつ者と交わり、また争わねばならないでしょう。君は世祖光武《こうぶ》帝を師表《しひょう》となされればよい。ときには更始《こうし》帝に従うも、最後には勝つ」

「ここでは、陶謙を援けて、曹操と争うのが、得策であろうか」

と、劉備は小首をかしげた。曹操の父を殺した陶謙に助力することは、陶謙とともに私怨の的にされかねない。しかも陶謙は天子の詔を拒絶したため、朝敵とみなされているので、その協力者も誅罰《ちゅうばつ》の対象にされかねない。劉備は前漢の景《けい》帝の子である中山靖《ちゅうざんせい》王劉勝《りゅうしょう》の後裔《こうえい》であるといいふらしてきただけに、皇室と敵対する立場に身を置くことを避けてきた。いまの皇帝を否定しているのは袁紹とその与党であり、袁紹と戦っている公孫瓚と陶謙それに袁術は、皇帝を翼賛する実力者であったはずであるのに、袁紹の助力者のひとりであった曹操は独自の外交を展開して、朝廷と交通する道を開拓して、朝敵であるという色あいを払拭してしまった。

「曹操は宦官の子孫です。天下の清士《せいし》は曹操を忌《い》み嫌っています。いま曹操は昇天の勢いをしめしていますが、その政権を認め、曹操を尊崇《そんすう》する者はすくないでしょう。曹操と戦い、かれを攘却《じょうきゃく》すれば、君の名は一朝一夕に天下に知られます。徐州へゆくべきです」

と、はしゃぐように張飛がいった。張飛は二十歳をすぎたばかりであり、三十代のなかばに近づきつつある関羽ほどの分別はない。劉備は関羽の判断をききたそうな目つきをした。

「徐州へゆくのは、賛成です。ただしそれは、陶謙を援けるというより、田楷から離れるためです。田楷の将器は大きくなく、そのような者に使われていると君の春秋がそこなわれます。また、田楷のような小才を青州刺史とする公孫瓚の器量をお考えになったほうがよい」

と、いった関羽は、故郷の醜悪な有力者を義憤によって殺害したあと、陽のあたらない迂《う》怪《かい》の路を歩いたことがあるだけに、世の美醜と人の大小を鑑別する目をもっている。要するに劉備のような大器を洞察できず、重任を与えられない公孫瓚に限界をみたのであり、公孫瓚の衰退に劉備がつきあわされぬために青州をでてしまおう、というのである。陶謙を救援することが、出奔のためにはかっこうな義理となる。

「わかった。徐州へゆこう」

関羽には独特な勘のほかに物語的な世界観がある。まだ関羽の空想力は翼をもたないが、いつの日かそれがはばたけば、劉備は天を翔《か》けることができるであろう。劉備にはその種の空想力はなく、自身の生涯を物語的に観《み》る目ももたず、関羽の上に未来を築く程度の想像力しかもっていない。

劉備には私兵の千人あまりと幽《ゆう》州の烏《う》丸《がん》族の騎兵が属《つ》いているだけで、その兵力は貧弱である。出発後に関羽は、

「これでは陶謙にあなどられます。兵をふやしましょう」

と、いい、飢えた流民をみつけると、兵になれば食えるぞ、と声をかけて、強引にとりこみ、みちみちそれをくりかえして、ついに数千人の兵団をつくってしまった。

そのころ、陶謙が籠もっている郯城は曹操軍の猛攻をしのぎきった。

「郯は、あとだ」

曹操は軍頭を南にむけて、闕宣の本拠地である下邳国へ猛進した。夏丘《かきゅう》、睢陵《すいりょう》などを攻め落としたころに、年があらたまった。興平《こうへい》元年（一九四年）である。

「もう兵糧がありません」

と、曹洪にいわれた曹操は、残念でならぬという表情をして、

「よし、でなおそう。陶謙の首をかならず墓前にそなえてみせる」

と、撤退を命じた。未知であった陶謙の実力を、この戦いで量《はか》り終えたという意《おも》いがある。兵糧をととのえなおせば、徐州の攻略に大きな困難はない、という自信を得た。帰途に曹操は田楷の軍と劉備の兵が陶謙を援助するために徐州にはいったことを知った。が、曹操の眼中に劉備はない。田楷軍についての情報を知ろうとした。

徐州を再度攻めようとする曹操は、おもいがけない危難に襲われることになるが、徐州の防衛にくわわった劉備に大きな転機がおとずれることになる。

親　友

郯《たん》城に到着した劉備《りゅうび》を待っていたのは、予想以上の厚遇であった。

陶謙《とうけん》はひさしぶりに鬱屈からのがれたという晴れやかさで劉備を出迎え、

「よくきてくださった、平原《へいげん》の相《しょう》よ」

と、まっすぐにいい、劉備が率いてきた兵の質の悪さをみとがめなかったのは、陶謙がそうとうに怖遽《ふきょ》していたあかしであろう。手をとられるように城内にいざなわれた劉備は、陶謙の表情の下にある顔色の悪さに気づき、

——かなりやつれておられる。

と、憐情《れんじょう》をおぼえた。劉備にはふしぎなところがあり、苦境に立った者にとって、その存

在は大きく温かくみえる。陶謙も劉備をひと目で、大器だ、と感じた。

劉備には独特な魯《にぶ》さがある。その魯さが情の篤《あつ》さとみなされる美点がある。実際の思考と行動は鈍重ではなく、むしろ機敏であるのに、人は劉備に欲得のうすぎたなさやつめたさをみない。劉備に対面した陶謙も、まず、義侠《ぎきょう》心がある、と感じて、

――田楷《でんかい》や公孫瓚《こうそんさん》の下に埋もれさせるのは惜しい。

と、強く意《おも》った。

「さいわい曹操《そうそう》は去ったが、かならず再来するであろう」

陶謙はいやな顔をした。これは常識的な予想を述べたというより、曹操軍の再攻撃があるときまで、劉備が徐《じょ》州にとどまっていられるか、と問うたのである。それを理解できないほど劉備は魯くない。

「徐州で戦うかぎり、わたしの主は陶公であり、もはや不要、といわれぬかぎり、とどまり微力をささげるつもりでおります」

と、劉備は誠実さをみせていった。

「よくぞ、申してくれた」

また感激した陶謙は、同席している別駕《べつが》の麋竺《びじく》へそれとなく目をやった。麋竺は目でうなずいた。

この温顔をもった人物は陶謙の補佐官にはちがいないが、召使いといってよい僮客《どうかく》を一万

人もかかえている豪商で、その資産は何億あるかわからぬほどである。陶謙は私家の財政を麋竺がささえてくれたおかげで、徐州牧《ぼく》として威武を保ちえたのである。それゆえ陶謙は麋竺を絶大に信頼しており、劉備との会談を終えたあと、

「そうとうな人物である、とみたが……」

と、麋竺とふたりだけになって、意見を交換した。麋竺は徐州だけではなく、ほかの州の名士をもみてきたが、劉備ほど器量の巨《おお》きな人物に会ったことがない、というのが実感である。かれには官吏にはない貨殖《かしょく》の勘というものがある。

——奇貨居《お》くべし、というやつか。

劉備をたぐいまれな貨《たから》であると感じたのである。

「劉玄徳《りゅうげんとく》は公孫瓚の学友であったようですが、青《せい》州にあってはさほど厚遇されてはいないでしょう。ふたりの師は、盧植《ろしょく》であったとおもわれます。早くに頭角をあらわした公孫瓚は師《し》訓《くん》を活《い》かしきってはいません。が、劉玄徳はまだ天下に名を知られていませんが、盧植の思想を体現する者になるかもしれません。袁紹《えんしょう》と袁術《えんじゅつ》は憎みあっていますが、じつはふたりの考えも体質もおなじで、天子の威光をふみにじった董卓《とうたく》と同類です。曹孟徳《そうもうとく》は往時の宦官《かんがん》のように天子を利用して自身の勢力の拡大をはかろうとしています。その欲望にとって、公が障害なのです。劉玄徳が徐州のために働くといったのは、口先だけの虚言ではないとみました。青州へ還《かえ》さない工夫をなさるべきです」

せっかくみつけた奇貨をつかみそこねたくない、というのが糜竺の真情である。

ところで糜竺には資産家にありがちな陰黠《いんかつ》な利欲はなく、おおらかな徳をもっていたせいであろうか、『捜神記《そうしんき》』に少々ふしぎな話が載せられている。

洛陽《らくよう》からの帰途、家まで数十里というところで、糜竺は路傍にひとりの婦人をみた。

「車に載せてくれませんか」

と、婦人にいわれたので、糜竺はこころよくその婦人を乗せて、数里ほど行ったところで、婦人は礼をいって車からおりた。去ろうとした婦人はふりかえって、

「わたしは天の使いです。これから東海《とうかい》郡の糜竺家を焼きにゆくのです。あなたが車に載せてくれたので、お話しするのです」

と、恐ろしいことをいった。驚愕した糜竺は、婦人をひきとめて、

「どうか、そのようなことをなさらないでください」

と、懇請《こんせい》した。しかし婦人は首を横にふった。

「焼かぬわけにはいきません。それでは、こうしましょう。あなたは馬車で駆けなさい。わたしはゆっくり歩いてゆきます。日中に火がでることになっています」

大急ぎで家に帰った糜竺は、財物という財物をすべて家の外に運びださせた。はたして日中に出火したが、家財はほとんど失われなかった。

その財力で支えた陶謙が曹操に仇視《きゅうし》され、徐州の自立がおびやかされている。糜竺は曹操

に会ったことはないが、

――好きになれそうもない。

と、予感している。

「劉玄徳に兵を属《つ》け、小沛《しょうはい》を与えよう」

陶謙の決断は早かった。丹楊《たんよう》出身の陶謙は近くに丹楊の兵を置いている。その兵の四千人を劉備の軍に加えるという厚意をしめし、沛《はい》国の沛県へ征《ゆ》かせた。小沛は沛県の別称である。が、地図をみるまでもなく、沛国は曹操の出身国であり、徐州ではなく豫《よ》州に属している。まえに述べたように、豫州刺史《しし》は郭貢《かくこう》であるので、徐州牧である陶謙が沛国の人事を左右することはできない。もしもそれができたのであれば、陶謙はすでに沛国を支配下においていたことになる。あるいは、劉備に小沛を与える、といったのは修辞にすぎず、劉備に兵を与えて沛国を攻め取らせたということになるであろう。

興平《こうへい》元年（一九四年）の春に、劉備軍はまぎれもなく小沛に駐屯していた。兗《えん》州へ引き揚げる曹操軍は小沛を通ったとおもわれる。しかしながら戦闘がおこなわれたようではないので、劉備は曹操が通過したあとに進駐したか、兵糧のない曹操軍があえて戦闘を避けたか、どちらかであろう。

それ以前に陶謙は、

「劉備を豫州刺史に――」

と、上表をおこなった。それが受理されたあとに劉備が豫州にはいったのであれば、その進駐には正当さがあるが、豫州の内情については透明度が低い。

曹操が鄄城《けんじょう》にもどったことを知った張邈《ちょうばく》が陳留《ちんりゅう》から駆けつけた。

——孟卓《もうたく》がきたのか。

みずから出迎えた曹操は、張邈の顔をみると、涙をながした。死なずに帰還したというおもいが切実に胸にきた。曹操のまえに立った張邈も、しずかに泣いた。

——よく還ってきたな。

と、その目はいっていた。曹操は必死であったのだ、と張邈は感動した。

「なんじがいてくれるので、安心して徐州を攻めることができる。夏にはふたたび出師《すいし》する。こんどは兵糧が尽きるようなまずいことはせぬ」

曹操は自信をみなぎらせながら、張邈をもてなし、大いに語った。このときあいづちを打つ張邈の口数はひごろより多くない。するどい観察眼をもっている曹操は、

——孟卓は体調が悪いのか。

と、おもったが、その心思にある畏怖《いふ》まではみぬけなかった。陶謙を討ちたい、いや、今夏にはかならず討てるであろうという一点に話題をすえたことによって昂奮がつくられ、話相手が気のおけない張邈であったため、その昂奮に臆面もなく酔ったことで、曹操の観察眼が多少曇ったといえなくもない。

「劉虞《りゅうぐ》が公孫瓚に殺された。知っているか」

張邈は話題を移した。北方のことを話しているかぎり、さしさわりが生じない。

「一昨日、知った」

と、曹操は眉をひそめた。

事件が起こったのは、昨年の十月である。が、遠征中の曹操はそれについてまったく知らず、帰還してから、荀彧《じゅんいく》に語げられた。

袁紹に撃破されて薊《けい》へ逃げかえった公孫瓚は、広陽《こうよう》郡の郡府のある大きな城の東南に小城を築いて、それを居城とした。それゆえ幽《ゆう》州牧である劉虞とは近くで睨《にら》みあったかたちとなった。かつて劉虞は袁紹から、

「皇帝になっていただきたい」

と、くどいほど勧説《かんせつ》されたが、断固として拒絶した。とはいえ、袁紹を嫌悪したことはなく、むしろ淡い好意をもっていた。また争いを好まぬ性格であるので、冀《き》州を攻める公孫瓚に、

「袁紹と戦ってはならぬ」

と、幽州牧として禁令をくだした。しかし公孫瓚はことごとくそれを無視した。また戦争をおこなうたびに軍資が不足するので、公孫瓚の配下は人民の財を掠奪《りゃくだつ》した。

「わたしの命令が聴けぬとあらば、やむなし」

劉虞は公孫瓚に暴掠《ぼうりゃく》の罪があることを朝廷に報告した。それを知った公孫瓚は激怒し、

「劉虞は自分に非がないとおもっているのか」

と、ののしり、劉虞が独りで食料をたくわえているため、みな食料不足に苦しんでいることを朝廷に訴えた。いやな事態になったと感じた劉虞は、

「話しあおうではないか」

と、公孫瓚に呼びかけた。が、公孫瓚は、

――あの君子づらはみたくない。

と、おもい、病と称して呼びかけには応じなかった。その静黙はさまざまなうわさを産み、ぶきみさをただよわせた。皇帝を長安《ちょうあん》から救いだして幽州に迎えたいとおもっている劉虞は、このさき公孫瓚がそれに協力せぬばかりか、州の力を殺《そ》ぐような恣暴《しぼう》をおこなうにちがいないと考え、

――乱の根を枯らすしかない。

と、決断して、公孫瓚を討つべく兵を集めた。その兵の数は、なんと十万という衆《おお》さであり、しかも公孫瓚の部隊は結集しておらず、薊の外に散在していた。十万という大軍が押し寄せてくるときいた小城内の兵卒は恐怖のあまり、牆壁《しょうへき》に穴をあけて逃げだす者がすくなくなかった。

十万という兵力はたしかに巨大であるが、兵の大半は戦闘訓練をうけておらず、伍列《ごれつ》をなすことさえせず、小城を攻撃した。そのまえにかれらは軍吏から、

「伯珪《はくけい》ひとりを殺せ。余人を殺してはならぬ」

と、命じられていた。この奇妙な命令を守ると、敵兵を殺せないことになる。それゆえ十万の兵は小城を包囲したものの、敵兵を殺さずに伯珪すなわち公孫瓚ひとりを殺す方法を模索しなければならなくなった。

――人を殺すな。家を焼くな。

というのは劉虞がもっている仁義《じんぎ》の思想のあらわれであろう。この現実ばなれの戦法の祖型は、宋襄《そうじよう》の陣《じん》、である。『春秋左氏伝』が必読書であるような時代であるから、

――無用のなさけは、敗北を招きます。

と、宋の襄公の例を引いて、劉虞に諫言《かんげん》を呈した者はいたであろう。だが劉虞は、梁冀《りようき》や董卓の失敗を譬《たと》えにして、諫言をしりぞけたかもしれない。自分にさからう者を殺害しつづけても、いつか天誅《てんちゆう》がくだされる。無辜《むこ》の民をあわれめば、かならず天祐《てんゆう》にめぐまれるであろう。宋の襄公は戦場においても礼儀を忘れず、無礼な敵兵のために負傷させられたが、宋の国是《こくぜ》を天下に周知させ、その後の国歩《こくほ》を誤らせなかったことで、その一敗は百勝の価値がある。劉虞は武力に限界をみて、徳の力に無限を感じている者であった。

小城のなかの公孫瓚は包囲軍の戦いかたの奇妙さに気づいた。

――相手は人を殺せぬ兵か。

それなら何百万人が相手でも勝てる、とおもった公孫瓚は数百人の鋭士を募《つの》っておき、風の強い日を待った。

「ゆくぞ――」

強風の日に、敵陣に火を放った公孫瓚は、鋭士を率い、自慢の白馬に乗って突進した。この数百人の突撃によって、十万の兵による包囲陣が潰乱《かいらん》したのである。白馬の集団が劉虞のいる本陣にむかってくる。

「ご退去を――」

属吏たちはいっこうに腰をあげぬ劉虞をかつぎあげるように兵車に乗せて、北へ奔《はし》った。広陽郡をあとにしたかれらは上谷郡《じょうこく》にはいり、居庸《きょよう》という比較的大きな県に走りこんで防禦の構えをした。だが、劉虞を攘除《じょうじょ》するのはいましかない、と強い目で前途をみつめた公孫瓚は、追撃を熄《や》めず、翕合《きゅうごう》した兵をつかって三日間攻めつづけ、ついに劉虞と妻子を捕らえた。

「薊へ連行せよ」

と、命じた公孫瓚は多少世論を気にしたといえるであろう。幽州を掌握したい公孫瓚は盛名のある劉虞のあつかいにしくじると非難を浴びるので、すぐに殺害せず、考える時間をもった。こういうときに、天子の使者である段訓《だんくん》が薊に到着していた。献《けん》帝は劉虞こそ王朝を回復してくれる義臣であると信じて、

「虞の采邑《さいゆう》を増し、六州を監督させる」

という異例の詔《しよう》をくだした。後漢《ごかん》時代の州は、司隷校尉《しれいこうい》の管轄（三輔《さんぽ》や河南尹《かなんいん》など近畿の七郡）をのぞくと、十二ある。初平《しよへい》四年（一九三年）の時点でそれらを牧《ぼく》あるいは刺史とともに羅列してみるとつぎのようになる。

幽州（劉虞）
冀州（袁紹）
幷州《へい》（高幹《こうかん》）
豫州（郭貢）
兗州（曹操）
青州（田楷）
徐州（陶謙）
荊州《けい》（劉表《りゅうひょう》）
揚州《よう》（陳瑀《ちんう》）
益州《えき》（劉焉《りゅうえん》）
涼州《りょう》（韋端《いたん》）
交州《こう》（朱符《しゅふ》）

それらのなかで六州を劉虞に監督させるというのは、周《しゅう》の時代に方伯《ほうはく》を任命したことにひとしく、残りの六州も信頼できる牧に治めさせるという構想を献帝はもっていたと考えざるをえない。李傕《りかく》や郭汜《かくし》に迫劫《はっきょう》されている献帝は、昔、困窮した周王室を救ってくれた斉の桓《かん》公や晋《しん》の文《ぶん》公とおなじような覇者を出現させ、帝室をおびやかす者どもをかれらに誅滅《ちゅうめつ》させて、自身は周王のように近畿だけを治めることを願望しはじめたのであろう。劉虞がその願望にこたえられる実力者であれば、天下の形勢はその詔によって一変したにちがいない。ところが献帝の使者が到着したときには、劉虞は公孫瓚の捕虜となっていた。

段訓に面会した公孫瓚は、自身が前将軍に昇進し、易《えき》侯に封《ほう》ぜられたことも知った。献帝はふたりの争いをやめさせ、公孫瓚を劉虞の扶助《ふじょ》者にさせたかったとおもわれる。その叡慮《えいりょ》を知っている段訓は、幽州がふたつに割れるような戦いのあったことにおどろき、劉虞が虜《りょ》囚《しゅう》になっていることにさらにおどろいた。

「六州の牧と刺史を監督する劉伯安《りゅうはくあん》に矛戟《ぼうげき》をむけただけでも叛逆罪になるというのに、捕獲するとは、なにごとですか。早々に釈放なさい」

段訓は公孫瓚に叱声《しっせい》を浴びせた。

が、公孫瓚は惶《おそ》れいらない。

「あなたは劉伯安について、何もご存じではない。劉伯安は袁紹と結んで、皇帝になろうとしていたのですよ。大逆の罪を犯した者は、どのような処罰をされますか」

「それは……、死刑であるが……」

「されば、天子の御使者として、処刑をみとどけられよ。ふたたび釈放などとあらぬことを口走ると、首と胴がべつべつになって天子に復命することになりますぞ」

と、公孫瓚はやんわりと脅迫した。天子の使者である段訓が劉虞の悪業を裁いたことにすれば、非難の口吻《こうふん》は公孫瓚にむけられない。

――ちょうどよいときにきてくれた。

さっそく公孫瓚は劉虞を市にひきずりださせた。市には冬の陽が明るくふっている。人々が集まった。

「劉虞は冀州の袁紹と共謀し、長安の天子を亡きものとし、みずから天子を称《とな》えようとした。ゆえに大逆罪によって死刑に処する」

そう段訓にいわせた公孫瓚は、劉虞に近づき、

「もしもなんじが天子にふさわしい者であれば、天は雨をふらせて、なんじを救ってくれるであろう」

と、皮肉をこめていい、目をあげた。天空は晴れわたり、雨はふりそうにない。それでも公孫瓚は、雨はまだかな、とからかいつつ、処刑をおくらせた。日がかたむいたのをみた公孫瓚は、

「天は、なんじが天子にふさわしくない、と仰せになった。斬れ」

と、役人に命じた。このとき、刑場に走りこもうとした三、四人がいた。もとの常山《じょうざん》の相

である孫瑾《そんきん》、掾《えん》の張逸《ちょういつ》、張瓚《ちょうさん》らである。かれらはくちぐちに劉虞をたたえ、公孫瓚をののしった。怒気をあらわにした公孫瓚は、

「その者どもも叛逆者の醜類《しゅうるい》である。捕らえて刑戮《けいりく》せよ」

と、烈しくいった。

かれらは劉虞とともに死んだ。

——愚かなやつらだ。

口をゆがめて嗤《わら》った公孫瓚は、段訓が幽州刺史になれるように上表をおこない、劉虞の首を長安へ送った。が、劉虞の高徳を慕っていた者はすくなくなく、もとの吏人である尾敦《びとん》は劉虞の首を途中で劫掠《きょうりゃく》し、帰葬した。

劉虞が不幸な死にかたをしたあと、かれの恩徳の篤さが尋常ではなかったことがあきらかになり、幽州の人民でその死を痛惜しない者はいなかった。公孫瓚にはわからぬであろうが、幽州の人々の心のなかに涙の雨がふったのである。

それにしても、風姿も風儀もみごとであった公孫瓚と劉虞への怨恨で凝りかたまった公孫瓚とは別人のようである。

——おそらく公孫瓚は凋落の運命をたどるしかあるまい。

と、曹操は予感した。冀州牧であった韓馥《かんふく》も恵声《けいせい》をもった人物であったが、劉虞はそれをはるかにうわまわる名声をもっていた。公孫瓚はその名声を妬忌《とき》しつづけているあいだに自

分を見失ったともいえる。

「伯珪は袁本初《えんほんしょ》に幽州討伐の義旗《ぎき》を投げ与えたようなものだ」

と、曹操がいったとき、張邈の目にかすかに恐れの色が浮かんだ。じつは張邈が帰還したばかりの曹操に会いにきたのは、賀辞をいいたかったためであるというより、ひとつのことをうちあけたかったからである。それは、

——しばらく呂布《りょふ》をかくまっていた。

ということである。

長安を脱出した呂布が南陽《なんよう》の袁術に頼ろうとしたが、拒絶されて、やむなく袁紹のもとへ行ったことは、すでに書いた。袁紹はこの危険な珍客を歓迎するふりをして、黒山《こくざん》の賊の首領である張燕《ちょうえん》を征伐するためにつかった。

そのとき張燕は黒山にはおらず、常山にいた。常山が山名であれば恒《こう》山を指し、国名であれば冀州の西北の端に位置する国を指す。たとえばのちに劉備に仕える趙雲《ちょううん》は、常山の子龍《しりゅう》、というが、その常山は山名ではない。黒山の賊が蟠拠《ばんきょ》していたのは、当然、恒山であり、袁紹が、

「西山《せい》」

という山名をもちだすところをみると、黒山の賊は太行《たいこう》山脈を往来していたのであろう。

「精兵万余、騎数千」

というのが、張燕が常時保持している兵力であるから、尋常な統率力ではない。

呂布は山岳戦を得意にしているわけではないが、狩猟民族をしのぐほど騎射《きしゃ》に長じているため、張燕の兵と遭遇しても、まごつくことなく配下を指揮して、敵陣を大破した。が、気がついてみると、善戦しているのは呂布の隊だけで、袁紹軍は苦戦して引きぎみである。

——冀州の兵はうわさほど強くない。

その程度の兵威でよく公孫瓚軍に勝てたものだと軽く蔑視した呂布は、袁紹のもとに使いを遣《や》り、

「わたしに兵をよこせ。あなたはうしろでみているだけでよい」

と、いった。

——高慢なものいいよ。

袁紹をみくだした者は、董卓しかいなかったのに、董卓とおなじ目つきと口ぶりである呂布に、袁紹は自尊心を傷つけられた。

「呂奉先《りよほうせん》には、兵を属《つ》けぬ」

嫌悪をまじえていった袁紹は、兵糧も送りたくなくなった。そのため張燕の兵を撃殺しつづけていた呂布の隊は、退却せざるをえなくなった。

「兵糧はどうした」

呂布の腹立ちは配下にもつたわり、山をおりた将士は掠奪をはじめた。すぐに袁紹の左右

から呂布を非難する声が揚がった。

——行儀の悪い男よ。

袁紹は呂布への悪感情をますます濃厚にした。感情の好悪は相手につたわるものである。呂布も袁紹について、

「みかけだおしの小器よ」

と、配下にいった。さらに、袁紹の下にいる諸将で朝廷に任命された者はひとりもおらず、すべて官爵を詐称《さしょう》している、わたしが奮武《ふんぶ》将軍であるのは、自称でも詐称でもない、あれらは席の位序《いじょ》もわからぬらしい、と不満をぶちまけた。

呂布にとって冀州滞在は居ごこちの悪いものとなった。

——どこへ行こうか。

冀州をでたくなった呂布は、そればかりを考えるようになり、ついに、

「洛陽に還りたい」

と、袁紹にいった。洛陽は灰燼《かいじん》に帰した旧都である。狐が往来しているような蕪穢《ぶわい》の地に人が住めるはずもなく、そこへ呂布が行ったところで、活動らしきことはできず、たちまち飢渇してしまうであろう。だが、呂布をうとましく感じている袁紹は、

——これで追い払える。

と、内心喜んだ。が、わざと愁色《しゅうしょく》をみせて、

「洛陽は荒廃しているときく。そこに定住するのはむずかしい。司隷校尉になれるように上表をおこなっておこう」

と、親切心をみせつけた。むろんそのような上表をおこなうつもりはない。袁紹は呂布をひきとめもせず、ただちに、

「呂奉先を洛陽へ遣る」

と、公表した。早くでてゆけ、ということであろう。直後、袁紹は一考した。ほんとうに呂布が洛陽へ行っても、そこにとどまるはずはなく、ほかの州へ移るにちがいない。そのときおそらく呂布は袁紹の悪口を撒《ま》き散らす。そうなってから呂布の口を封ずるのはむずかしい。

——出発前に口封じをしておくのがよい。

袁紹は若いころから体面と外聞に必要以上に気をつかい、ここでもその癖があらわれた。

出発前日に武装兵を集めた袁紹は、

「呂奉先を見送れ」

と、いった。ふつうの見送りではない。冥界《めいかい》へ旅立つ呂布を見送れ、ということであるから、暗殺の密命をあたえたのである。呂布が鈍感であれば、この夜、斬殺されて歴史から消えたであろう。だが、呂布は袁紹の尋常ではない悪意を感じとっていたので、

「小心者のやることは、ただひとつだ」

と、配下に指図を与えた。数百人の配下は馬を用意した。それから帳を張りめぐらして、帳のなかに鼓などを置いた。日没のころに、

「きました」

と、いう声をきいた呂布は、

「小宴をおこなっているといい、帳のなかにいれるな」

と、いい、鼓などを鳴らした。到着した三十人の武装兵は、

「明朝ご出発の呂将軍を、途中まで見送るように命じられました」

と、側近の成廉《せいれん》にいった。かれらに応接した成廉は、

「なごり惜しいので、われわれだけで宴を催しています。どなたもお招きしていませんので、みなさまも帳のなかにおいれすることができません。どうか帳の外で、明朝までお待ちください」

と、ことさら慇懃《いんぎん》にいった。鼓の音や笑声をきいている武装兵は、

「にぎやかなことだな」

と、微妙に笑い、帳の外で腰をおろした。成廉が帳のなかに消えるのをみた二、三人は、

「明朝まで待てるか」

と、低い声で話しあい、肩で笑った。

夜が更けるにつれて帳のなかの人数が減った。外をうかがっていた成廉が趨《はし》ってきて、

「かれらはねむったようです」

と、報告した。鼓を打つのをやめた呂布は、

「よし、でるぞ」

と、立ち、帳をでるや赤兎《せきと》にまたがり、すみやかに城外にでた。

——はて……。

鼓の音が弭《や》んだあと、帳外で臥《ね》ていた兵たちは、静けさと暗さに気づき、身を起こした。帳内には火がなく、静まりかえっている。宴が終わり、呂布はおそらく酔いつぶれてねむっているにちがいない。兵たちは炬火《きよか》をともさず、矛《ほこ》や戟《げき》をかまえ、足音を殺して帳に近づいた。かれらは呼吸をととのえ、帳をおもむろに捲《まく》り、なかをうかがった。微《かす》かに牀《しよう》がみえる。

——あれだ。

かれらはうなずきあい、いっせいに足をはやめて、牀に殺到し、牀にかかっている布を斫《き》った。うめき声をきいたような気がしたので、配下の兵が駆けつけてくるのを恐れた二、三人が逃げた。残りの兵も、腰を引き、帳の外へ走りでた。天下にきこえた呂布を暗殺するときの恐怖は、かれらにしかわからない。

深夜なので、袁紹の睡眠をそこなうことを恐れたかれらは、翌朝、復命をおこなった。

「そうか。よくやった。ところで、呂奉先の首はどこにある」

そう袁紹に問われたかれらは駭汗《がいかん》した。たれも呂布の首を獲《と》っていない。

「首をもってこい」

と、怒鳴った袁紹は、左右の者に、城門を閉じよ、と不機嫌にいった。呂布の配下も殺しておく必要がある。だが、すでに呂布と配下の影は城内になかった。よく考えてみれば、刺客の人選をおこなったのは袁紹であり、かれらの疎漏《そろう》は袁紹の散漫さでもある。肝心なところに力を集中させるという綿密さに欠けているのが、袁紹の特徴である。

袁術ばかりか袁紹にも嫌厭《けんえん》された呂布にとって、安住の地はほとんどない。袁術、公孫瓚、陶謙がまがりなりにもつながっているとすれば、幽州、徐州、揚州を避けねばならず、袁紹、曹操、劉表は淡然とではあるが協力関係をつくっているので、冀州、兗州、荊州へも踏みこみにくい。ただし呂布は袁紹の近くにいたとき、

――袁紹と張邈は仲が悪い。

ということを知った。それゆえ冀州をでた呂布は、兗州にはいって陳留郡太守の張邈のもとに行った。

「呂奉先がきたのか……」

張邈は多少狼狽《ろうばい》した。呂布の首には賞金がつけられている。長安にいる李傕や郭汜に呂布の首を送れば、賞金があたえられる。

「知っていますか」

張邈はいきなりそのことをいった。

「知らぬ。が、袁紹にあやうくこの首を獲られそうになった」

と、哄笑《こうしょう》しつつ呂布は自分の首をたたいた。その豪快さに、張邈は好感をもった。

「わたしはあなたをかくまいつづけたいが、兗州牧の曹孟徳は袁本初と交誼《こうぎ》があり、遠征から帰還すれば、冀州からの要請をうけて、かならずあなたを殺しにくる。わたしは兗州牧の下にいるので、曹孟徳の命令をこばむことができない」

「曹操か。腐れ宦者《かんじゃ》の子孫ではないか」

呂布は目に侮蔑の色をだした。

「とはいえ、いまは兗州牧です」

「兗州の官吏は、宦官の子孫に仕えている。骨のある者はいないのか。張孟卓どのよ、あなたには気骨がある。げんに賞金つきのわたしをかくまおうとしている。曹操の下に置いておくのは惜しい。いっそ、曹操を駆逐したらどうか。わたしが手伝おう」

と、呂布はこともなげにいった。

張邈の目がにぶく光った。その目容《もくよう》の微妙な変化を呂布はみのがさなかった。

——ほう、この男には深意がある。

つぎの瞬間、張邈をつかって兗州を取れないか、という考えが呂布の脳裡にひらめいた。

だが、この先走ろうとする思考を止めるように、

「曹孟徳は、わたしの友人です」

と、張邈はあえて冷静にいった。

「ともに立つことはできても、ともに権《はか》ることはできない、とは、よくいったものだ。あなたは管仲《かんちゅう》に功をゆずった鮑叔《ほうしゅく》になるつもりか」

呂布の扇動をしりぞけるように口をつぐんだ張邈は、しばらく目を伏せていたが、

「これでわたしはますます袁本初から憎まれるでしょう。わたしの立場を考え、あなたはつぎの行く先をお考えになっておくべきです」

と、重い口調でいった。

――呂布をこばむべきであったか。

張邈はわずかに悔やんだものの、困窮した者を放っておけないのが自分の性質だ、とおもいなおした。呂布は主人にあたる者をふたりも殺したが、けっして陰険な人物ではない。それどころか吐く息は晴朗のようにおもわれる。呂布を嫌う者は、むしろ奸黠《かんかつ》なのであろう。袁紹と袁術がそろって矜邁《きょうまい》であり、いかがわしいことは、いうまでもないが、曹操はどうなのであろう。

――わたしは曹操がもっともわからない。

なぜ曹操はわたしをこれほど信頼するのか。遠征に出発する曹操は、もしも自分が生還しなければ張孟卓を頼め、と家族にいったらしいが、ふたりが逆の立場であったら、張邈は家

族を曹操にまかせる気にはならない。

――わたしは曹操を恐れている。

これが本心の声である。曹操の何が、どのように恐いのか、うまく説明することができないが、曹操との友情を想うたびに息苦しくなる。そういう張邈の心情は、曹操が恐いのではなく、曹操を裏切るかもしれない自分が恐いということなのであろう。かつて張邈は兗州の太守らが董卓の非を鳴らして立ちあがったときに主導的な高みにいたのに、袁紹と争うことをはばかって盟主の席をゆずり、敗戦を恐れて曹操と行動をともにせず、勇名を曹操にゆずった。その引け目が張邈を苦しめている。

――自分はそういう男ではない。

袁紹が冀州牧であり、曹操が兗州牧である現在に、いくらそう叫んでも、たれもきいてくれぬであろう。張邈のいらだちは、素志の自分にもどれぬことであったのだが、呂布に接してみて、ひとつの勇気を学んだような気がした。呂布は、世評を忌憚《きたん》することなく、自分を曲撓《きょくどう》するような圧力をもった者を消去して、自分をとりもどしたということである。

しばらく張邈のもとにいた呂布は、

「河内《かだい》の雅叔《がしゅく》をたずねてみる。よく遇してくれた」

と、別れをつげた。雅叔とは、張楊《ちょうよう》のことで、出身は雲中《うんちゅう》郡であるから、呂布とおなじ幷州北部が故地であり、ともに丁原《ていげん》の下にいたことは、まえに書いた。

「張楊は董卓から建義《けんぎ》将軍に任命されたことがある、ときいている。あなたが董卓を誅《ころ》したあとも、河内太守であるということは、李傕や郭汜に通じているのではないか」

「雅叔は、勤王の士だ。かれにとって天子が至上であり、天子のために李傕らと戦う肚《はら》をもっている。あなたも天子のために働いてもらいたい」

と、いった呂布は張邈の手を執《と》った。そのとき張邈はおもわず呂布の手をにぎりかえした。

――天子のために……。

何とひびきのよいことばであろうか。張邈は小さな感動をおぼえた。いま天子のために尽力している者が、どれほどいるであろうか。呂布だけではないのか。

呂布は陳留を去って、河内にはいった。

「どこへ行っても、みせかけの英傑ばかりだ。なんじほどの風操のある者はいない」

張楊に会った呂布はいきなり称《ほ》めた。張楊はつねに温和さをみせてはいるが、心胆のすえかたは尋常ではなく、こまごまと呂布に問うことなく、

「厚遇されることを望んでいれば、他の郡へゆくがよい。そうでなければ、飽きるまで滞在するがよい」

と、いった。

――ふふ、雅叔はものがちがう。

呂布は礼もいわず、張楊の客となった。

しかし呂布が郡府にきたことを知った張楊の属官たちは色めきたち、張楊のもとに押しかけて、

「呂奉先の首を長安へ送りましょう」

と、詰め寄った。しかし張楊は、

「わたしは李傕や郭汜によって河内太守に任命されたわけではない」

と、いい、かれらの進言をしりぞけた。数日後、その小さな譟《さわ》ぎを知った呂布は、わざわざ張楊のもとへゆき、

「わたしとなんじはおなじ州の出身だ。もしもなんじがわたしを殺せば、それはなんじの弱味となる。わたしを売ったほうがよい。そうすれば、なんじは郭汜と李傕から爵位をあたえられ、寵幸《ちょうこう》を得られるだろう」

と、あえていった。すると張楊は、

「天子から爵位をあたえられ、天子の寵臣《ちょうしん》になるのであれば、すぐにそうするだろう」

と、笑いながら答えた。

――雅叔は長安の奸臣《かんしん》どもを恐れていない。

李傕と郭汜が河内郡に兵馬をむければ、呂布は張楊を佑《たす》けて戦う肚をかためた。あとで呂布が河内郡にとどまっていることを知った李傕と郭汜は、しだいにぶきみさを感じ、呂布をなんとしても殺したいという復讎心《ふくしゅうしん》が希薄になったこともあり、むしろ王允《おういん》の仇を討つと叫

んで長安攻めをおこないかねない呂布を危惧《きぐ》するようになったため、

「潁川《えいせん》太守に任命する」

という詔書《しょうしょ》を呂布にくだして、懐柔をはかった。その時点で、呂布は賞金つきの犯罪者ではなくなったであろう。

それゆえ張邈が呂布をかくまったことは犯罪行為ではなかったといえるが、かれの懸念は、それについて曹操がどのように考えているか、ということであった。が、遠征から帰ってきた曹操は、呂布について一言も言及せず、あいかわらず張邈は無二の親友である、とその全身が語っていた。

——わたしは人を信ずる力も曹孟徳におよばぬか。

なかば安心し、なかば複雑な気分になりつつ、陳留に還ろうとした張邈に声をかけた人物がいた。

陳宮《ちんきゅう》である。

「太守、陳留には辺譲《へんじょう》先生がおられますね」

辺譲はもとの九江《きゅうこう》太守で、いまは郷里にいる。学者としても高名で、その門下から優秀な人材が輩出している。

「辺譲先生がどうしたのか」

張邈は陳宮に親しいわけではない。陳宮は東郡太守であった曹操を兗州牧におしあげたと

いう功をもち、いまや曹操の重臣のなかでも上位にいる才人であるが、張邈の感覚からすると、

——怜悧《れいり》すぎる。

と、警戒したくなる。

「まもなく辺譲先生は、処刑されるでしょう」

「処刑……、なぜだ」

「それは、もとの広陵《こうりよう》太守にお訊《き》きください」

もとの広陵太守とは、張邈の弟の張超《ちようちよう》のことである。張超は寵臣である臧洪《ぞうこう》の進言を容《い》れて董卓討伐のために起《た》ち、広陵郡の統治を袁綏《えんすい》という者にまかせて、酸棗《さんそう》の会盟にくわわったのち、袁紹に従うかたちで滞陣をつづけたが、解散後に官を離れて兄を補佐している。ちなみに張超は策謀家であるという一面をもち、

——関東は劉虞が皇帝として立たないかぎり、鎮《しず》まらない。

と、考え、劉虞を擁立すべく、臧洪を幽州へ遣った。ところが、臧洪は幽州にはいることができなかった。公孫瓚の軍が南下して冀州を侵しており、やがて袁紹の軍と交戦しはじめたからである。大勝した袁紹は、臧洪が河間《かかん》にとどまっていることを知り、招いて会見したところ、

——うわさにたがわぬ才器である。

と、認めた。そのころ青州刺史の焦和《しょうわ》が亡くなったので、臧洪に青州を治めさせた。それは袁紹と張超の関係が良好であった証左《しょうさ》である。臧洪は二年のあいだに盗賊をことごとく駆逐するという異能を発揮した。それに感嘆した袁紹は、臧洪を東郡太守に転任させて、東武陽《よう》に住まわせた。その後、解任された臧洪は、張超のもとに帰るつもりであったにちがいないが、それは許されず、一城をあたえられて羈束《きそく》された。張超は属将のなかで最大の才能を袁紹に擥《と》られたのである。

大いそぎで陳留にもどった張邈は、さっそく弟に、

「辺譲先生が処刑されるかもしれぬときいた。先生は何をやったのか」

と、問うた。張超は眉をあげた。

「処刑――、たれからききましたか」

「陳宮からだ」

「ならば、たしかでしょう。辺譲先生は曹操が徐州で虐殺をおこなったことを誹謗《ひぼう》しているのです。父の仇である陶謙とその兵を殺すのはわかるが、無辜の民まで殺してはならぬでしょう。辺譲先生に避難するように勧告してみます」

張超は辺譲を逃がそうとした。が、辺譲は遁竄《とんざん》せず、

「曹操は、わたしを殺せば、みずから首を絞めることになるだろう」

と、儼乎《げんこ》といい、役人を平然と迎えた。辺譲は斬首されて、その首はさらされ、妻子も処

刑された。その誅戮《ちゅうりく》を命じた曹操は、

——辺譲のような学者が、もっとも質《たち》が悪い。

と、おもっている。実情を敦閲《とんえつ》せず、高踏的に論を展開して、世人をまどわすともがらは盗賊より劣る、と曹操は憎悪している。辺譲が九江でどれほどの善政をおこなったというのか。辺譲のような者たちが清談にあけくれているうちに、世はますます悪くなっている。

——徐州は仇の州だ。ぜったいに赦《ゆる》さぬ。

曹操は夏に再挙するための準備にはいった。

済《さい》　民《みん》

曹操《そうそう》の徐州《じょ》遠征における大虐殺は、過剰な報復行為である、というのが、後世の史家の一致した見解である。

が、復讎《ふくしゅう》は正義であるという信念のなかにいる曹操は、後世の悪評を恐れることなく、徐州にむかって再出発しようとしている。かれは本拠である鄄城《けんじょう》を荀彧《じゅんいく》と程昱《ていいく》にまかせた。また東郡の行政府がある濮陽《ぼくよう》に夏侯惇《かこうとん》をすえ、さらに陳宮《ちんきゅう》に兵をさずけて、

「東郡を守るように」

と、いったのは、東郡太守に任命した夏侯惇を軍事的に補佐させるという意図をもっていたのであろう。冀《き》州と境を接する東郡を曹操が必要以上に重視したのは、どう考えても、袁《えん》

紹《しょう》の急襲にそなえたとしかおもわれない。袁紹とはまがりなりにも友好を保っている曹操が、そういう用心をしたのは、かならず理由があり、その真相を指すことのできる傍証はみあたらないが、張邈《ちょうばく》が呂布《りょふ》をかくまったことを知った袁紹がたいそうくやしがったときいて、

――袁紹が陳留《ちんりゅう》を攻めることがあるかもしれぬ。

と、考え、陳留郡を衛《まも》るために東郡の防備を厚くしたと想像できなくはない。冀州軍が陳留を攻めるためには東郡か河内《かだい》郡を通らなければならず、呂布に仮寓《かぐう》をゆるしている河内太守の張楊《ちょうよう》が冀州軍の通過を黙認するはずがなく、張楊は皇帝を軽視している袁紹を嫌い、皇帝を尊重している曹操とは使者を往復させているので、袁紹に助力することはけっしてない。むろん東郡は青《せい》州の平原《へいげん》郡とも接しているので、田楷《でんかい》の突然の侵入にそなえておく必要があった。そういう目くばりを終えた曹操は、

――これで、よし。

と、遠征にでた。

鄄城から東北にむかった曹操軍は泰山《たいざん》郡から徐州の琅邪《ろうや》国に攻めこんだ。この復讎の色をあらわにした軍の猛威にさらされた琅邪国では、つぎつぎに県が破壊され、兵だけではなく多数の民も殺された。

じつはこの国には異才がいた。

諸葛瑾《しょかつきん》（子瑜《しゆ》）

諸葛亮《しよかつりよう》（孔明《こうめい》）

という兄弟がそれである。ただし諸葛亮は、この興平《こうへい》元年（一九四年）に、まだ十四歳である。琅邪国の陽都《ようと》県に住んでいた諸葛瑾は、戦禍《せんか》を避けるべく、弟の亮と均《きん》をつれて、叔父の諸葛玄《しよかつげん》とともに、南へ南へと奔《はし》り、江水《こうすい》を越えて、袁術《えんじゆつ》の支配地に落ちついた。諸葛の族にとって、きわめてつらい逃避行であったにちがいない。諸葛瑾と諸葛亮が曹操に仕えなかったのは、このときの酸味にみちた体験が心に刻みこまれたためであろう。

ところで、袁術は揚《よう》州九江《きゆうこう》郡の寿春《じゆしゆん》にいた。

曹操と戦って惨敗した袁術は、執拗な追撃からかろうじてのがれ、淮水《わいすい》を渡って九江郡にはいった。九江太守は袁紹に通じている周昂《しゆうこう》であるが、袁術にとっては難敵ではない。

——なにしろ揚州刺史《しし》は、陳瑀《ちんう》だ。

陳瑀はかつて袁術のもとにいて、袁術の勧めで揚州へおもむき、袁紹に派遣された袁遺《えんい》を駆逐して、州の統治に成功した人物である。それゆえ陳瑀は歓迎してくれるであろう、と楽観して、袁術は寿春にむかったのである。ところが寿春へ入城することを陳瑀に拒否された。

——忘恩の徒よ。

怒った袁術は寿春を攻めたかったが、私兵が寡《すく》ないため、東へ行って陰陵《いんりよう》を攻撃した。袁術の名は天下に知られ、揚州でも衆望があった。かれは散兵が集まるのを待ち、陰陵で周昂と戦って勝ったあと、その地の兵を集め、さらに淮北《わいほく》でも兵を募《つの》ってから、寿春に軍をすすめた。

ところで袁術の攻撃をうけた周昂を援《たす》けるべく弟の周喁《しゅうぐ》は会稽《かいけい》から駆けつけたが、陰陵において孫賁《そんほん》の兵と戦ってあえなく敗退した。やむなく郷里に帰った周喁は許貢《きょこう》に殺されたという。曹操とともに汴水《べんすい》で戦ったことのあるこの好漢は、ついに隠耀《いんよう》のままで終わった。

袁術軍がふくれあがったことを知った陳瑀は、和睦の使者として弟の陳琮《ちんそう》を送った。が、陳琮は袁術に拘束された。袁術と陳瑀では知名度がちがい、位負けしたように陳瑀は逃走して、下邳《かひ》に帰った。しかし郷里にとどまりにくいのは以前とおなじで、かれは広陵郡《こうりょう》の海西《かいせい》に軍を駐屯させて、

「わたしが呉《ご》郡太守である」

と、負け惜しみのように称した。じつのところ袁術からあたえられた官爵を放棄して朝廷の官位にもどったのである。が、揚州の呉郡にいないのに呉郡太守であると称したので、それを偽称であるとみなす者もすくなくなかった。

ついでに、孫策《そんさく》の消息について書いておきたい。

袁術が寿春に本拠をさだめたことが、さまざまな人の動静をゆすぶった。丹楊《たんよう》太守である呉景《ごけい》のもとにいた孫策は、袁術がとなりの郡にきたことを知るや、矢も盾もたまらず、呂範《りょはん》や兪河《ゆか》など数百人の配下を率《したが》えて、寿春へ直行した。その行動の背景には、叔父のもとでは驥足《きそく》をのばしえないという不満があったのであろう。

「孫堅《そんけん》の子がきたのか」

袁術がこころよく面謁をゆるしたのは、かれの心気が活発さをよみがえらせていたせいであろう。揚州への移住は、袁術にとっては賭博《とばく》といってよく、曹操にみじめなほどたたかれたすえのやむをえない逃避でもあったのだが、きてみれば、快適に新天地がひらけた観があり、またたくまに予想以上の輿望《よぼう》にささえられた。それは南方の有識者や豪族が袁術の驕《おご》った実像を識《し》らず、もっとも誠実で清潔な将軍である、とみなしていたためである。揚州に袁術がいると知って、曹操軍に蹂躙《じゅうりん》された徐州から多くの人々が淮水を越え江水を渡って揚州にながれこんだのも、袁術の名がいかに巨《おお》きかったか、という証左《しょうさ》である。

袁術はふたたび虚像のなかで安住することができる。この上機嫌な統治者にむかって、孫策は涙をながした。

「昔、亡父は長沙《ちょうさ》から中原《ちゅうげん》に兵をつれて董卓《とうたく》を討とうとしたとき、あなたさまと南陽《なんよう》においてお会いし、盟約をおこない誼《よしみ》を結びました。不幸にして難に遭い、勲業は完成されませんでした。わたしは亡父にたまわった旧恩を想い、あなたさまにおすがりしたく存じます。どうかこの誠心をお察しください」

孫策のことばにはあいての胸にまっすぐにとどくような気魄《きはく》がある。人のことばを正面でうける真摯さをみせたことのない袁術が、めずらしく感動したのである。

「おお、よくぞ、まいった」

と、いったものの、いちど得たものを手放すことをしない袁術は、孫堅の兵をあずかっているることを忘れたような顔で、

「わたしはそなたの叔父を丹楊太守に起用し、従兄の伯陽《はくよう》（孫賁）を都尉《とい》に任じた。丹楊は精兵を産む土地であるので、還《かえ》って兵を募集するとよい」

と、いいきかせ、ひきとらせた。孫策は興平元年に二十歳であり、孫堅が残した一千余人の兵を指揮させるには早すぎる、と袁術がおもったせいであろう。ここでの孫策は、

「丹楊へは帰りたくありません」

とは、いわなかった。袁術に会って真情を訴えることができたことで満足し、素直に帰途についた。丹楊にもどった孫策は兵を募ったが、多数を得ることができず、涇県《けい》で起《た》った祖《そ》郎《ろう》という者の討伐につかわれて、惨敗した。

——叔父につかわれるより、袁術につかわれたい。

私兵の大半を失った孫策は、またしても寿春へゆき、実情を語り、哀訴した。ふたたび孫策が寿春にきたと知って噪《さわ》いだのは、袁術の妾侍《しょうじ》である。

「孫策ほど美しい容姿の武人をみたことがない」

女どもがひそひそと立てる声が袁術の耳にはいった。武人としての器量は父よりはるかに劣るが、その美貌はつかいものになるかもしれぬ。みずからは汗をかくことなく、威勢を強化したい袁術は、こんどは孫策を丹楊へかえさず、孫堅の兵をさずけた。

——一千余の兵で、何ができようか。

という意《おも》いもある。だが募集した兵と孫堅の指揮に従って多くの戦場を往来し、董卓軍さえ破ったことのある兵とは、質がまるでちがう。この兵が孫策の覇業の基となったのである。

かれは袁術のもとで軍紀のゆるみに慣れたこの兵を鍛えなおした。

騎兵のひとりが罪を犯して、袁術の営所へ逃げこみ、廐《うまや》に隠れた。孫策は人をつかってその者を斬らせた。それが訖《お》わると孫策は袁術にあやまった。すると袁術は、

「兵はよく軍紀にそむく。われわれはともにそれを憎まねばならぬ。あやまらずともよい」

と、ものわかりのよさをしめした。あとで袁術は、

「もしもわたしに孫郎《そんろう》のごとき子がいれば、おもいのこすことなく死ねるのだが……」

と、本音をもらした。孫郎の郎は若者をいう。孫策の素質のよさに袁術が気づきはじめたといってよい。袁術の属将である橋蕤《きょうずい》や張勲《ちょうくん》は、孫策の容儀《ようぎ》のよさと将としての尋常ではない器量に感心し、ときには敬意をはらった。

この寿春へ、貴臣がきた。

馬日磾《ばじってい》である。

碩儒《せきじゅ》であった馬融《ばゆう》の学問をうけついでいるといわれる馬日磾は、王朝の太傅《たいふ》であり、諸将のもとをめぐって紛争をしずめるように命じられていた。皇帝の使者であるが、馬日磾を実際に地方へむかわせたのは、李傕《りかく》などである。

　袁紹と同調せず、劉虞《りゅうぐ》を皇帝に擁立することに反対し、呂布をうけいれなかった袁術と手をにぎりたい李傕は、袁術を左将軍に任じ、陽翟侯《ようてきこう》に封《ほう》ずることにした。馬日磾はその叙任をおこなうべく、寿春にはいった。

「よくぞ、おいでくださった」

　袁術はにこやかに遠来の使者を迎えた。皇帝の使者のしるしである節《せつ》をしめされると、童子のような好奇の目でそれを視《み》たあと、

「いちど持ってみたかった。よろしいか」

と、ねだるように手をさしだした。

「どうぞ――」

　人格が熟成する年齢にあるとおもわれる袁術が、ものめずらしさに異常に執着して稚心《ちしん》に似たものをのぞかせたことに、おどろきつつも、好意の微笑とともに馬日磾は節をわたした。

「これが節か……」

　竹の柄につけられた旄牛《ぼうぎゅう》の尾を、しきりに袁術はいじり、やがて左右の者に、

「なんじらは、生涯、持つことはあるまい。いちどさわっておけ。嘉祉《かし》がくるかもしれぬぞ」

と、節をさずけ、顔をもどして馬日磾と面談をはじめた。だが、この面談が終わっても、馬日磾の手には節がもどってこない。

「節は天子からたまわったものである。すみやかに、かえしていただこう」

と、馬日磾は口吻《こうふん》に非難をこめていった。

「宿舎におとどけする。ご心配にはおよばぬ」

そういった袁術であるが、翌日も、翌々日も、節のことは忘れたような顔で、

「わたしの下には、このような逸材がいる。中央に辟召《へきしよう》してもらえるように、とりはからってもらいたい」

と、いい、あつかましくも、千余人の氏名を書きならべて馬日磾にしめした。眉をひそめた馬日磾はようやく袁術の悪意に気づいた。これはどうみても袁術のいやがらせであり、馬日磾にはつゆほどの敬意をいだいていないあかしであるといってよい。馬日磾と同時に、おなじ使命を帯びて、長安《ちようあん》を発《た》った趙岐《ちようき》は田楷と袁紹のあいだにはいって青州と冀州の国境に停戦をもたらした。だが、寿春の袁術は、調停を待ち望むほど切迫した状況に立たされていない。また馬日磾の実歴にはとりたてて誉《ほ》めるほどの功もない。李傕らが董卓の後継者であるとわかっていながら、迎合したかたちで、使者となったということは、袁術にとってまったく気にいらなかったのかもしれない。それゆえ皇帝を苦しめている李傕らの手先となっている馬日磾を厚遇しなくても袁術の評判が落ちることはないというふてぶてしい計算があったにちがいない。

「節をあずかった」

この節には、天子にかわって諸侯を処罰する権能もふくまれている。馬日磾のような奸臣《かんしん》にもたせるわけにはいかぬ。天下に号令する自分を夢想しつづけている袁術が、節をかえさなかったのは、そういうことであろう。

ついに馬日磾は憤然とした。

「あなたの家の先代の諸公は、士をどのように辟召しましたか。それを督促なさるのは、府の掾《えん》を劫《おど》して得ようということになるのですよ」

礼に悖《もと》る行為である、と馬日磾は袁術をとがめ、改容《かいよう》をうながした。しかし袁術は高圧的な態度を改めず、

「ここに書きならべた者たちをすべて推挙せねば、いつまでも寿春にとどまっていただくことになる」

と、やんわりと恫《おど》し、実際に馬日磾を兵に見張らせて、寿春からださなかった。節をとりもどさなければ、天子の使者ではなくなってしまうので、馬日磾はひそかに袁術の属将のなかで勤皇の心が篤《あつ》い者を説いて協力を求めたにちがいない。寿春滞在中の馬日磾が孫策を招いて、上表して懐義《かいぎ》校尉《こうい》の官を授けたのは、窮困のなかにあって孫策に助けを求めたということであるのか、袁術の脅迫に屈した一例であるのか、いきさつは不透明である。節をもたなければ寿春を脱出しても意味がないと考えた馬日磾は、節をとりかえすことばかりをおもい、手立てがみつからずに苦しみ、ついに憂えと恚《いか》りがこうじて死んだ。

馬日磾は死ぬほど節にこだわったが、関東の諸将はさほど天子をあがめていないのが実情であったから、かれは袁術の悖道《はいどう》を天下に訴えるべき手段をとればよかったのではないかとおもわれるのであるが、そうせずに悶死《もんし》した馬日磾の心胆はとても戦乱の激風に堪《た》えられるようにはできていなかったのであろう。応変の才のない人であったといってさしつかえない。

琅邪国で猛威をふるった曹操軍は、陶謙《とうけん》が本拠をおいている東海郡《とうかい》に侵入し、海辺までゆき、ひきかえした。陥落させた城の数は五であり、この軍は通過したところを残滅《ざんめつ》した。

——またしても曹操の毒を浴びるのか。

怖駭《ふがい》した陶謙は、小沛《しょうはい》にいる劉備《りゅうび》を招き寄せた。この劉備の軍と陶謙の属将である曹豹《そうほう》の軍が郯《たん》城の東に布陣し、曹操軍を邀撃《ようげき》するのである。だが、曹豹はつねづね、

「陶公は、なにゆえ、劉玄徳《りゅうげんとく》のごとき庸器《ようき》を厚遇なさるのか」

と、不快さを口にしている将なので、小沛から駆けつけた劉備を無視し、その一万に満たぬ軍との連合を悦《よろこ》ばなかった。それゆえこの二軍はそれぞれ曹操軍と戦うようなものであった。曹豹の悪感情が劉備とその左右につたわらないはずがない。

「威張りくさったやつよ」

と、張飛《ちょうひ》は曹豹をののしった。張飛は兄事する劉備が軽蔑され冷遇されるたびに憤慨してきた。が、劉備は怒らないし、悲しむこともしない。そこに非凡さがある、と関羽《かんう》は張飛に

おしえた。

「大志があるからだ」

とも、関羽はいった。大志さえあれば、人はいかなる屈辱にも耐えられる。たしかに関羽のいう通りであろうが、劉備はこの時代の人としてはめずらしく礼教に背をむけて老荘《ろうそう》思想に関心があったのではないかとおもわれる。劉備がものごとの正否を截然《せつぜん》としめさないのは、儒教的な世界の外に立っている証拠であろう。荘子《そうし》にすれば論争ほどばかばかしいものはなく、孔子が是としたことを墨子《ぼくし》が非とするのであるから、論争に勝ったところで、なんの意義もない。それを戦争におきかえてみてもおなじことで、こちらの正義の戦いは、あちらからみれば邪悪な戦いであり、その勝敗は正邪をわけることにならない。劉備はそのことに気づいたはずである。それゆえ劉備が望んだ勝ちとは、絶対的な勝ち、であり、それは相対を乗り越え、対立するもののない勝ちでなければならない。劉備が寡黙であるのは、ことばについての意識が、儒教を人格の基礎においた多数の士人とはあきらかにちがうせいであり、劉備の行動のわかりにくさは、儒教的節義の目でみすぎるせいである。そう考えれば、劉備がほんとうに戦っている相手とは、人ではなく、時代をおおっている思想、あるいは風潮であるのかもしれない。むろん劉備はそのようなことを関羽にさえ語ったことはないであろう。

どうしても劉備が一言いわなければならないとすれば、

「真の勝ちとは、勝ったことさえわからぬ勝ちである」

というしかないであろう。それゆえ劉備はこの時代の群雄のなかではめだたぬながらも特立していたことになるが、その特性をうすうす感じていたのは、おそらく関羽ひとりであり、劉備は自分の行動の意義を説明しないばかりか、失敗を弁解せず、成功を誇らないので、その無言のありかたを関羽は独自の言語によって張飛に教えなければならないときがある。

曹操軍は郯城に近づいた。

迎撃の陣が城の東に布《し》かれていることを知っても、曹操は眉ひとつ動かさず、

「ゆこう」

と、諸将にいい、果敢に前進した。むろん曹操は田楷の下にいるはずの劉備が、青州に還らず、陶謙を援助している事実を考えた。

——劉虞を殺した公孫瓚《こうそんさん》への反背《はんはい》か。

そうみるのが、妥当であろう。劉備は陶謙と旧誼《きゅうぎ》をもっていないのに、まるで陶謙の親友のごとく、陶謙を護《まも》るために陣を布いている。劉備が利口な男であれば、たとえ田楷に命じられたとはいえ、曹操に仇敵視《きゅうてきし》された陶謙をまともに掩護《えんご》しないはずである。ただし劉備が愚者であるとはきこえてこないので、

——わからぬ男よ。

と、おもうしかない。

曹操はほとんど劉備の軍を視なかった。その軍は曹豹軍の遊軍にすぎず、終始傍観して戦

闘にはくわわらないことがありうる。曹操は曹豹の軍を破ることに意識を集中すればよいのである。

このときの曹操軍は鬼気を帯びており、戦うまえに曹豹は威圧され、けっきょく地の利を活《い》かせなかった。両軍が衝突してから短時間で、曹豹軍は敗色をみせた。戦場において曹操は軽率さをみせることはないが、ここでは、敵軍の旗が徐々に遠ざかるのをながめて、

――もはや、勝った。

と、速断した。曹操軍の先陣と左翼の動きが速くなった。ところが、どうしたことか、右翼の動きが急ににぶくなった。ほどなく報告がきた。なんと曹豹軍の敗色が濃厚になってから、劉備軍は退くどころか、曹操軍に嚙みつくように戦いをいどんできたという。

――劉備には戦況がわからぬのか。

曹操は内心あきれた。戦況がわかっていれば、主力軍の潰乱《かいらん》をふせぐために劉備が軍を動かすのはわかるが、勝敗があきらかになってから、退却せずに曹操軍を襲う劉備の兵術がわからない。なにはともあれ、劉備軍の異様な善戦によって曹操軍の前進ははばまれた。

苦笑した曹操は、追撃につかうはずの史渙《しかん》と曹仁《そうじん》の騎兵隊を、右翼の補助へまわすことにした。

「行って、援けよ」

ここまで曹仁は、費《ひ》県、華《か》県、即墨《そくぼく》県、開陽《かいよう》県の攻撃において功を樹《た》て、その騎兵隊の勁《つよ》

さは無敵といってよいはずである。

史渙と曹仁の隊が動いたことにより、戦況はまた変わり、劉備軍がようやく後退した。が、めずらしく曹仁の隊が損傷をうけた。劉備軍の先陣を指揮している将を攻撃したところ、まったくまに死傷させられた。その将が関羽であると知った曹仁は、退却する劉備を追わせたが、殿軍を指揮する将に、痛撃された。その将が張飛であった。

——劉備の下には、すさまじい武将がふたりいる。

あとで曹仁は、

「劉玄徳には過ぎた武将がふたりいます」

と、関羽と張飛の名を挙げて報告した。非凡な記憶力をもっている曹操は、ここでそのふたりをおぼえた。

曹豹軍と劉備軍を撃破した曹操軍は、郯城の近くを通ったものの、包囲せず、悠然と西行して襄賁《じょうほん》を攻略しようとした。

——もう曹操軍を止める兵力がない。

敗報ばかりに接してきた陶謙は、幽《くら》い息を吐き、肩を落とし、頭を垂れた。万策が尽きたおもいである。ただし、劉備が誠実な武人であることは、その戦いぶりでわかった。それが冷えきった陶謙の胸にわずかな温かさをもたらした。とはいえ、善戦した劉備と兵は小沛へ去った。

「わたしは、丹楊へ帰るしかない」

と、陶謙は苦しげに麋竺《びじく》にうちあけた。暗い顔の麋竺は、しかし声をはげまして、

「郷里にお帰りになることは、郡県の民をお棄てになることです。公を慕って徐州にとどまっている民のために、曹操と戦いぬいていただきたい。わたしをはじめ徐州の官民は、曹操に仕えることを望んでいません」

と、いい、陶謙の帰郷に難色をしめした。青州の田楷に援助を請うてはいるが、田楷は曹操軍をあわてさせるほどの活発さで動いてはいない。徐州から陶謙が去れば、牧《ぼく》がいなくなるのであるから、公孫瓚も袁紹も、さらに袁術も、支配権を得るべく、将と兵を送りこんでくるにちがいない。徐州は大混乱となるであろう。徐州で財を築いた麋竺にとって徐州の荒廃は自家の衰損《すいそん》につながる。

——だが、あきらめるのは、まだ早い。

と、麋竺はおもっている。なぜなら、州内の民は曹操軍を恐れて逃げまどってはいるが、曹操軍に迎合して陶謙に弓を引く権官や豪族がほとんどでていないからである。これは陶謙の徳が高いというより、曹操の征戦のしかたが非情であるため、徐州の民の反感を買ったことによる。したがって州の官民にみはなされないかぎり、陶謙は自滅することはないのだから、この苦境から逃げず、耐えぬけば、曹操はやむなく引き揚げるであろう。

「天は公をみすてていません」

と、麋竺はいった。天とは民と同義語であるときがあり、いまがそうであった。

「徐州で死ぬべきか……」

陶謙は徐州を去って丹楊へ帰還することをおもいとどまった。

麋竺がいったように、天祐《てんゆう》はあった、というべきであろう。襄賁を攻撃していた曹操軍がにわかに陣を払って帰途についたのである。

「まことか――」

躍りあがって陶謙は喜悦した。一気に窮境から脱した陶謙は、心身の暢適《ちょうてき》をひさしぶりにあじわったものの、数日後に、病を発して牀《しょう》に就《つ》いた。

この病は篤くなるばかりで、この年に、陶謙は病歿する。

亡くなるまえに陶謙は、枕頭《ちんとう》にいる麋竺に、

「劉備でなければ、この州を安定させることができない」

と、いった。陶謙には、陶商《とうしょう》と陶応《とうおう》というふたりの男子がおり、配下に賢者もいるが、かれらの器量では徐州を保ちえないと感じ、自分の志を劉備に継がせるように麋竺にたのんだ。ちなみに陶商と陶応は、官界に関心をもたず、生涯仕官をしなかった。

陶謙の享年は六十三であったといわれる。この徐州牧を敬愛してきた者はすくなくなく、かれの死を知ると、

「あなたがにわかに薨《こう》じたため、民は困窮を知り、旬日（十日）も経《た》たぬうちに、徐州の五

官吏も動揺した。

「郡は潰崩《かいほう》してしまった。哀れな人民はこれからたれを仰憑《ぎょうひょう》したらよいのか」

という悼辞《とうじ》をつくった者もいた。陶謙の存在の大きさがわかる。当然、陶謙に仕えてきた

糜竺も哀愁のなかにいた。が、哀しみよりも恐れを強く感じていた。陶謙の死によって徐州も死にかけている。

——早く善処せぬと、この州は自壊してしまう。

徐州をいためつけた曹操が突然兗《えん》州に帰還したことが徐州にとって天祐であるとすれば、この天祐を活かさなければならない。そのためには早急に強力な指導者を擁立する必要がある。その指導者には、

——劉備がよい。

と、糜竺はおもった。劉備に交誼《こうぎ》があるわけではないが、劉備には人を虐《しいた》げて達成するような悪質な欲望がない、とみた。病牀《びょうしょう》の陶謙も、劉備でなければこの州は安定せぬ、といったではないか。それは陶謙の遺言のひとつであるが、糜竺しか聴いていないといってよく、たとえ多くの人がそれを聴いていても、徐州の民に親しまれていない劉備を州の高官と郡の太守が喜んで奉戴《ほうたい》するとはおもわれない。

——どうすればよいのか。

糜竺は長大息《ちょうたいそく》して頭をかかえた。長安の朝廷が陶謙の死去を知れば、あらたに徐州刺史か牧を任命して赴任させる。それを袁紹と袁術が黙ってみているはずはない。そうなれば徐州は収拾がつかなくなる。そうなるまえに州の官民の総意で劉備を立てて、朝廷の認可を得るのが上策であるのに、そこまでゆく迅速で適切な手段がみつからない。

この苦悩する糜竺の視界のかたすみに、いつのまにかひとつの人影があった。

「あ、陳元龍《ちんげんりゅう》か……」

糜竺の昏《くら》い胸にわずかに光が射した。

陳元龍とは陳登《ちんとう》のことで、かれは下邳の淮浦《わいほ》の出身であり、かれの父の陳珪《ちんけい》は、袁術に撃退された陳瑀の従兄にあたる。陳登は陳氏一門のなかの偉材であり、若いころに、

「扶世済民《ふせいさいみん》の志」

をもっていた。扶世済民とは、世を扶《たす》け民を済《すく》う、ということである。その読書量は尋常ではなく、古典にかぎらず読んでないという書物はなく、自身も文芸において雅趣《がしゅ》をそなえていた。二十五歳のときに孝廉《こうれん》に挙げられ、東陽《とうよう》県の長に任命された。行政とは人をいたわることであると信じている陳登は、県内の老人を養い、孤児を育て、自分の傷をいたわるように民をいたわった。この若い行政官の異能に嘱目《しょくもく》した陶謙は上表をおこなって、典農校尉《てんのうこうい》とした。典農校尉は、郡や県に屯田《とんでん》がある場合に置かれる官である。むろん徐州にも屯田はある。陳登は農政にもなみなみならぬ関心があり、田土の良否を自身で巡察してみきわめ、

水利をうけられぬ地には鑿掘《さっくつ》をおこなって溢々《いついつ》たる水をみちびき、灌漑《かんがい》の利を民にもたらした。それゆえ農民にみはなされたような地が、上地《じょうち》にかわったところがすくなくなく、稲が豊かにみのり、もみは積まれてたくわえられるようになった。そういう美政を地道《じみち》におこなっている陳登は、すでに州内で名声をもっていた。かれは独りで懊悩《おうのう》している麋竺に近づくと、

「なにゆえ、劉玄徳を迎えにゆかぬのですか」

と、力のある声でいった。瞠目《どうもく》した麋竺は陳登をまっすぐに視て、

「それができれば苦労はせぬ」

と、ため息まじりにいった。すると陳登は、

「陶公の遺言を公開し、迷わず出発すべきです。わたしは父老《ふろう》を集め、かれらを率いて随行します」

と、剛決《ごうけつ》をみせた。父老は郷里の長であり、かれらの意見が民意なのである。徐州内の郡の太守の意見をききまわっていても埒《らち》はあかない。徐州を総攬《そうらん》する人物を立てるのが遅れると、とりかえしがつかぬほど州の力は損耗《そんもう》する。そういう陳登の危機意識は麋竺のそれと合致していたが、陳登の開豁《かいかつ》な心の底には、人民を悲惨の淵に墜《お》とさないためにはどうすべきかという発想があり、劉備への好意が反射された衝動はないので、その点は麋竺とちがっていた。麋竺はすくなからぬ魅力を劉備に感じている。

「父老を集めてくれるのか」

糜竺の心がようやく重苦しい暗さを払って躍動した。もはや迷うことはない。陳登は徐州のなかでは大きな良識であり、その良識が軍事と行政において未知数というべき劉備の迎立《げいりつ》にかたむいていれば、多少の反対を押しきれる、と糜竺は確信した。

「お亡くなりになった徐州牧は、病牀でこう仰せになった」

心強さを感じた糜竺はさっそく遺言を公開した。陶謙のふたりの子が権力にしがみつこうとする欲望をもっていなかったことも事態をわずかながら好転させたといえなくない。良吏を選抜した糜竺は出発の準備をととのえた。陳登の手際もよい。ほどなく郡や県の人民を率いてきた。多少の強引さを承知で、かれらは小沛にむかっていそいだ。

この集団の到着を知った劉備はおどろきをかくさなかった。

「わたしが徐州を治めることなど、できましょうか」

と、劉備はいったが、その謙辞は本心からでている。劉備は数千の私兵をもってはいるが、徐州内の郡守を攬《まと》めることができるほど高い官爵をもっているわけではない。州を治めるには嵩《たか》い徳か強い威が必要であるのに、劉備はいずれも自分には不足していると自覚している。

ところが陳登は糜竺のかたわらにいて言を揚げた。

「いまや漢室は衰微し、海内《かいだい》は傾覆《けいふく》しています。功を立て、事を立てるのは、いまを措《お》いてありません。徐州は殷富《いんぷ》であり、戸口《ここう》は百万もあります。その州民もこうして身を屈してあなたさまに州の政治に臨んでもらいたいと願っているのです」

陳登がそういうと州民はいっせいに頭をさげた。劉備は困惑して、

「袁公路《えんこうろ》が遠くない寿春にいます。このかたの族は、四世のうちに五人の公をだしているので、海内の輿望はかれに集まっています。徐州をかれにまかせるべきです」

と、辞退をくりかえした。が、陳登はうなずかない。

「袁公路は驕誇《きょうこ》の人物にすぎず、乱を鎮《しず》める主導者ではありません。いま徐州はあなたさまのために歩兵と騎兵から成る十万の兵を集めようとしています。その兵をもって上は天子を援け民を済《すく》い、五霸の偉業を成すべきであり、下は地を割《さ》いて境を守り、功を竹帛《ちくはく》に書くべきです。もしもあなたさまがわれわれの願いをお聴《ゆる》しにならぬのなら、わたしは二度とあなたさまの命令に従うことはありますまい」

陳登の語気は鋭く強い。

――困ったことになった。

劉備は自信家ではない。かれは激流をさかのぼるような自己顕示欲をもたず、世間が考えているような権威をつかみとりたくもない。むしろ水が低きにながれるように自然体でいたいという志向をもち、大衆の力こそ真の力である、と考えている。徐州の役人だけが要請にきたのであれば、両手で耳をふさいで固辞するのであるが、州民に頭をさげられたとき、

――かれらを衛ってやりたい。

と、心が振《うご》いた。

しかし徐州を防衛して内政を充実させる自信が劉備にはないので、

「すこし考えさせてください」

と、いい、遅疑《ちぎ》をあらわにした。そこが劉備のわかりにくさなのであろう、陳登はいらいらしつつ、

「焦眉《しょうび》の急であるのに、劉玄徳は手を挙げず、拱手《きょうしゅ》するつもりか」

と、麋竺をつかまえてなじるようにいった。善《よ》いとおもったことを即座におこなうのが陳登の性情である。劉備のために最善の態勢をととのえてきたのに、決然と動きださない劉備に知恵と勇気の不足を感じた。だが、麋竺は苦笑をむけて、

「それが劉玄徳の佳《よ》さであるともいえる」

と、陳登とはちがう見解をしめした。劉備は寡欲《かよく》であり誠実でもあるので、即答を避けた、と麋竺はみた。ためらっているのは知恵と勇気が不足しているせいではない。

徐州の大半が劉備の迎立を望んでいるのに、劉備が小沛から起たないと知って、すぐさま劉備に書翰《しょかん》を送ったのが、北海《ほっかい》国の相《しょう》である孔融《こうゆう》であった。

孔融は、あざなを文挙《ぶんきょ》といい、孔子の二十代目の子孫であるといわれ、父の孔宙《こうちゅう》は泰山郡の都尉であった。幼いころから才気活発であり、なんと十歳で、天下随一の名士である李膺《りよう》をおどろかす俊爽《しゅんそう》をあらわした。こういう逸話である。

十歳の孔融は父につれられて京師《けいし》にのぼった。そのときの河南尹《かなんいん》が李膺であった。李膺に面会できる者は当世の名士でなければ通家《つうか》の人だけである。それを知ってますます李膺を観《み》たくなった孔融は、李膺家の門前へゆき、門番にこう語《つ》げた。

「わたしは李君の通家の子弟です」

門番はその言をそのまま李膺につたえた。孔融をなかにいれた李膺は、

「あなたの祖父にわたしは旧誼がありましたか」

と、十歳の童子をいぶかしげにながめながら問うた。すると童子はおもいがけない返答をした。

「そうです。わたしの先祖の孔子とあなたさまのご先祖の李老君《りろうくん》（老子《ろうし》）は、徳は同じで義は比《ちか》く、師弟のあいだがらでした。すなわちわたしとあなたさまは、累世の通家ではありませんか」

それを坐ってきいていた衆《おお》くの人で嘆息しない者はいなかった。その席へおくれてやってきた太中大夫《たいちゅうたいふ》の陳煒《ちんい》が、座中に童子がいることに不審をおぼえて、いきさつを訊《き》くや、

「人というものは、幼いときに聰明であると、大きくなってかならずしもたいしたものにならぬ」

と、皮肉った。

孔融はすかさず応《こた》えた。

「おっしゃった通りであるとすれば、あなたも幼いころは聰明でしたでしょうね」

李膺はおもわず大笑して、

「あなたはかならず偉器になる」

と、孔融を称《ほ》めた。孔融の負けず嫌いは、自尊心のあらわれであるといってよい。十三歳のときに父を喪《うしな》った孔融は、十六歳のときにひとつの事件にまきこまれた。当時、飛ぶ鳥を落とす勢いの中常侍《ちゅうじょうじ》の侯覧《こうらん》に憎悪された張倹《ちょうけん》という人物を、兄の孔褒《こうほう》とともにかくまい、獄に繋《つな》がれた際に、一身に罪を負って死罪を願うという義胆《ぎたん》を発揮して、釈放後にいちやく有名になった。のちに孔融が過激な曹操ぎらいになったのは、宦官《かんがん》によって一家が苦艱《くかん》につき落とされたという体験をもったからであろう。名士となった孔融は州郡の招きにみむきもせず、司徒《しと》の楊賜《ようし》に辟召されたとき、はじめて官途に就いた。汚職事件の調査では、孔融は宦官の親族をてきびしく摘発した。

孔融という人物のむずかしさは、諸事にあらわれている。

たとえば河南尹であった何進《かしん》が大将軍に栄転するとき、楊賜は賀辞を献ずるべく、孔融を使者とした。謁《えつ》（名刺）をさしだした孔融を、何進はしばらく待たせた。それが孔融の癇《かん》にさわった。

――何進は、名士の遇しかたを知らぬ。

慍然《うんぜん》とした孔融は謁を奪いとって府に還るや、辞表をたたきつけて去った。もともと孔融は何進の生まれの卑しさをさげすんでいるので、そういう態度をとったのであろう。

——無礼なやつ。

何進に仕えている者たちは、主が辱《はずか》しめられたと憤り、私《ひそ》かに刺客を遣《や》って孔融を殺害しようとした。そのとき客のひとりが、

「孔文挙には重名《ちょうめい》があり、もしも将軍がこの人の怨みを買うことになると、四方の士が背をむけて立ち去ります。それゆえかれを礼遇して、天下に将軍の広裕《こうゆう》をお示しになるべきです」

と、進言したため、何進は大将軍を拝命するとすぐに孔融を辟召して侍御史《じぎょし》に任命した。

その後、孔融は虎賁中郎将《こほんちゅうろうしょう》まで昇進したが、董卓の専横《せんおう》がはじまると、しばしば諫言《かんげん》をおこなったせいで、北海国の相に左遷された。そのとき北海国のある青州では黄巾《こうきん》の賊の猖獗《しょうけつ》がすさまじく、孔融は敢然と戦ったが大敗した。それでも散兵を集めて抗戦の構えをつくり、黄巾にふたたび侵寇《しんこう》されたとき、都昌《としょう》県に出陣した。そこで賊の管亥《かんがい》に包囲されて困窮した孔融は、東萊《とうらい》の太史慈《たいしじ》を急使として平原の相である劉備に救援を求めた。その使者に会った劉備は大いにおどろき喜んだ。

「孔北海どのは天下に劉備ありとご存じであったのか」

すぐさま劉備は三千の兵を遣って孔融を救い、賊を敗走させた。

——劉備は義を知っている。

それに劉備は帝室とおなじ氏をもっている。劉備に好意をもった孔融は、徐州の災難を知って曹操に悪感情をむけたあと、

——徐州を救助するのが、義侠《ぎきょう》というものではないか。

と、意《おも》い、書翰を送った。

「袁公路はいったい憂国忘家《ゆうこくぼうか》の者であろうか。あのような者は、冢中《ちょうちゅう》の枯骨《ここつ》にすぎず、意に介するまでもない。いまの事態では、民衆が力である。天が与えるものを取らなければ、あとで悔やんでも追いつかぬ」

孔融には名望がある。その人物が、袁術を否定して、劉備を肯定したことは、天下にあまたいる名士の認識を変更させた。

「徐州へゆきましょう」

ついに劉備は決断して起った。

——そうでなくてはならぬ。

深くうなずいた陳登にはつぎの策がある。徐州内で決定した人事に、他州の将が口をはさむことをふせぐために、冀州へ使者を急行させて袁紹の同意をひきだしたのである。すなわち徐州は袁紹の盟下にある州であると告げるというはやわざを陳登はおこなった。この策はあたり、袁紹は機嫌よく、

「劉玄徳は雅量をもち信義のある人物である。いま徐州がかれを戴《いただ》くのは、まことにわが望

みにそうものである」

と、使者にいった。してやったり、と陳登はおもったであろう。これで袁紹が徐州に刺史を送りこんでくることはないので、袁術との戦いに州の力を集中することができる。

劉備は麋竺らに佐《たす》けられて徐州の支配者となった。

それ以前に曹操は危難に遭い、兗州のすべてを失いそうになっていた。

三　城

この陰謀の首謀者はたれなのか。

陰謀の内容は、

——曹操《そうそう》を逐斥《ちくせき》する。

というものである。計画の推進者は、張邈《ちょうばく》の弟の張超《ちょうちょう》、曹操の属将の陳宮《ちんきゅう》、従事中郎《じゅうじちゅうろう》の許汜《きょし》と王楷《おうかい》である。

かれらのなかで張超は公職に就いていないが、兄を佐《たす》けて私兵を養っていたはずである。しかしながらその兵数は大きいものではない。陳宮は曹操から兵をさずけられて東郡を守っていた。武力を掌握している者が動かないかぎり謀叛《むほん》は進捗《しんちょく》しないとなれば、首謀者は張超と陳宮であると考えてよいであろう。

むろん、張超は陳留郡《ちんりゅう》を治めている張邈に、

「曹操は兄上の友であるといっているが、やがて袁紹《えんしょう》と結び、袁紹のために兄上を攻撃することは、わかりきっている。兄上は攻撃されるまで曹操に従順でいるのか。先《さき》んずれば人を制す。撃たれるまえに曹操を伐《う》とうではありませんか」

と、いい、挙兵をうながした。だが張邈は肯首せず、

「妄言《ぼうげん》をつつしめ。なんじの首が飛ぶのをみたくない」

と、弟をしりぞけた。

徐《じょ》州遠征から還《かえ》ってきた曹操がたやすく袁紹と結ぶとはおもわれないが、あるとき、突然、両者の同盟は成るかもしれない。袁紹は曹操とは質のちがう執拗さをもっているので、

「陳留郡を治めている者だけが気にいらぬ」

と、かならずいうであろう。そのとき曹操は、かつてかばってくれたように、

「張孟卓《ちょうもうたく》はわたしの親友です。兗《えん》州の人事に容喙《ようかい》するのはやめてもらおう」

と、いって、護《まも》ってくれるであろうか。

――それとも……。

と、想うと、弟の発言の内容に未来の光景は一致してしまう。曹操に殺されるのであれば、先に曹操を殺せばよい。しかしものごとの本質は、張邈と袁紹の関係の悪さにあるので、曹

操を殺してもその関係は改善されない。陳留という一郡をもって冀《き》州と戦っても勝てるはずがない。袁紹と戦うときは、袁術《えんじゅつ》と結べばよい、と弟はいうかもしれない。

——わたしはどうすればよいのか。

張邈の悩みは深い。

——兄が挙兵に踏み切れないわけはわかっている。

張超は陳宮と密談して、知恵を借りた。

「袁術に頼れば、兗州を袁術にとられてしまいます。兗州を、袁紹にも袁術にも奪われないためには、いま河内《かだい》にいる呂布《りょふ》を招くのが上策です」

と、陳宮はこれまで秘めてきた策をはじめてみせた。

「呂布を招く……。なるほど、それは上策だ」

張超は陳宮の血のめぐりのよさに感心した。いま兗州の名士たちは曹操が徐州でおこなった復讎《ふくしゅう》戦になかば同情しつつも、それが過激であったことになかば批判的である。兗州の人々が曹操に期待したことは、他州の民を虐殺することではなく、長安《ちょうあん》で困窮している皇帝を援助して、正道を復活することである。だが、父を陶謙《とうけん》に殺されて逆上したようにみえる曹操の武力のもちいかたを通して、その性格と政治にも疑念をもった。曹操は兗州を治めるにふさわしい器ではないのではないか。では、たれがふさわしいのか。陳宮は兗州の名士たちを代表したつもりで、呂布を選んだ。その選定を、

――剴切《がいせつ》である。

と、張超は納得した。呂布は王允《おういん》とともに天下の元悪であった董卓《とうたく》を斃《たお》し、その後、皇帝を衛《まも》って李傕《りかく》、郭汜《かくし》らと戦い、べつの皇帝を立てようとしている袁紹とは袂《たもと》をわかった。呂布ほど勤皇の心の篤《あつ》い忠臣はいないであろう。曹操が不在の兗州に呂布をみちびきいれれば、一朝にして、州民は呂布に従い、曹操色を払拭するであろう。

「それでも曹操は、兗州への帰還をはたそうとするでしょう。独力での帰還がむずかしいと曹操が想えば、袁紹へ援《たす》けを求めるでしょう。それらの外圧をしりぞけるために、どうしても張孟卓どのに立っていただかねばなりません」

と、陳宮はいった。

たしかに曹操と袁紹のゆるい同盟は成立しており、徐州への遠征軍に袁紹の下にいる諸将が兵を率いてくわわっている。かれらは自分の意志によってでなく袁紹の命令によって遠征に参加したので、曹操が帰途につくと、復命のために冀州へもどった。ところが、朱霊《しゅれい》

という将だけが、曹操のもとにとどまった。

「わたしは多くの人を観《み》てきたが、曹公のような人はどこにもいなかった。この人こそ、真の明主である。こうして遇《あ》ったかぎり、ふたたびどこへも行かぬ」

と、朱霊は曹操に心酔した。朱霊は士卒に敬慕されているので、朱霊が曹操のもとを去ら

けず良将を捃《ひろ》った。

ぬことで、士卒のすべてが朱霊のもとから去らなかった。曹操はその遠征によっておもいが
しかしながら賢良のうわさの高い人々は、比較にならぬほどの多さで、袁紹のもとに集まっている。朱霊のような観察眼をもって曹操に属《つ》く人物はめずらしいといえる。

——兗州には、たいした人物はいない。

と、知恵者を自任している陳宮はおもっている。いるとすれば、鄄城《けんじょう》を守っている荀彧《じゅんいく》ただひとりであるが、兗州の諸城をまたたくまに呂布の支配下においてみせる自信がある陳宮は、

——荀彧との知恵くらべに負けるはずがない。

と、確信している。

張邈が曹操の親友であることを利用すれば、一朝一夕に鄄城を取り、荀彧を殺すことができる。そのためには、どうしても張邈の協力が要《い》る。

「兄は、わたしが説いても、起《た》つまい。なんじが説いてくれぬか」

と、張超は浮かぬ顔でいった。

「わかりました。わたしを陳留太守に会わせてください」

そう陳宮にいわれた張超は、密談の席を設けた。かつて曹操を兗州牧《ぼく》の席にかつぎあげた陳宮の知力のすごみを知っている張邈は、

——この男が、曹操を裏切るのか。

と、意外さにおどろくと同時に、陳宮さえ曹操から離れる事態に、曹操の命運の終焉《しゅうえん》を予感した。陳宮に会うまえに、

「謀叛にわたしを誘うのであれば、話は聴かぬ」

と、いうつもりであったが、陳宮に会ったとたん、心境に変化が生じた。陳宮の信念のようなものが、張邈のうしろめたさと不安を消したといってよい。

「いまや英雄や豪傑がならび起ち、天下は分裂し崩壊しています。あなたは千里の兵を率い、四方の敵と戦う地にいるのですから、剣を撫《ぶ》して顧眄《こべん》するだけで人傑になることができるのに、かえって人に制せられています。鄙《いや》しむべきことではありませんか。目下、兗州の軍は東征中で、その本拠は空虚です。呂布は壮士であり、戦いはうまく、むかうところ敵なしです。もしもかれを迎えてともに兗州を治め、天下の形勢を観て、時事の変通を俟《ま》てば、これまた従横の策のなかの一時といえましょう」

と、陳宮は説いた。従横の策とは、合従連横《がっしょうれんこう》の策をいうにちがいないが、その一時とは少々わかりにくい。さかさまにして、一時の従横の策、とすれば、理解はとどくものの、趣旨の色あいが変わってしまう。おそらく、張邈が呂布とともに兗州を治めるようになったら、あわてて他州の支配者と結ばずに、すこしの間、静観するのがよく、それも策のひとつである、と陳宮はいったのであろう。

——呂布を招いて、共闘するのか。

呂布をかくまったことのある張邈は、別れ際に手をとりあったことを憶《おも》いだした。ふたたび手をとりあって闘争をおこない、曹操を撃退し、袁紹をふるえあがらせるのは、武将としては本望《ほんもう》である。呂布がいっしょであれば、心強い。

「わかった。なんじの策に従おう」

ついに張邈は謀叛にくわわった。むろん計画は秘密裡に進行した。陳宮の使者が河内へ駛《はし》っているあいだに、陳宮は許汜や王楷ばかりでなく、多くの官吏を誘引した。その数は数十人にのぼる。

——まだ荀彧は動いていない。

呂布が河内を発したことを知った陳宮は、これでこの知恵くらべは完勝だ、と嗤《わら》った。

呂布が兗州にはいった。

直後に、張邈の使者である劉翊《りゅうよく》が鄄城にむかうてはずになっている。使者を迎えた荀彧は、疑いもせず、呂布の軍を迎えるべく開城するであろう。呂布本人は鄄城を本拠にしてもらう。陳宮は計画に疎漏《そろう》を生じさせぬ自信があり、実際、ここまではわずかな破綻もなかった。

鄄城をあずかっていた荀彧と程昱《ていいく》は、陰謀のけはいさえ感ずることなく、月日をすごしていた。政務に忙殺されていたといったほうがよいかもしれない。

曹操軍が郯《たん》城の東で曹豹《そうほう》と劉備《りゅうび》の軍を大破したあと西進して襄賁《じょうほん》を攻略する、という報《しら》せが鄄城にとどいた。

「順調だな」

と、程昱は目で笑った。荀彧は目でうなずいてみせたが、

――曹公には、徐州で殺しすぎないようにしてもらいたい。

と、意《おも》っている。兗州のなかで、曹操軍の侵虐《しんぎゃく》を、

「昔の項羽《こうう》の軍のようだ」

と、非難する声が揚がっている。曹操には項羽でなく劉邦《りゅうほう》になってもらわねばならない。

そんなことを荀彧が考えつつ程昱とことばを交わしていると、張邈の使者の到着を告げられた。

ふたりは顔を見合わせた。黙って程昱が席をはずしたので、その使者には荀彧が会うことになった。

使者はおもいがけないことをいった。

「呂将軍が兗州に到着なさり、曹使君《そうしくん》が陶謙を撃つことをお助けになります。どうかその軍へ食料を供給してください」

使君とは天子の使者のことであるが、ここでは刺史《しし》をいう。呂布が曹操を援助するためにきたというのである。そうつたえにきたのが曹操がもっとも信頼している張邈の使者であるから、荀彧はとまどいながらも、

考した。

「承知した」

と、答えた。すぐに属吏がざわめきはじめた。荀彧はそのざわめきから離れて、独りで黙考した。

――呂布が曹公を援けることは、ぜったいにありえない。

呂布が袁紹と和睦したとはきこえてこないし、皇帝が李傕たちの頭ごしに呂布に詔命《しょうめい》をあたえて、曹操を援助せよ、というはずもない。しかし河内で息をひそめていた呂布が、にわかに起って兗州にはいったことはたしかであろうし、呂布を張邈が迎えたこともまちがいない。張邈は曹操を応援するために、呂布を招いたのか。そう考えられなくもないが、いま曹操軍は苦戦をつづけているわけではなく、兗州が他州の軍に侵略されてもいない。むしろ曹操が兗州に不在であるから、張邈は呂布を州内にいれたのではないのか。

背後に人のけはいがある。ふりかえった荀彧は、

「張邈が乱をなした」

と、いった。程昱が立っている。

「謀叛だな。張邈は酸棗《さんそう》でも盟主になることを尻ごみした男だ。曹公を裏切るほどの度胸はなかったのに、裏切らせた男がいる。弟の張超では、それはできぬ」

「おそらく、それは……」

「はは、たがいにおなじ男を想っている」

程昱は軽く笑声を立てたが、目は笑っていない。まもなくこの鄄城が呂布の軍に強襲されることがわかっている。城兵は寡《すく》なく、曹操の帰還まで、城を守りぬくのは至難といってよい。

「夏侯惇《かこうとん》どのに助けを求めます」

「おお、できるかぎりの手を打ってくれ。わたしは城の防備をかためる」

荀彧の使者が西と東へむかった直後、程昱はすべての門を閉じさせた。が、城内は厳然としない。防衛の構えができないのである。さすがの程昱も内心青ざめた。兵を指揮する隊長や上級官吏が程昱の命令に従わない。

「陳宮に通謀している者が多い」

と、程昱は荀彧に危険を報せた。城内で叛乱が起これば、ふたりのいのちはなく、城はあっけなく呂布に接収されてしまう。

「そこまで陰謀がすすんでいたのですか。不明を恥じるばかりです」

荀彧は暗澹《あんたん》とした。

鄄城の陥落をふせいだのは、夏侯惇の敏捷さであった。

荀彧から発せられた急報に接した夏侯惇は、一瞬、信じられぬといわんばかりに瞠目《どうもく》し大息したが、つぎの瞬間、

「鄄城には曹公のご家族がいる」

と、叫び、東郡太守としての衣服をすばやく脱ぎ棄て、馬だ、馬を用意せよ、と左右をせきたてた。鎧《よろい》をつけた夏侯惇は軽兵だけを率いて濮陽《ぼくよう》をでた。この速さが荀彧や程昱などを救ったといってよい。

が、疾風のごとく濮陽をでた夏侯惇自身にも、前途に危難が待っていた。

陳宮の策に従って兗州にはいった呂布が兵を率いて鄄城にむかっていたのである。急速にすすむこの兵は、呂布の配下である騎兵が主力で、けっして大軍を形成していない。陳宮が掌握している軍が東へ移動したという事実があるので、呂布の兵と合流したとも考えられるが、べつに動いて州内の諸県を呂布に帰属させようとしていたかもしれない。鄄城を急襲するのは、呂布にまかせた、と観たほうがよいであろう。

夏侯惇はいそぎ、呂布もいそいでいる。両者は先駆の騎兵を放つまでもなく目的地に直進していた。それゆえ、まったく突然に、両者は遭遇した。

「呂布の兵か――」

激情家の夏侯惇は、怒気を発して、呂布の兵を烈しく撃った。この交戦を予想していなかったのは呂布もおなじであるが、鄄城を容易に得ることができるという甘い観測をもっていただけに、気魄《きはく》の点で劣っていた。いちど劣勢に立ってしまうと、どうしても優勢に転ずることができない。

――曹操の下にはこういう猛将がいたのか。

さすがの呂布も兵を引かざるをえない。夏侯惇が鄄城に先着すると、呂布の落ち着くところがなくなる。このとき呂布の左右から、

「濮陽が空《から》になっているのではありますまいか」

という声が挙がった。

「よし、濮陽を取る――」

呂布は馬首をめぐらして濮陽にむかった。

またしても突然、呂布の兵は、おくれて濮陽をでた夏侯惇の輜重《しちょう》隊を発見した。

「あれを、奪え」

呂布は急襲を敢行して輜重隊を殲滅《せんめつ》した。百数十人の捕虜をながめていた呂布は、

「夏侯惇の首と財宝を得ることができる」

と、いって、車中の武器や食料などを残らずとりださせてから、

「石でも土でも載せておけ」

と、いいつけ、将を選んで耳うちをした。うなずいた将は捕虜のもとへゆき、剣をぬいて、

「ここで斬首するつもりであったが、いうことをきけば赦《ゆる》してやる」

と、吼《ほ》えるようにいい、捕虜の縄を解いて起たせた。濮陽に入城しようとする呂布とはわかれた車の列が鄄城にむかった。

そのころ、夏侯惇はいそぎにいそいでいた。徒歩で四日かかる距離を一日半で走破した。呂布と交戦していなければ、一日で鄄城に到着したであろう。半分の兵を城外に残して軍営をつくらせた夏侯惇は、暗い城内にはいって荀彧や程昱などと会い、事情をのみこむと、朝を待たずに兵を指揮して、叛乱に加担した者を捕らえた。数十人を逮捕したが、城外にのがれた者や抗戦して斃《たお》れた者をあわせると二、三百人が呂布の入城を待っていたことになる。荀彧、程昱など謀叛に与《くみ》しない者たちが、必死に曹操の家族を衛っていたわけである。

「斬れ――」

夏侯惇は速断で逮捕者を処刑した。てぬるい処置では城内の動揺はしずまらない。処刑がおこなわれると、はたして民心は落ち着き、官吏も狼狽《ろうばい》を熄《や》めた。

「兵をとどめておきましょう」

と、いった夏侯惇は率いてきた兵の大半を荀彧にあずけて、自身は少数の兵とともに城外にでた。新設の軍営にはいったのである。夜が明ければ、濮陽をおくれてでた兵や大型兵器、それに輜重隊が到着するであろう。

翌朝、兵がふえた。濮陽からきた兵が到着した。同時に新しい情報もとどけられた。

「呂布が濮陽にむかいました」

左右にそう告げられた夏侯惇は、濮陽が呂布に奪取されることを覚悟した。濮陽には家族がいるが、かならず脱出して、鄄城にたどりつくであろう。弟の夏侯廉《かこうれん》と長男の夏侯充《かこうじゅう》は陣中にいる。

夕方になってようやく輜重隊が到着した。軍吏が趨《はし》ってきて、

「呂布の属将が百人ほどの兵を従えて、降伏を願っている、と輜重隊の者が申しております。どういたしましょうか」

と、いった。呂布の兵を一蹴したおぼえのある夏侯惇は、降将がでてもふしぎではないと感じ、さらに輜重隊とともにきたときいて、何の疑いもたずに、

「ここで会おう。通せ」

と、許諾をあたえた。数人の配下とともに帷幕《いばく》のなかにはいってきた将は、夏侯惇にむかって一礼したあと、土を蹴って夏侯惇に飛びかかった。数人の配下もそれにつづいた。またたくまに夏侯惇ののどに匕首《ひしゅ》があてられている。

――何が起こったのか。

夏侯惇に近侍している者たちは身がまえたものの、動揺しているため、事態の本質をとらえられない。

「武器を放せ。全員だ。それから軍中の宝貨をぜんぶもってこい」

この声が営所にひびくと、軍吏はうろたえ、兵は騒いだ。呂布の属将に率いられてきた兵がすかさず動き、

「武器を棄てよ。夏侯将軍が殺されてもよいのか」

と、大声で恫《おど》しつつ、本営にいた役人と兵を排除した。かれらは夏侯惇を人質にとって立て籠《こ》もったのである。かれらは夏侯惇を暗殺する刺客ではなく、強盗である、とわかったものの、どのように対処してよいか、わかる者がいない。

凶報はほかの営所に飛び込んだ。

このときすばやく腰をあげた属将を、

韓浩《かんこう》

という。かれがいなければ事態は鎮静されなかったであろう。

韓浩は河内の出身で、あざなを元嗣《げんし》という。出身の県が山林地帯に近かったので、しばしば山賊に寇掠《こうりゃく》された。役人にまかせておいては県民の被害が甚大になるばかりだ、と考えた韓浩は、徒衆を聚《あつ》めて、自衛に乗りだした。韓浩には衆望があり、その軍事的才能も凡庸ではなかった。それゆえその自衛集団は威名を得て、山賊を畏《おそ》れさせた。当時、河内の太守は泰山《たいざん》郡出身の王匡《おうきょう》であり、この義俠《ぎきょう》を好む太守は韓浩の評判を耳にすると、招いて従事《じゅうじ》とした。

そのころ中央では董卓の擅権《せんけん》がすさまじく、董卓を嫌う王匡は、韓浩に兵をさずけて盟津《もうしん》(孟津)へむかわせ、董卓の兵と対峙《たいじ》させた。孫堅《そんけん》軍に敗れるまえの董卓軍は無敵といってよく、その勁兵《けいへい》と戦って退避することのない韓浩の異才に気づいた董卓は、

――王匡のごとき庸器《ようき》の下においておくのは、惜しい。

と、おもい、自分の配下にするために、韓浩の舅《しゅうと》で河陰《かいん》県の令《れい》である杜陽《とよう》を捕らえ、

「釈放を望むのであれば、わがもとへこい」

と、脅迫した。そういう卑劣さを烈しく憎む韓浩は、

「ゆかぬ」

と、董卓の使者を追い返した。

「ほう、みごとな将がいるではないか」

伝聞を耳にした袁術が、韓浩を騎都尉《きとい》に任命したというのであるが、そのとき袁術はまだ京師《けいし》にとどまっていたということであろうか。

その後、王匡の軍は董卓によって大破され、いちど泰山郡に逃げ帰った王匡は兵を募集してから、酸棗の張邈軍に合流しようとしたが、袁紹が盟主になるや、袁紹に属《つ》いた。その間、韓浩は王匡に従っていたようではなく、おそらく河内郡の山林地帯にはいって董卓軍の暴威をかわし、河内郡に冀州の兵が進出すると、それに協力したのであろう。

曹操に命じられて白馬《はくば》県に駐屯することになった夏侯惇は、韓浩の勇名を知っており、

――袁紹に仕えたともきかぬ。

と、おもい、韓浩を捜させた。河内郡は王匡が去ったあと、董卓に任命された張楊《ちょうよう》に治められることになったので、郡内は韓浩にとっていごこちの悪い地になったはずであるから、州外にでて、もしかすると袁術の勢力下にあった南陽《なんよう》郡にいたかもしれないが、夏侯惇の配

下はかれの居所をさぐりあてて、夏侯惇の意望をつたえた。

「そうですか。では、お会いしましょう」

韓浩が多くない配下を従えて白馬へ往き、夏侯惇と会見したのは、そのころ韓浩が不遇であったからであろう。次代をになうに足る英主をさがしあぐねていたともいえる。

夏侯惇と韓浩は、一日語りあっただけで、たがいに敬意をいだいた。

——これほどの人がいたのか。

と、おどろき喜んだのは、ふたりともであり、さっそく夏侯惇は韓浩を曹操に推挙した。

「あなたが韓元嗣か。よくぞ、きてくださった」

曹操の礼容のなかにみせかけではない歓心《かんしん》があることを見抜いた韓浩は、

——つぎの天下は、この人が主宰する。

と、雷にうたれたように感じた。さっそく曹操を護衛する兵の指揮をまかされた韓浩は、わたしがいつわりの降将《こうしょう》であったらどうするのか、と曹操の肝《きも》の太さに圧倒された。

徐州遠征中は、夏侯惇を佐《たす》けて東郡を守っていた。そのさなかに謀叛である。韓浩は夏侯惇より遅れて濮陽をでた。鄄城近くの軍営に到着後、軍議がひらかれ、それを終えて自軍の営所で休息していると、変報がはいった。

——陳宮の策なのか。

もしもそうであると、呂布の配下は夏侯惇を人質にして、鄄城をゆすり取るであろう。本営は攘々《じょうじょう》としている。韓浩は率いてきた兵を軍門の外に駐《と》めておき、なかにはいった。まもなく呂布の配下の要求がわかった。

すみやかに武装解除して軍が所持している宝貨を残らず差し出せ、というものである。

――陳宮の策ではない。

韓浩はやや安心し、属将と軍吏を集めて、

「営内の兵に、武器を放棄し、そこから動いてはならぬ、と命じてもらおう。折衝はわたしがやる」

と、胆力のある声でいった。

ほどなく営内が静かになった。帷幕にそって立ち、罵詈雑言《ばりぞうごん》をまき散らしていた呂布の兵は、営内のけはいが変わったので、勝ち誇ったように笑い、

「早く宝貨をもってこい」

と、大声でいった。おもむろに腰をあげた韓浩は、それらの兵を眼光でしりぞけ、帷幕をくぐるや、夏侯惇に刃をつきつけている者たちにむかって、

「なんじら凶逆《きょうぎゃく》の者どもが、大将軍を捕らえて脅迫しておきながら、生きのびたいと望んでいるのか。わたしは命令をうけて賊を討とうとしている。どうして一将軍を助けたいためになんじらを縦《ゆる》そうか」

と、厳然といい、夏侯惇へ目をむけて涕泣《ていきゅう》した。

「国法は、どうしようもありません」

夏侯惇のいのちより法を優先するかぎり、ここでお別れです、と告げたのである。

「兵を――」

と、叫ぶようにいった韓浩は、帷幕をつかんで引き落とし、軍門の外に駐屯させておいた兵を呼び寄せた。

夏侯惇を恫《おど》していた者たちは大いに惶《おそ》れ、あわてて地に頭をたたきつけて、

「われわれは、ただ、資用を乞うただけです」

と、赦しを願った。

「もう遅いわ」

剣をぬいて兵を指揮した韓浩は呂布の属将の首を刎《は》ね、本営にいた敵兵をことごとく殺した。夏侯惇は死なななかった。また韓浩は涕泣した。

あとで韓浩の処弁をきいた曹操は、韓浩にむかっていった。

「卿《あなた》のこのやりかたは万世の法とすべきである」

兗州にはいくつの城があるのか。

陳留郡　十七城
東郡　　十五城

泰山郡　十二城
山陽《さんよう》郡　十城
済陰《せいいん》郡　十一城
東平《とうへい》国　七城
任城《じんじょう》国　三城
済北《せいほく》国　五城

すなわち、合計八十の城がある。それらの城をあずかっている者たちが続々と呂布に応じるようになった。陳宮の謀計のすさまじさによることはいうまでもない。

いちど呂布の軍が鄄城に攻め寄せてきたが、夏侯惇が撃退した。その戦いで降伏した呂布軍の隊長が、

「これから陳宮は自身で兵を率いて東阿《とうあ》を取り、また氾嶷《はんぎ》に范《はん》を取らせるつもりです」

と、戦略の一部をうちあけた。

鄄城を守っている者たちはそれを知って慄然《りつぜん》とした。陳宮の計略に恐動《きょうどう》したのは、兗州に八十ある城のなかで、すでに七十七の城が呂布を兗州牧として立てることに賛同していると いう事実を知ったからである。つまり、鄄城のほかに、東阿と范だけが、陳宮の誘引と呂布の恫喝《どうかつ》をしりぞけたので、陳宮が巨大な武力を用いてその二城を落とそうとするのである。二城が陥落すれば、曹操の城は鄄城だけとなる。

東阿は程昱の出身県である。そこで荀彧は程昱に語りかけた。

「いまや兗州全体が叛《そむ》き、叛かないのは三城のみとなった。陳宮らが重兵を率いて城を攻めれば、城を守る将士に深い心の結びつきがないかぎり、かならず動揺する。君には民の衆望がある。東阿に帰ってかれらを説得してくれまいか」

鄄城から東阿まで、馬をつかえば二日という距離である。程昱は多数の配下を従えて駛《はし》り、まっすぐに東阿にはむかわず、迂《う》路《ろ》をとって范城にはいり、県令《けんれい》の靳允《きんいん》に面会した。程昱は饒舌《じょうぜつ》の人ではないが、その言語にはふしぎな力がある。

「きけば、呂布は君の母弟妻子を執《とら》えている。孝子である君は気が気ではあるまい。いま天下は大きく乱れ、英雄は並び起っている。こういうときにはかならず命世《めいせい》があらわれて、天下の乱を終熄《しゅうそく》させるものだ。それは、知者であれば、詳選《しょうせん》できよう。主を得る者は昌《さか》え、主を失う者は亡ぶ。陳宮は叛いて呂布を迎え、さらに百城がみな応《こた》えた。陳宮は有為《ゆうい》であるようにみえる。だが君がそれを観て、呂布はいかなる人であろうか。そもそも呂布は麤才《そさい》で、親しむ者はすくなく、剛強ではあるが無礼で、匹夫《ひっぷ》の勇にすぎない。陳宮らはなりゆきからかりに呂布と力をあわせているが、主を相《たす》けることはできない。兵は衆《おお》いが、最後にはかならず失敗する。曹使君の知略は不世出であり、ほとんど天授であるといえる。君が范を固守してくれれば、わたしは東阿を守る。すなわち田単《でんたん》の功を立てることができる。忠を違《たが》えて悪に従い、母子倶《とも》に亡ぶのとどちらがよいであろうか。どうか詳慮《しょうりょ》してもらいたい」

この説諭《せつゆ》は、驚嘆すべき洞察力に満ちている。煮え滾《たぎ》るような事件が冷えきったあとであれば、そういう陳宮、そういう呂布を、かたまった像として観ることができるであろうが、叛乱が進行中に、ふたりの本質をみぬいたのは程昱しかいないであろう。くどいかもしれないが、呂布は皇帝の忠臣として敬意をはらわれていたというのが、この時点なのである。

靳允は涙をながした。

「あえて二心をいだくことはありません」

このときすでに氾嶷の軍が城に迫っていた。開城を勧告する使者がきた。

「よし、会おう」

靳允は城外で氾嶷と会見することにした。その速断を知った氾嶷は、

「母や妻子のいのちを助けたければ、開城するしかないことが、わかったようだな」

と、ゆとりに満ちた嗤《わら》いを左右にみせた。が、城からでたのは靳允と従者だけではなく、すくなからぬ兵が会見の地にむかったことを氾嶷は知らない。むろん会見の地におもむいた氾嶷は兵を率いていた。が、少数の従者の影しかみあたらないので、靳允は降伏するにちがいないと頭から信じたところに、氾嶷の危殆《きたい》があった。

靳允は悄然《しょうぜん》としていた。

「そう気落ちすることはない。曹操はむやみに人を殺す極悪な主よ。背《そむ》くことは、むしろ正

義の行為となる。家族を救うために、呂将軍に降《くだ》っても、非難されることはない」

汜嶷は尊大にかまえ、ときどき靳允をなぐさめた。うなだれていた靳允は、

「曹使君はまことに極悪であろうか」

と、いい、すこし首をあげた。

「おお、なんじはきいておらぬのか、曹操が徐州で虐殺をおこなっていることを」

「それは、陶謙が、曹使君の父と弟、それに家人を皆殺しにしたことより、醜悪であろうか」

靳允の首がまたあがった。

「いうまでもない。曹操は辜《つみ》もない民も殺しているのだぞ」

「それは、呂布が、主君にひとしい丁原《ていげん》を殺し、父にひとしい董卓を刺したことより、残酷であろうか」

「なんだと――」

ついに靳允は汜嶷を直視した。その眼光は炯々《けいけい》としている。汜嶷は嚇《かっ》とした。靳允は落ち着きはらって汜嶷を睨《にら》みかえして、

「仁は、孝をもって基《もとい》とし、義は忠をもって柱とす。曹使君は父の仇を討ったにすぎないのに、呂布には仁義のかけらもない。さらに、あろうことか、曹公のいない兗州を盗みとろうとするは、盗賊にひとしい。なんじはその極悪人の手下にすぎぬ。この剣で斬れば、うすぎ

たない血で剣がけがれるわ。野に伏して鳥の餌《え》となれ」

と、いったあと、跳びすさった。怒気を発して汜嶷が立った直後、すさまじい声とともに矛戟《ぼうげき》が突進してきた。

「おのれ、騙《だま》したな」

ぬいた剣がまたたくまに虚空に飛び、汜嶷の首も飛んだ。

「騙したのは、なんじらではないか。それもわからぬ者を用いている呂布は、天下の愚者であるというほかあるまい」

靳允は颯《さつ》と兵を引いて帰城し、守りを固めた。この城は呂布軍の攻撃をしのぎきることになる。

靳允の首尾をみとどけることなく范城を去った程昱は、東阿に近づくと、率いてきた兵のなかから騎兵を選抜して河水《かすい》へむかわせ、倉亭津《そうていしん》をおさえさせて対岸との交通を遮断させた。こういう戦術眼は天賦《てんぷ》のものかもしれないが、東阿の令である棗祗《そうし》が防備を固めつつあっても、そこまでの気くばりをしていなかったのであるから、程昱の予防の処置によって東阿城は陳宮軍の急襲をまぬかれたといってよい。倉亭津に到着した陳宮は船がないと知って歯噛みをした。その間に東阿城にはいった程昱は、棗祗とともに防備を重厚にし、難攻不落の城に造りかえてしまった。

のちに鄄城に帰還した曹操は、三城が死守されたことを知り、程昱の手をとって、

「なんじの力がなければ、わたしには帰るところがなくなっていた」

と、いい、上表して程昱を東平国の相《しょう》として、范に駐屯させた。むろんおなじような褒詞《ほうし》を荀彧もさずけられたことであろう。

夏侯惇らと鄄城を守っていた荀彧におもいがけない報せがとどけられた。数万の兵が南から鄄城にむかってくるというのである。曹操軍が帰ってきたのであれば東からくるはずであり、呂布軍が攻めてきたのであれば、西または北からくるはずである。南からくるとすれば、袁術の軍しかない。

――いま袁術に攻められたら、落城は必至である。

さすがの荀彧も怖悸《ふき》した。が、ほどなくその大軍の帥将《すいしょう》が判明した。

「郭貢《かくこう》がきたのか」

夏侯惇は冴えない表情をした。郭貢は豫《よ》州刺史である。かれは朝廷から豫州に送りこまれた長官であるから、袁紹に敵対する感情をもっており、その袁紹とつながっている曹操とは盟友にならない人物である。やがて城内に、

「郭貢は呂布と共謀している」

というわさが立った。

郭貢の使者がきた。会見をおこないたい、という。

「お会いしましょう」

使者に速答をあたえた荀彧におどろきの目をむけた夏侯惇は、

「君は一州の鎮《しず》めだ。往けばかならずぶじではすまぬ。往ってはならぬ」

と、諫止《かんし》した。だが、荀彧の頭脳はうわさに左右されない。

「郭貢と張邈らは、職分がちがうので、平素、結託することはありません。また、ここにくるのが速すぎますから、計策をまだ定めていないにちがいありません。未定のうちにかれを説けば、たとえわれわれの役に立たなくても、中立の立場をとらせることができます。もしも疑ってかかると、かれはすぐに怒って、われわれに不利な計策を立てるでしょう」

城をでて会見場にあらわれた荀彧は泰然としていた。

——この男は呂布が怖くないのか。

郭貢の目に荀彧の落ち着きぶりは空元気《から》に映らなかった。鄄城を守りぬく自信を感じた。

「さっそくのご援護、かたじけなく存じます。ごらんのように、鄄城には攘災《じょうさい》の気魄が積もり、百鬼万霊に襲われても頽落《たいらく》することはありません。ほどなく州牧が帰還します。あなたさまのご厚志を知れば、かならず大いに喜び、感謝することでしょう。それまで鄄城におとどまりくださいませんか」

荀彧にそういわれた郭貢は、苦《にが》く笑い、

「いや、州府がぶじであれば、それでよい。何日も、わが州を空《あ》けておくわけにはいかぬ」

と、いい、この会見後、すみやかに軍を返した。郭貢には曹操を助ける義理はない。兗州での叛乱を知るや、兵を率いて鄄城に直行したことに、微塵《みじん》も親切心はなく、あわよくば鄄城を取ろうとしたことはいうまでもない。その郭貢の欲望を、荀彧は従容《しょうよう》とした態度ひとつでくじいたといえるであろう。

さて、曹操軍のなかで最初に兗州に帰還したのは、曹洪《そうこう》とその兵士であった。曹洪の別働隊は主力軍よりさきに帰途につき、范と東阿が陥落していないことをたしかめると、食料をかき集めて、主力軍へ送った。定住する農民が激減しているので、豊作の年などというものはなく、毎年、飢饉《ききん》である。それは兗州にかぎったことではないので、遠征軍は途中で兵糧を調達することができない。曹操は自軍の兵に掠奪《りゃくだつ》を禁じたため、かれの軍はまたしても兵糧不足に苦しんだ。

曹洪の配慮によって息をふきかえした曹操軍は、東平国を通過して、東阿に着いた。城外に出迎えた程昱をみた曹操は、馬からおりてかれの手をとった。が、すでに呂布との戦いははじまっている。

城内にはいった曹操は、程昱、曹洪、棗祗などをあらためてねぎらい、それから、

「東平国をやすやすと通ってきた」

と、微笑を哺《ふく》んでいった。

「呂布も陳宮も、戦略を知りません」

曹操が何をいいたいのかを程昱はすぐに察した。満足げにうなずいた曹操は、

「呂布は一旦《いったん》にして一州を得たのに、東平国に拠《よ》ることをせず、亢父《こうほ》と泰《たい》山の道を断ってわが軍を険阻を利用して要撃すべきであったのにそれをしなかった。しかもかれは濮陽に駐屯している。かれが何もできぬことは、わたしにはよくわかる」

と、断言した。呂布が東平国に兵を集結させ、兗州の東部の道を遮断していれば、曹操軍は兗州にはいることができなかった。呂布の戦略の甘さによって、曹操軍は難なく帰還をはたしたのである。

「さあ、濮陽を攻めるぞ」

曹操は鄄城にいる家族の安否を問うことなく、軍頭を西南にむけた。これまで多くの配下に嘱目《しょくもく》し、その才器に適《あ》った官職をあたえたつもりであるが、大半の者に背かれた。心の傷は深い。が、裏切った者をことごとく処罰していては、半生をついやさねばならなくなる。

——復讎はもうよい。

曹操にはそういう声がきこえる。その声は、父の声であるのか、天の声であるのか。

親友の張邈が変心して呂布を迎立《げいりつ》しようとしたことは、いまだに信じがたいが、もはや張邈を怨まず、誚《せ》めたいともおもわない。

——刎頸《ふんけい》の交わりでも、終わる時がくる。

曹操は張耳《ちょうじ》と陳余《ちんよ》の顚末《てんまつ》を識《し》っている。怨み誚めるのであれば、おのれの徳の薄さを、であろう。

東阿と范と鄄城を結ぶ道が曹操にとってもっとも安全であり、その道を通った曹操は、程昱に范に駐屯するように命じた。鄄城にはいって荀彧や夏侯惇をはじめ城を守りぬいた者たちにねぎらいのことばをかけた曹操は、家族とくつろぐまもなく、濮陽へむかって軍をすすめた。

この軍は途中いちども戦闘をおこなうことなく濮陽に到り、城を包囲した。

鉅《きょ》　野《や》

昔、戦国時代に、河水《かすい》の南岸にある濮陽《ぼくよう》は、衛《えい》とよばれる国の首都であり、衛の国力が漸《ぜん》減《げん》して、国内の城邑《じょうゆう》をつぎつぎに失ったあと、ただひとつ濮陽だけが国の余命の灯をかかげて生きのびていたときがあった。

それほど濮陽は城郭の規模が巨《おお》きいということである。

それを包囲するといっても、蟻のはいでるすきまもない重囲を完成するのはむりであり、攻める側は塁《るい》を造り、営所を設けて、攻撃をくりかえすしかない。

城内から曹操《そうそう》軍の動止をながめていた呂布《りょふ》は、

「あれが青《せい》州兵か」

は、
と、南の陣を指した。青州兵はもとは黄巾《こうきん》の兵である、と陳宮《ちんきゅう》からおしえられている呂布は、

「曹操は賊を養っているのか」

と、軽蔑の嗤《わら》いを浮かべ、ほどなく騎兵を集めてみずからそれを率い、門をひらいて出撃すると青州兵の陣を急襲した。まさかこれほど早く呂布が撃ってでるとはおもっていなかった青州兵は、充分な戦闘をおこなうことができず、大崩れした。青州兵がこれほどみぐるしく潰走《かいそう》したのは、これが最初であろう。

近くに本営がある。

青州兵の頽敗《たいはい》の大きさが、本営を揺蕩《ようとう》させ、曹操でさえ制止しがたい混乱をひきおこした。

「みたか――」

呂布と騎兵集団は包囲陣を四分五裂させるや、意気揚々と引き揚げた。曹操軍の被害は甚大であった。それでも曹操は数日後に陣をととのえなおして、城を攻めたが、および腰の兵はあっけなく撃退された。初戦の大敗が兵士の心気を萎縮させてしまい、攻撃に鋭さが生じない。徐州《じょ》では無敵であったこの軍が呂布ひとりにおびえている。

――どうしたものか。

知恵の衍《ゆた》かな曹操が考えこんでしまった。

兵糧攻めという策がないことはない。濮陽に通ずる道をすべて塞閉《さいへい》してしまえば、食道を

断つことになるが、張邈《ちょうばく》と張超《ちょうちょう》という兄弟が守っている陳留郡《ちんりゅう》は、濮陽のある東郡とつながっており、張兄弟が呂布を支援するために送る食料をことごとく奪取することはできないであろう。兗《えん》州のなかのほとんどの城が呂布に帰服している現状では、濮陽を干《ほ》すことはむずかしい。

そうなると、無策のまま城を力ずくで攻撃することとゆるい包囲のまま滞陣することに、意義をみいだせない。曹操軍が濮陽城にはりついているあいだに、遊軍を率いている曹洪《そうこう》が州内の諸城を攻略してくれるとよいが、そういうわけにはいかない。曹洪の軍は、曹操軍と三城が急襲されないように、おもに東阿《とうあ》を守っている。ちなみに程昱《ていいく》の兵は范《はん》にとどまり、城と道を確保し、夏侯惇《かこうとん》が鄄城《けんじょう》を守っていることはいうまでもない。

夏侯淵《かこうえん》、曹仁《そうじん》、史渙《しかん》、朱霊《しゅれい》などが戦場の曹操を佐《たす》ける将であり、かれらはそろって良将であるが、大局を予見する戦略的眼力にはものたりなさがある。

——鮑信《ほうしん》がいてくれたら……。

と、曹操は苦しげにため息をついた。

何もしないで城をながめているだけでは志気が低下するので、城攻めをおこなうことがあるが、そのつど撃退された。悪いことに、退却する兵が、城から出撃した兵に追撃されて、敗死してしまう。呂布に兗州をおさえられているので、兵を補充することができない。戦うたびに曹操軍は痩せた。

呂布は戦うたびに勝っていながら、決定的な勝利を求めていないかのように、出撃した兵に長い戦闘をおこなわせない。それが陳宮の策であるとすれば、濮陽を包囲しているはずの曹操軍が、じつは呂布や張邈などによって、目に映らないほど巨きな規模で包囲されているともいえる。すなわち呂布は曹操軍の疲弊を待っているのかもしれず、あるいは決戦の時をうかがっているのかもしれない。いずれにせよ、このまま両者が睨《にら》みあっていれば、兵糧の調達が窮屈になるのは、曹操軍のほうである。

いたずらに月日が過ぎてゆく。

——打開策はないか。

曹操は自分の知恵のなさを嗤《わら》い、天をみつめた。曹操の生涯を俯瞰《ふかん》すれば、多くの艱難《かんなん》をみつけることができるが、ここにも身動きできない窮地があったといえるであろう。

ひとつ、曹操のもとに光明が射した。

濮陽の城内に田《でん》氏という豪族がいる。そこから密使がきた。

「東門をひそかに開く」

と、いう。曹操に好意を寄せてくれる人がいないわけではない。

——ありがたい。

この好機をのがせば二度と城内にはいれないとおもった曹操は、みずから精兵を率いて突入することにした。不意を衝《つ》けば呂布を挫傷《ざしょう》させることができよう。

そのときがきた。

東門が開いた。兵とともに粛々《しゆくしゆく》と門内にはいった曹操は、ふりかえって東門を指し、

「薪《たきぎ》を積め」

と、軍吏に命じた。山のように積まれた薪に火をつけさせた曹操は、

「もはやあともどりはできぬ」

と、大声を放ち、城内をすすんだ。

東門に火炎が立ったと報《しら》された呂布は、曹操軍の急襲を察し、

「蹴散らせ」

と、怒鳴り、諸将に指図をあたえつつ、寝所をでた。なるほど東門のほうが赤い。が、強風は吹いておらず、飛火による火災は甚大にならぬであろう。曹操は統率力にすぐれている。それはこれまでの戦いで証明されている。しかし最初の挙兵からこの濮陽攻めまでの戦いで、策らしい策をもちいたことはない。かれの戦術はまだ素朴であり、軍事の知識を豊富にもっていながら、戦場で活《い》かしきっていない。この時点では、呂布の戦場経験のほうが、戦場に有利をみちびく力を発揮した。

呂布は背後にも目くばりをおこたらなかった。曹操が策をもちいたとすれば、東門に火をかけておいて、主力の兵がほかの門から呂布をめざしているはずである、と考えたからである。ところがその用心は不要であった。ほかの門には異状がなかった。すると曹操はわざわ

ざ発見されやすいように東門に火をかけたことになる。

——曹操はもうすこし利口な男かとおもったが、案外だな。

と、呂布は大あくびをした。

呂布にみくびられた曹操は、突進に突進をかさねていた。が、敵兵は前途に充満している。厚い牆壁《しょうへき》を鑿開《さっかい》してゆくようなもので、ついに矛戟《ぼうげき》の刃がたたなくなった。奇襲の勢いが止められてしまうと、押しあいとなり、やがて押しかえされた。配下の兵に劣勢をみた曹操は、

「帰る途《みち》はないぞ。突破せよ」

と、悲痛に叫んだ。読書家である曹操は、『史記』にでてくる項羽《こうう》が、鉅鹿《きょろく》という城を囲んでいる章邯《しょうかん》という秦《しん》の将軍を破ったときのように、ひとりの兵が敵兵の十人を倒すという浪漫《ろうまん》的な幻想をいだいていたかもしれない。項羽が河水を渡ってから、乗ってきた船をみな沈めて不帰の決意をしめしたことに曹操はならったのであろうが、かれの麾下《きか》にいる兵は、項羽の骨肉にひとしかった伝説的な勁兵《けいへい》よりはるかに弱かった。

東門に積まれた薪の山はすっかり低くなったものの、まだ燃えている。その山を崩して兵は城外へのがれた。敗色が濃厚になると、兵は指揮官の位置などを気にしない。曹操を護衛すべき兵も消えて、曹操は馬首をめぐらさざるをえず、その馬体は激流にはこばれるように東門に近づいた。そのとき曹操は落馬した。激痛が全身にはしり、動けなくなった。路傍でうずくまっているのが帥将《すいしょう》であるとは気づかずに、兵士は奔《はし》り去ってゆく。

突然、戟《げき》の刃が曹操の胸に軽くあたった。おどろいたことに敵の騎兵に囲まれていた。

――しまった。

曹操は怖慄《ふりつ》した。このまま呂布のもとに連行されれば、斬首される。曹操は戟の刃を恐れるように、ゆっくりと起《た》った。

「そこの者、曹操はどこだ」

この問いは、曹操を死の淵から救ってくれたといえる。かれらは目前にいる小柄な男が曹操であるとはおもわなかったのである。とっさに東門のほうを指した曹操は、

「黄馬に乗って走ってゆくのがそうです」

と、わめいた。

「あれか――」

騎兵はいっせいに馬首を東門にむけて、遠ざかってゆく黄馬を追った。

――助かった。

これも天祐《てんゆう》であろう。天はまだ自分を生かしてくれる。そう感じた曹操は肩と腕に痛みをおぼえながら歩きはじめた。ここにとどまっていれば、まもなく追走してくる多数の敵兵に発見されて、刺殺されるだけである。

「公ではありませんか」

その声を発した者が数騎の先頭にいた。司馬《しば》の楼異《ろうい》である。曹操がうなずくと同時に馬を

おりた楼異は、ほっとした表情で曹操を馬上に押しあげた。

東門の火はまだ消えていない。その火を飛び越えるべく馬を走らせたところ、腕に力がはいらない曹操は、火のなかに落下した。

「公よ――」

あわてて曹操を扶《たす》け起こした楼異は、ふたたび曹操を馬に乗せて、退却した。曹操は左の掌に火傷を負った。

曹操軍の営所では曹操が帰還していないため、

――討たれたのではないか。

という不安の声が高くなり、兵士は怖駭《ふがい》した。諸将が愁眉《しゅうび》を寄せているところに曹操がむざんな姿で帰着した。営内の空気を感じとった曹操は、戎衣《じゅうい》を替えるや、腫《は》れた掌をかくし、肩と腕の激痛をこらえて、兵士をねぎらうために営内をまわり、

「明日も、城を攻めるぞ」

と、あえて陽気にふるまった。実際、曹操は翌日も攻撃をおこなった。

このうわべの活気は、多少呂布を用心させた。なぜ東門が開いたのかをしらべさせたところ、濮陽の住人のなかに曹操に通じている者がいたことがわかったからである。呂布は各門の警備を篤《あつ》くした。それでも呂布はなんとなく落ち着かなくなった。住民のなかの有力者が叛乱を起こさないとはかぎらず、その動きと曹操軍が呼応すれば、呂布は逃げ路を失う。

濮陽から騎兵は出撃せず、曹操軍も城を攻めなくなった。百余日間の対峙《たいじ》となった。その間に、傷を癒《いや》し、体調をととのえた曹操であるが、

——苦しい。

というのが実感である。ここで負ければ、ほんとうに兗州を失う。州内の官民だけではなく、天下が注目している戦いなのである。そもそも兗州を空《あ》けたことが苦艱《くかん》を招いたことはまちがいないものの、陶謙《とうけん》と徐州を討つのは孝道にそったことであり、二年も三年も仇討ちを先延ばししてよいものではない。が、兗州を空けなければ、おそらく張邈は裏切らなかったであろう。

——人とは、むずかしい生き物よ。

曹操の最大の理解者であったはずの張邈に背をむけられて、考え直すことは多い。

「漢《かん》の高祖《こうそ》も、雍歯《ようし》に叛《そむ》かれたではないか」

と、つぶやいた曹操は、天空をながめた。叛逆者である雍歯を皇帝となった高祖はゆるしたではないか。自分は張邈をゆるせるであろうか。そう自分に問うた曹操は、急に目に力をこめて、

「かならずゆるす」

と、天に誓うようにいった。

直後、天空が翳《かげ》った。暗雲が湧いたのか、とおもったが、そうではなかった。兵たちが噪《さわ》

ぎはじめた。

旻天《びんてん》を暗くしたものは、地さえ覆《おお》った。

蝗《いなご》である。

陽光をさえぎるほど大量に発生した害虫は、曹操の陣をかすめ、濮陽の城を襲った。営所の兵たちは蝗を排撃するのに苦闘した。翌日も、その翌日も、蝗の大群を瞻《み》た曹操は、

――また飢饉《ききん》になる。

と、想い、これ以上の滞陣はむりだと感じた。

「鄄城へもどる」

と、諸将に告げた曹操の胸中に希望はない。

悄然《しょうぜん》と曹操軍は撤退した。

包囲の陣が解かれても、呂布は喜ばなかった。かれも蝗の大群を毎日ながめて、

――東郡の禾穀《かこく》は全滅するであろう。

と、浮かぬ顔をした。濮陽には多数の兵が籠《こ》もっていたので、じつは兵糧が足りなくなった。あと半月も包囲されれば、全軍で出撃して、本拠を移すつもりでいた。そういうときに包囲陣が解けたことはよろこばしいが、東郡が凶作では食料をおぎなうわけにはいかないであろう。

「どこへゆくか」

呂布は陳宮、張邈、張超、許汜《きょし》などを招いて、本拠の移転について諮《はか》った。

九月である。

疲れはてて鄄城にもどった曹操のもとに、袁紹《えんしょう》の使者がきた。

「わたしと連和《れんわ》すべきである。家族を鄴《ぎょう》へ遷《うつ》すがよい」

曹操の家族を鄴へ移す、ということは、袁紹へ人質を送るということである。それが屈辱的な行為であるとわかっていながら、そうしなければどうなるかを考えたとき、

――やむをえない。

と、曹操は唇を嚙んだ。呂布を早く撃退して兗州をとりもどさないかぎり、食料を得ることができない。家族を袁紹の管理下におけば、冀《き》州の兵が濮陽を攻めて呂布を逐《お》ってくれるほかに、食料をとどけてくれる。

「連和のことは、承知した」

と、曹操は使者にいい、あとで家族を送るであろう、ともいった。使者がかえったあと曹操は独りで鬱然としていた。曹操の正妻は丁《てい》夫人であり、嫡子は子脩《ししゅう》とよんでいる曹昂《そうこう》である。曹昂を産んだのは劉《りゅう》夫人であるが、すでに亡く、丁夫人が曹昂をひきとって自分の子として養育した。丁夫人には情の強《こわ》さがあり、

「鄴へ、子脩とともに遷ってもらわなければならぬ」

という曹操の言を、素直にうけいれないであろう。強い目を曹操にむけて、
「卞《べん》氏と子桓《しかん》（曹丕《そうひ》）を遣《や》ればよろしいではありませんか」
と、激しくいいかえすにちがいない。妾《しょう》の卞氏は二年前にも男子を産んでいる。その男子とは、

曹植《そうしょく》（子建《しけん》）

である。丁夫人は正夫人として第二夫人と側腹《そくふく》の子を傲然とみくだしている。その尊大さをあらためるようすもなく、曹操の愛情が遠のいてゆくことを意に介さず、曹昂のみをみつめ、その成長に目を細めている。ただし曹操は丁夫人を嫌っているわけではない。苦楽をともにしてきただけに、その美質もわかっている。性格のなかでもっとも良いのは、

——妄《うそ》をいわない。

ということである。家の奥を守っている正夫人に偽善がないことで、家庭の風通しはよい。丁夫人は卞氏を下女のごとくあつかっているが、ありもしない卞氏の非をつくりあげて中傷したことはいちどもない。それは一例にすぎず、丁夫人はものごとをねじまげて観《み》ることをしないので、過度の欲望や教養のなさによって晦惑《かいわく》におちいることもないので、その言はつねに信用するに足る。

その丁夫人を袁紹のもとに送らずにすむのであればそうしたいが、妾の卞氏をかわりに送っても、おそらく、

「曹孟徳《そうもうとく》の不誠実は、これでわかった」

と、袁紹にいわれて、連和は成らぬであろう。ほんとうに袁紹の助力を請うためには、正妻と嫡子を人質にするしかないのである。

が、丁夫人を説き伏せるのは、濮陽を攻め落とすよりもむずかしい。

――困った。

曹操は二日間、黙然としていた。しかし三日目に、今夕ふたりにいいきかそう、と意を決した。

この日、その決意をくつがえした者がいた。使者として外にでていた程昱が帰ってきて、復命をおこない、その際、

「窃聞《せつぶん》したところでは、将軍はご家族を冀州へ遣り、袁紹と連和なさるとのことですが、まことですか」

と、いった。ちなみにかれは立《りゅう》という本名をすでに昱にあらためている。

「そうだ……」

曹操の口調は歯切れがわるい。

「わたしが意《おも》うに、将軍は事に臨んで、懼《おそ》れてばかりおられる。そうでなければ、どうして思慮を深めることをなさらないのですか」

群臣がいえぬことを程昱だけがいったといってよい。これまで曹操は臣下の提言をうけつ

けぬふんいきをつくってしまった。荀彧《じゅんいく》でさえ口をつぐんでいる。そこに高級官僚のにおいがするが、程昱には荻棘《しきょく》の地を素足で踏みこえてきたずぶとさがある。

そういわれても曹操は怒気をみせなかった。程昱をみつめて耳を澄ましただけである。

「そもそも袁紹は燕《えん》と趙《ちょう》の地に拠《よ》って天下を併呑《へいどん》する心をもっていますが、その知には事をなしとげる力はありません。将軍は袁紹の下風《かふう》に立つことができるとお考えですか。将軍は龍虎の威をもちながら、韓信《かんしん》や彭越《ほうえつ》程度の事しか為《な》せないのですか。いま兗州はふみにじられたとはいえ、なお三城があります。戦士は一万人をくだりません。将軍の神のごとき武に、荀文若《じゅんぶんじゃく》やわたしどもをあわせて用いれば、覇王の業はかならず成りましょう。将軍よ、どうかあらためてご考慮ください」

また程昱はつぎのようにいった、と『魏略《ぎりゃく》』にはある。

「昔、田横《でんおう》は斉《せい》の世族《せいぞく》であり、兄弟三人がかわるがわる王となり、千里の地に拠り、百万の衆を擁し、諸侯とならんで南面して孤《こ》と称していました。やがて漢の高祖が天下を得ることとなり、田横は状況を考えて高祖に降《くだ》り、捕虜となりました。そのときでも、田横は平常心でおられたでしょうか。そんなはずはないではありませんか」

南面して孤と称することができるのは、王侯だけであり、孤は、ひとり、ということで王侯しか用いることのできない一人称である。

「なるほど、それこそ丈夫《じょうふ》にとって至辱《しじょく》であったであろう」

田横が斉の国民と天下のために高祖に降ったが、高祖に面会するまえに自殺したことを曹操は知っている。

「わたしは愚かで、将軍のお考えを識《し》りませんが、将軍の志は田横におよばないようにおもわれます。田横は斉の一壮士にすぎなかったのに、高祖の臣となることを恥じました。しかるに将軍が袁紹の下となることを恥じないとは、ひそかに将軍のために恥じるしだいです」

程昱の出身地である東阿には、かつて田横が斉王であったころに重要な城があった。それゆえ、それからおよそ四百年が経《た》っても、東阿の人々には田横の威沢《いたく》と不屈の精神を敬慕する気分が失われていないということであろう。

——わたしは田横におよばぬか……。

たしかに程昱がいうように、袁紹の臣となって頤《あご》でつかわれるようになれば、とても平常心ではいられない。袁紹に叛逆するか自殺するか、自分でも予測がつかない。あのとき苦しくても耐えぬいておけば、今日のみじめさはなかったはずだ、とあとで悔いても、とりかえしはつかないとなれば、

「わかった。至辱は耐えられないが、貧窮は耐えられる。よく諭《さと》してくれた」

と、曹操はいうしかなく、家族を袁紹のもとへ送ることをやめた。

曹操と配下の将士は耐乏生活を覚悟した。ところが呂布は食料が竭尽《けつじん》しそうになったので、たまらず濮陽をでて東南へすすみ、済陰《せいいん》郡の乗氏《じょうし》という県にはいろうとした。張邈は兵を率

いて呂布に随ったが、弟の張超を陳留郡に残して雍丘《ようきゅう》に駐屯させた。陳留郡を失いたくないという張邈の気持ちがそうさせたのであろう。そのあたりに張邈の小知がある。かれはしょせん郡守であることがせいいっぱいの器量であった。雍丘の守りについた張超は呂布の声威によって兗州全体を嚮応《きょうおう》させたという手ごたえがあるので、三城しか保持することのできない曹操が冀州へ逃げるのはまもなくであろうと楽観し、兄と離れることに不安をおぼえなかった。が、この兄弟は曹操の底力をみくびったといえるであろう。

呂布は食料を求めて乗氏に入城しようとした。だが、ここで誤算が生じた。県の有力者である李進《りしん》は、

——この県を、呂布軍の食い物にされてたまるか。

と、考え、壮者を集めて、到着したばかりの呂布軍を急襲し、撃破したのである。豪族が県令《けんれい》さえ恐竦《きょうしょう》させて武威を発揮する例はないとはいえないが、この場合はどうなのであろうか。李進のうしろに県令がいて、呂布をこばんだとも考えられる。県令と李進が曹操に同情したのではなく、県民が飢餓にならぬように、呂布軍を撃退したと想うべきであろう。この年の穀物は、一斛《こく》が五十余万銭もして、饑死《きし》する者が続出し、人の食いあいがおこなわれた。

兵糧のない呂布軍は乗氏を攻め取る気力をもたず、さらに東南にすすんで山陽《さんよう》郡にはいって駐屯した。山陽郡は泗水《しすい》が貫流し、最北に鉅野《きょや》沢《たく》があるので、鳥、獣、魚を得やすい地である。

呂布が軍を率いて濮陽をでて東南へ去ったと報されても曹操は動けない。鄄城の城内に備蓄されていた穀物が欠乏したので、十月に、東阿の城へ移っただけである。官吏と兵をあらたに募《つの》ってても養うことができないという窮状から、来春まで脱することができないであろう。

——苦しいのは呂布もおなじだ。

つらい冬がきた。だが、この冬のあいだに曹操は省察《せいさつ》を深めたようである。ここに新しい時代の指導者への萌芽《ほうが》があったといえば、いいすぎであろうか。それほど重要な内的な変化は、冬がすぎるまで象《かたち》となってあらわれていないが、興平《こうへい》二年（一九五年）の春になると、その片鱗がきらめくようになる。

呂布の本拠を攻めるのではなく、呂布をおびきだして長駆させるにはどうするか、と曹操は熟考した上で、正月になると、にわかに定陶《ていとう》に兵をむけた。

定陶は古代から水上交通の要地で、たびたび大きな攻防戦がおこなわれた。秦王朝末期の動乱のさなかに、項羽の季父《おじ》である項梁《こうりょう》が秦将の章邯の急襲をうけて戦死した地としてとくに有名になった。前漢《ぜんかん》王朝は済陰郡を設けると当然のごとく定陶に郡府を置き、後漢《ごかん》王朝はそれを襲用《しゅうよう》した。

済陰郡の太守を呉資《ごし》といい、定陶にある南城を保持している。

——それを攻めれば、あわてて呂布は救援にくる。

呉資は陳宮らの陰謀に加担したのが早く、呂布の強力な支援者である。もしも呉資を見殺しにすれば呂布の声望はたちまち墜《お》ちる。そうみて曹操は軍を動かしたのであるが、よくよく考えてみれば、この戦略には不可解さがある。なぜなら濮陽の攻防戦では、曹操は負けつづけた。いちどでも快勝していれば、その事実を戦略の基礎にして勝算を立てることができようが、連敗という過去がどのように勝利という未来を産むことができるのか。定陶を攻めながら呂布の軍にも勝つというのは、はなれ業《わざ》といってよく、戦略の質としては悪い。

が、それについて曹操はまったく語らず、定陶の南城を攻めた。数十日後、南城は危うくなった。山陽にいた呂布は、はたして騎馬軍団を編成して、呉資を援《たす》けるべく赤兎《せきと》を走らせた。

——きたか。

呂布との戦いが戦略の主眼である曹操は、攻城をやめさせ、迎撃の陣を布《し》いた。この布陣に心機の変貌があらわれていたはずなのだが、『三国志』には、

「撃破」

の文字しかない。曹操はここではじめて呂布に勝ったのである。どのように戦って勝ったのか。戦況の詳細がまったくみえない戦いではあるが、呂布軍と数日間戦ったようではないので、一日か二日で克捷《こくしょう》したと想いたい。冬のあいだに曹操が騎兵と歩兵を鍛えなおして、最強といってよい呂布の騎兵に匹敵する鋭勇《えいゆう》を心身にそなえさせたというより、長駆してき

た呂布が兵站部《へいたんぶ》をおろそかにしたことに目をつけて、激闘をくりかえさずに呂布を退却させる策戦を実行したのではあるまいか。その勝ちかたはどうあれ、勝ったという事実は動かしがたく、それが曹操と配下の兵に自信をあたえたことはいなめない。

逃げ去った呂布を追撃しなかった曹操は、ふたたび呉資を攻めてもよいはずなのに、それをせず、軍を済水《せいすい》にそって東北に移動させ、乗氏県を経由して、鉅野沢に近づいた。

あたりは夏景色である。

川や湿地が多く、緑も豊かである。そこに呂布の属将である薛蘭《せつらん》と李封《りほう》が駐屯している。その二将は営塁を築いて、兵に田圃《でんぽ》をつくらせていた。初夏には麦が熟する。

——その麦を奪って、営塁を潰《つぶ》してやろう。

むろんまた呂布が救援に駆けつけることを念頭において、攻撃を開始した。定陶を攻めているはずの曹操が突然あらわれたので、おどろいた薛蘭らは急使を発して呂布に援けを求めた。

「曹操が鉅野を攻めているのか。まことか。なにゆえ鉅野を攻める」

と、呂布は眉をひそめながら陳宮に問うた。

「食料が足りず、麦を奪いにきたのでしょう」

「ならば、偸盗《ちゅうとう》ではないか。赦《ゆる》せぬ」

不快げに呂布は衣を払って立った。その衣の端をつかんだ陳宮は、

「曹操自身が兵を率いているのです。寡兵《かへい》をもって急行なさるべきではありません。万を越える軍で殲滅《せんめつ》すべきです」

と、諫めた。しかし呂布はその諫言《かんげん》に耳をかたむけない。呂布は山陽郡にはいると軍を分割し、将士を各地に配置した。一万以上の軍を編成するには時がかかる。時がかかれば、薛蘭らを失いかねない。

「兵は拙速《せっそく》を貴ぶ」

この一声をもって陳宮の諫止《かんし》の手をしりぞけると、千に満たぬ騎兵とその三倍ほどの歩兵を率いて鉅野へむかった。このとき曹操は一万余の兵のうち、数千の兵をみずから率い、残りの兵を定陶にとどまらせた。呂布が近づいてきたことを喜んだ薛蘭と李封は、曹操の陣を挟撃すべく、すべての兵とともに塁をでた。しかし曹操はあわてなかった。呂布の騎兵が先駆してくると予想して、伏兵を設け、薛蘭らの出撃にそなえて臨戦の態勢をとらせておいた兵にただちに応戦させた。

曹仁と史渙は呂布の騎兵を撃つと敵の歩兵を分断すべく自軍の騎兵を急速に展開した。そのため騎兵と歩兵は連結することも連動することもできず、呂布の騎兵だけが孤立しそうになった。伏兵に悩まされた呂布は、ついに前進をあきらめて退却した。

ほとんど同時に、曹操は薛蘭の兵を潰乱《かいらん》させ、逃げ去る薛蘭を追撃して斬った。

——あとは麦だ。

まだ曹操は鉅野から去らない。麦の収穫を終えてから引き揚げなければこの遠征に意味はない。呂布の脅威をしりぞけたので、刈り入れなどの農作業に必要な労働力をなるべく早く増大するために、近隣の郿《むら》から男だけではなく婦女子も集めた。むろん兵にも農具をあたえた。

ここで曹操に多少の誤算があった。

呂布の再度の襲来が早すぎたのである。かならず呂布はまたくる、と想定していた曹操は、呂布の予想をうわまわる速さで収穫を終えるやただちに定陶へむかうべく陣を払って、麦も兵も消えた鉅野を呂布にみせてやろうと考えていた。だが、呂布の謀臣となり、曹操を悪人と呼んではばからぬ陳宮は、あわただしく駆けだしていった呂布が撃退されるにちがいないと想い、曹操の鉅野への進攻の意図を見抜いて、迅速に兵を召集して、東緡《とうびん》という山陽郡の中央に位置する県で一万余の軍を編成した。惨敗して帰ってきた呂布はその軍をみて喜躍《きやく》し、

「これで孟徳の首を獲《と》れる」

と、いい、疲れを忘れてふたたび鉅野へむかった。陳宮も将として同行した。なるほど陳宮は知恵の豊かな能吏であるが、その才能は行政と外交にとどまっているようで、軍事においては発揮されたことがない。自身で軍を率いて東阿の城を攻めようとしたときも、程昱に倉亭津《そうていしん》をおさえられて渡河することができず、攻略に失敗した。ここでも着想はすぐれていても、その着想を実戦で活かせなかった。呂布は属将としては抜群の働きをするが、主将と

して衆目をおどろかすような戦功を樹《た》てたことがない。そういう戦歴をまともに視《み》ずに、将器を買いかぶったところがある。また濮陽では戦うたびに勝った兵が、すでに曹操の兵に二度も負けている事実を直視すれば、兵の質が低下していると認識すべきであるのに、呂布ばかりか陳宮も気にかけず、兵数が兵力であると信じこんでいる。それにひきかえ曹操と諸将、それに兵までも、兵術的に成長していた。

呂布の軍の先陣が曹操の屯営《とんえい》に近づいたとき、迎撃すべきはずの兵は麦の収穫のために屯営にはおらず、営内には婦女子をふくめて千人未満しかいなかった。

——しまった。

警戒をおこたっていたことはたしかで、それをいまさら悔いてもはじまらない。長期戦を想定していないので、屯営の造りも堅固ではない。眉をあげた曹操は、

「婦人にも武器をあたえて、陴《ひめがき》を守らせよ」

と、軍吏に命じた。一日、屯営を守りぬけば、兵が帰ってくる。ほどなくこの屯営は呂布軍の攻撃にさらされた。営内にいる者は全力で防いだものの、敵兵を射殺する矢を発射する回数が極端にすくなく、応戦に気魄《きはく》がない。

陣頭に立たず、本陣にいた呂布は、火のでるような攻防戦を想っていたので、

「敵はいたって脆弱《ぜいじゃく》です。日没を待たずに破壊して、殲滅できそうです」

という報告をきいたとき、内心そんなはずはない、とつぶやいた。考えてみれば、ここま

で伏兵に遭わずにきたのも、ぶきみである。

「営内の兵は、囮《おとり》ではあるまいか」

その疑問を承《う》けた陳宮が営内の兵を精細に観察させると、なるほど婦女子が武器をもって戦っている。営内に曹操がいないとみることもできる。

「まともな兵はいないようです」

「わかったぞ」

屯営の西南に森林がある。呂布はそれを指した。

「曹操が兵を率いて待機していると仰せになるのですか」

「それにちがいない。曹操にはたくらみが多い。伏兵のなかにはいってはならぬ」

たびたび伏兵に痛撃された呂布は、陣の側面を急襲されて退路を断たれることを恐れ、屯営の攻撃をやめさせて、急遽《きゆうきよ》、本陣を十里南へさげた。

この判断のあやまりが曹操を救った。むろんなぜ呂布が急に兵を引いたのか、曹操と営内の兵には知るよしもないが、いちように、

——助かった。

と、天を仰ぎ、地にひたいをつけて、感謝した。日没まえに、兵が帰ってきた。急報に接していそぎにいそいできた。が、屯営は静かであった。

「なにゆえかはわからぬが、呂布は攻撃をなかばでやめて、南十余里の地にしりぞいた。が、

明日は全軍で攻め寄せてくるであろう。そこで、だが……」

諸将を集めた曹操は策を披露した。

屯営の西に巨大な堤《つつみ》がある。その堤のうしろに主力の兵をかくしておいて、軽兵を外にだして呂布と旗下の兵を誘い、堤の下で撃破するというものである。

「では、そのように――」

諸将は暁闇《ぎょうあん》のうちに兵を移動させた。

夜が明けるまえに呂布は森林をさぐらせた。

「処々で煙があがっております」

それが朝食のための煙であることはいうまでもない。やはり森林のなかには兵がいる。

「そこに曹操もいる」

と、わずかに笑った呂布は、みずから軍の主力を率いて森林にはいった。夜が明けても森林のなかは暗い。曹操軍の兵は林間を跳梁《ちょうりょう》して応戦しつつ、じりじりと堤のほうにしりぞいた。

「かならず曹操がいる。捕らえよ」

数千の兵が草木の陰をのぞきこんでは前進した。日が高くなったせいで、森林のなかも明るくなった。潰乱した敵兵が森林をでて堤にむかって奔ってゆく。

「追え――」

逃走する二千ほどの兵のなかに曹操がいると信じている呂布は、左右の騎馬をひきはなして追走した。千里の名馬である赤兎と併走できる馬はいない。ここで呂布にたしかな観察眼があれば、敵兵に軽卒《けいそつ》が多く、逃げ足がかろやかでありすぎることに不審をおぼえたであろう。だが、呂布は屯営のなかに曹操はおらず森林のなかにいると信じ、実際、樹木のあいだに敵兵をみたため、おのれの洞察力を誇っただけで、真の敵をみぬけなかった。

堤に達した兵は緑の斜面を登ってつぎつぎに姿を消してゆく。呂布が堤の下に到着したとき、すべての敵兵が堤のむこうに消え去っていた。

呂布は静寂に打たれたように馬を停めた。

——静かすぎる。

兵馬の音がするのは呂布の後方だけで、前方には草におおわれた堤と夏の天があり、微風がながれているものの、音はなかった。堤のむこうには水があるはずであるが、沢が涸《か》れたり川のながれが変わったりすれば、草地か砂礫《されき》の地がひろがっているかもしれない。いずれにせよ、呂布の視界にある堤は長々として巨大である。

騎兵ばかりか歩兵も堤に迫って停止した。数千の兵が堤をながめつつ呂布の号令を待った。そのとき堤の上に陴が建った。いや、それは陴ではない。すきまなく旗がならんだのである。やがて騎兵が出現して、いっせいに斜面を駆けおりてきた。堤の色はおりてくる兵馬の多さで変化した。まるで堤を越えた波が呂布の陣を襲ったようである。

「またしても曹操の悪策か」

強襲された呂布は憤怒そのものとなって、みずから敵の騎兵を射殺し、歩兵を撃殺したが、自身が敵陣に近すぎたため、全軍を指揮することができない。帥将が戦闘をおこない、動きまわっていては、陣が機能しないということである。それゆえ陣の一翼が破られると、補塡《ほてん》がなされず、それが陣の傷口となって、敗色がひろがった。陳宮には陣の破裂をつくろう機転も力もない。

この日、曹操の屯営を攻めていたのは張邈である。しかし、主力軍が惨敗して呂布が退却したことを報されて、

「もう負けたのか……」

と、つぶやき、目をあげた。日はまだ頭上にある。その眉宇《びう》にさびしさがよぎった。気がつくと、屯営の門がひらいて、兵が出撃している。

——もしや、あれが曹操か。

遠くにみえた馬上の影をたしかめるまもなく、張邈は兵を引いた。馬がおもうようにすまない。そのとき、もしも兵を率いて屯営へゆき、曹操に赦しを乞うたら、どうであろうか、と考えた。おそらく曹操は赦してくれるであろう。曹操の器量は呂布のそれより格段に上である。呂布の下で戦ってきた張邈には痛いほどわかる。だが、曹操にさからっているかぎり自分は曹操の友であるが、降伏してしまえば友ではなくなる、と張邈は考え直した。不条理

のようであるが、張邈の感情ではそうであった。

——わたしはどこへ行くのか。

ふたたび目をあげて視た快晴の天は静かであった。すすまぬ馬に鞭《むち》をあてて、張邈は呂布のあとを追った。

呂布の軍を大潰走させた曹操は、大量の麦を得て、定陶へ引き返した。呂布軍にかなりの死傷者がでたことと、あてにしていたにちがいない麦を失ったことで、呂布はしばらく再起することができないであろうと想った曹操は、うしろを気にすることなく定陶の攻撃に専念した。

定陶の南城にいた呉資は、鉅野での呂布軍の大敗を知って気落ちし、城内の意気も銷沈《しょうちん》した。曹操は、

「みよ、城頭《じょうとう》の旗まで悴容《すいよう》をかくせないわ」

と、落城が近いことを兵におしえ、いよいよ烈しく攻めさせた。はたして数日後に定陶は落ちた。

——よし、これで、済陰郡を取りかえした。

そう確信した曹操は、諸将に諸県を攻略するように指令をくだした。その声には、窮地を脱した晴れやかさがあった。曹洪はこのとき東阿を守っていたが、曹操の命令を承けると、済陰郡の曹操のもとへゆき、兵をさずけられた。すぐさま済陰郡内の県を攻め、呂布のいる

山陽郡にはいって攻略をつづけた。曹洪が攻め落とした県の数は十余である。その功により、曹洪は、
「鷹揚校尉《ようようこうい》」
に任命される。曹仁、夏侯惇、夏侯淵などもそれぞれ兵を率いて頑強に抵抗する県の城を陥落させた。武将として成長いちじるしい曹仁は、済陰郡内をながれる濮水《ぼくすい》のほとりにある句陽《こうよう》を攻撃して、呂布の属将である劉何《りゅうか》を捕獲した。呂布にたいする失望感が蔓延《まんえん》しつつある兗州では、抗戦をあきらめた県令が続出し、それがますます平定軍の将士を活気づけた。そのため州内の平定は予想をうわまわる迅急さですすんだ。

呂布はこの頽勢《たいせい》をめぐらす方策をもたず、じりじりと東へしりぞいた。

「兵が足りぬ。袁公路《えんこうろ》に援兵を請うことはできまいか」

「わたしが寿春《じゅしゅん》へゆきましょう」

そういって多くない兵を率いて袁術《えんじゅつ》のもとへむかったのは、張邈である。だが、かれの命運は衰廃《すいはい》に達していたのか、途中、配下の兵に殺された。乱世に摩耗《まもう》されたような死にかたである。

ついに呂布は徐州へのがれ、劉備《りゅうび》を頼った。

雍《よう》　丘《きゅう》

仲秋の天空は澄みわたり、かぎりなく遠い。

清らかにふってくる陽光のなかに立っている曹操《そうそう》は、

——一年間、悪夢のなかにいたようだ。

と、おもい、その悪夢が日光によって砕破されたように感じて、大きく呼吸した。程昱《ていいく》の進言を容《い》れなければ、いまごろは妻子を袁紹《えんしょう》に執《と》られて、自身は犬馬のごとく使われ、兗《えん》州は呂布《りょふ》に奄有《えんゆう》されていたであろう。きわどかったと想えば、いまでも胸が顫《ふる》える。人にはどうにもならぬ衰運のときがある。身動きさえできぬ困窮の時間をどうすごしたか、ということが人の成否に大いにかかわりがある。曹操は身をもってそれを知った。あの極惨《きょくさん》を耐えぬいたのであるから、今後、いかなる苦難にも耐えられよう。そういう自信をもつことができた。

兗州の平定は終末にさしかかっている。

眉宇《びう》に明るさのもどった曹操の視界に頑強《がんきょう》にあるのは、雍丘《ようきゅう》の城である。その城を守っているのは、張邈《ちょうばく》の弟の張超《ちょうちょう》である。叛乱の元凶のひとりといってよい張超は、呂布と兄が兗州から去っても、城を棄てず、叛旗を樹《た》てつづけている。その不屈の一城さえ落とせば、曹操はつぎの行動に移ることができる。

――天子を迎立《げいりつ》する。

その毛玠《もうかい》の進言を是《ぜ》としながらも、実現のための端緒にたどりつくのに、たいそう時がかかっている。いま長安《ちょうあん》はどうなっているのか。ようやく心にゆとりをもった曹操は、ふたたび使者を発して、関西《かんせい》の実情をさぐらせている。風聞によれば、中央政府における最大の権力者である李傕《りかく》は、自分の威権をおびやかしかねない樊稠《はんちゅう》を殺し、政敵となった郭汜《かくし》と血みどろの戦いをつづけ、天子を奪いあった。その後、天子は争乱の淖濘《どうねい》というべき長安をあとにして、洛陽《らくよう》にむかったという。しかしながら、李傕と郭汜がたやすく天子を手放すとはおもわれないので、風聞の真偽をたしかめたい。また、実際、いま天子がどこにいるのかを知りたい。

――どこかで天子が崩じていたら、どうなるか。

と、曹操の胸を不安がかすめる。献《けん》帝はまだ十五歳であるから、男子を儲けておらず、亡くなれば当然その至尊の血胤は絶えてしまう。すると、李傕だけではなく、袁紹と袁術《えんじゅつ》も、おもいのままにいかがわしい天子を擁立するであろう。あるいは、天命をうけたと誇大にいい、天子を自称する者さえ簇出《そうしゅつ》する。そうなった場合、妖賊がはびこり、人民をまどわす讖《しん》緯《い》が乱発され、天下の混乱はますます烈しくなり、収拾がつかなくなるであろう。醜悪な未来を脳裡に画《か》きたくない曹操は、

——どうしても天子には生きていてもらわねばならぬ。

と、強く意《おも》うが、天子を救出にゆけぬ現状が厳然とある。

呂布をひそかに招いて兗州を盗もうとくわだてたのは、張超と陳宮《ちんきゅう》にちがいない。そのふたりについて曹操はおなじ感情をいだいていない。陳宮は有能であり、げんに東郡太守であった曹操のために抜群の働きをした。もしも陳宮が小知《しょうち》の呂布をみかぎって帰ってくれば、その場で宥《ゆる》し、重職をさずけるであろう。だが、張超は、そうはいかぬ。もともと張超は曹操の配下になったことはなく、董卓《とうたく》を打倒すべく起《た》ったときは、のらくらと日をすごして、せっかくの兵の意気を腐らせ、袁紹に媚付《びふ》して、曹操のむこうみずの西進を嗤《わら》った。その主義主張も、いまの皇帝を否定して、幽《ゆう》州の劉虞《りゅうぐ》を立てようとしたことからわかるように、不《ふ》遜《そん》である。曹操にとってけっして赦《ゆる》せないのは、親友の張邈を、叛乱にひきずりこんだことである。また張超が雍丘から去らないで抗戦をつづけるのは、曹操の非を天下に訴えるため

であろう、ということもわかる。これこそ、張超としては、曹操の正邪を問う戦いである。張超が勝てば、やはりわたしが正しかったというであろうし、たとえ負けても、正しいわたしを斃《たお》した曹操は悪であるというにきまっている。

——朽木《きゅうぼく》は雕《ほ》るべからず。

とは、よくいったものである。曹操は苦《にが》笑うしかない。もしも張超を殺すことによって、自分が天下の信望を失うのであれば、それもやむをえない。挑戦の気分をもっているのは、曹操もおなじである。

——干《ほ》す。

雍丘をどのように攻めるかについて、曹操には迷いがない。濮陽《ぼくよう》を攻めたときとは、情勢がまるでちがう。兗州内で張超を援助する勢力はもはやないのであるから、城を包囲すれば、城内は干《ひ》あがるはずである。近い将来に、天子を助けるためにかならず多くの兵が要《い》ると想えば、雍丘の攻撃で兵を失いたくない。

——囲んで待っていれば、百日後には城は落ちる。

食料不足の現状で、百日以上の籠城に堪えられる備蓄のある県などどこにもない。曹操は悠然と雍丘の城を看《み》ている。それから二か月後に、使者が還《かえ》ってきた。かれは吉報をたずさえてきた。献帝の使者を先導してきた。

「曹操を兗州牧《ぼく》に除《じょ》する」

と、皇帝の使者はいった。すなわち興平《こうへい》二年（一九五年）の十月に、曹操は正式に兗州牧に除任されたのである。

「ごらんの通りの戦陣で、何のおもてなしもできません。どうか失礼をご容赦くだされ」

と、曹操はいったものの、皇帝の使者を粗略にはあつかわなかった。おもいがけぬ厚遇に感激した使者は涙をながした。

「いま天子は、衣食住のすべてが欠乏なさり、困窮のなかにおられます。どうか曹使君《そうしくん》よ、天子を援《たす》けていただきたい」

献帝は李傕や郭汜に脅迫されつづけた。

「李傕らを殺そうではないか」

という密謀が、かつてあった。首謀者は、侍中《じちゅう》の馬宇《ばう》と諫議大夫《かんぎたいふ》の种邵《ちゅうしょう》それに左中郎将《さちゅうろうしょう》の劉範《りゅうはん》である。ところで『後漢書』では种邵は种劭《ちゅうしょう》と書かれ、諫議大夫ではなく侍中である。馬宇が諫議大夫となっている。おそらく後者が正しいであろう。

种劭の父は、种払《ちゅうふつ》という。関東で董卓を打倒すべく諸将が挙兵した初平《しょへい》元年（一九〇年）に、司空《しくう》という高位に昇った。その後、种払は司空を罷免されて、太常《たいじょう》となった。董卓の死後に、李傕、郭汜などの兵に長安が襲われたとき、百官の多くは逃げまどったが、种払は剣を揮《ふる》って天子と宮殿を守り、

「国の大臣となりながら、戈《ほこ》を止めて暴《ぼう》を除くことができず、凶賊の兵刃を宮中にいれてしまった。ここを去ってどこへゆくことができようか」

と、叫び、戦いぬいて死んだ。その勤皇の志を种劭は継いでいる。

种劭は献帝が即位すると、侍中となったが、董卓に憎まれて、議郎《ぎろう》に左遷され、さらに益《えき》州と涼《りよう》州という二州の刺史《しし》をおしつけられて地方へ転出させられそうになった。が、赴任しないうちに父の死に遭ったので、官を去って喪に服した。服喪を終えると、すぐに徴《め》されて、少府《しようふ》あるいは大鴻臚《だいこうろ》などを拝命したが、みな辞退した。

「昔、わが亡父は身をもって国に徇《じゅん》じた。わたしは天子の臣、亡父の子でありながら、残賊を除き、仇に復《むく》いることができないでいる。何の面目があって、明主に朝観《ちようきん》できようか」

李傕らを殺さなければ、天子と亡父にあわせる顔がない、と种劭は復讎《ふくしゆう》心をたぎらせたまま、好機の到来を待っていたのである。

种劭と謀計をともにした劉範は、益州牧の劉焉《りゆうえん》の子である。

劉焉は小覇王のおもむきをもち、益州広漢《こうかん》郡の綿竹《めんちく》に行政府をさだめて、中央から吹く動乱の烈風を険絶《けんぜつ》な山壑《さんがく》によってかわし、いちど董卓に攻撃目標にされたが、その難局をのりこえると、治定をはたし、ついに千余の乗輿《じようよ》をもつほどの盛況をしめした。富強を実現した劉焉は自分の子である劉範、劉誕《りゆうたん》、劉璋《りゆうしよう》の三人を朝廷へ送り、献帝に仕えさせた。劉範は近衛兵をあずかり、劉誕は治書御史《ちしよぎよし》、劉璋は奉車都尉《ほうしやとい》となった。三男の劉瑁《りゆうぼう》だけが父のもとにいた。

あるとき、劉焉についての風聞が献帝の玉耳に達したらしく、劉璋を召して、

「焉は奢僭《しやせん》であると風がつたえた。なんじが往き、父をいさめよ」

と、益州へ遣《や》った。皇帝の使者として綿竹に帰還した劉璋は、献帝のことばを父に語《つ》げた。

「わたしが奢僭であると、天子が仰せになったのか……」

おどろいた劉焉は目をあげてしばらく虚空を睨《にら》んでいたが、急に小さく破顔して、なるほど、そういうことか、とつぶやいた。

「どういうことでしょうか」

「わからぬか。奢僭であるのは、わたしではない。天子は李傕らの横暴に苦しんでおられるのであろう。それをわたしにたしなめてもらいたいために、なんじをおつかわしになったのだ」

「あ、そうでしたか」

素直に納得した劉璋は、にわかに目をそらし、眉目を慍色《うんしよく》で染めて、李傕らをののしった。

こういうことがあったという。宮人の多くが衣服を失ったことを知った献帝は、帝室の府庫を開き、かれらに繒《きぬ》を与えようとした。ところが李傕はそれが気にいらず、

「宮中には衣があるのに、なぜまた衣服を作ろうとなさるのか」

と、いやみをいった。それでも献帝は詔《しよう》をくだして廏舎《きゆうしや》の馬の百余匹を売らせ、御府《ぎよふ》と大《だい》

司農《しのう》に命じて雑繒《ざつそう》二万匹をとりださせて、馬を売った銭といっしょに、公卿《こうけい》以下自立することのできない貧民にも、それらを下賜《かし》しようとした。だが、李傕のあくどさはどうであろう。

「わが邸閣《ていかく》には、たくわえがすこししかない」

ぬけぬけとそういった李傕は、下賜されるべきそれらの物をことごとく自分の営所に運ばせた。李傕に信用されている賈詡《かく》はさすがにみかねて、

「これは上意です。それをさまたげるようなことをなさってはなりません」

と、いったが、李傕は無視した。

「ふむ、李傕がもっとも質《たち》が悪いな。ほかに郭汜と樊稠、それに張済《ちょうせい》が大物か。おのおのどれほどの兵をもっているか」

と、劉焉は問うた。

「一万といったところです。張済だけは長安におらず、弘農《こうのう》に駐屯しています」

「たかが三万ではないか。李傕、郭汜、樊稠の三人をまとめて誅殺《ちゅうさつ》し、天子をお助けできぬはずはない。策がある」

と、劉焉は自信ありげにいった。

「どうかその策をおきかせください。わたしが兄につたえます」

「いや、なんじは長安にもどらなくてもよい。ここにおれ」

三男の劉瑁を身近においているが、劉焉のみるところ、優雅さはあるが少々胆知に欠ける

ので、覇気のある末子の劉璋の顔をひさしぶりにみると、手放したくなくなった。ちなみに劉璋のあざなは季玉《きぎょく》という。

みずから兵を率いて皇帝の救出にゆくほどの俠気《きょうき》をもっていない劉焉は、

——馬騰《ばとう》を動かしてやろう。

と、考えた。汧《けん》県と隴《ろう》県のあいだに兵とともにとどまっている馬騰とは交通がある。汧県は右扶風《うふふう》の西部にあり、隴県は涼州漢陽《かんよう》郡の東部にあるといっても、両県の距離はさほどでもない。また汧県から長安へゆくのに、半月もかからない。

劉焉は使者を出発させた。使者は校尉《こうい》の孫肇《そんちょう》である。その使者に兵を従属させた。

「よいか。馬騰が長安へむかったら、この兵も長安へむかわせて、範と誕を翼《たす》けよ」

と、劉焉は孫肇にいいふくめた。

孫肇は益州をでると涼州の武都《ぶと》郡にはいり、そこを通過して右扶風の汧県をめざした。汧県をすぎたところに馬騰の駐屯地があった。孫肇は馬騰に面会した。

「あの兵は、どうしたことか」

と、使者が口をひらくまえに、馬騰は孫肇が率いてきた三千ほどの兵について問うた。

「将軍は長安城内の実情をご存じでしょうか」

と、切りだした孫肇は、皇帝以下公卿百官の惨状を語り、梟猛《きょうもう》というべき李傕らを誅殺するために劉焉のふたりの子が城内で挙兵するので、城外からふたりを援けてくれるように、という劉焉のことばをつたえた。

「これはおどろいた。わたしは朝廷から賊とみなされているのだぞ。兵を率いて朝廷へゆけば、いきなり討伐されよう」

馬騰は巨体をゆすって笑った。が、孫肇は笑わず、馬騰を視《み》ている両眼に力をこめて、

「かつて将軍は朝廷のために大いに働かれ、偏《へん》将軍の官職を賜《たまわ》ったことがあります。将軍の驍名《ぎょうめい》は、関西どころか、天下に知られているでしょう。いま朝廷は李傕らに牛耳《ぎゅうじ》られて、外の賊を討つどころか、内の賊を斥逐《せきちく》することさえままなりません。さらに李傕らは、袁紹を盟主とする関東諸将が結束して函谷関《かんこくかん》を越えて西進してくるのではないかと、気が気ではないのです。そういうときに、将軍が皇帝のお指図に従いたい、と長安にゆけばどうなるでしょうか。いきなり討伐されるでしょうか。かならず鄭重に応接されるにちがいありません」

と、説いた。

「そういうものかな……」

また馬騰は笑ったが、その笑いは鼻のあたりにすぼまった。孫肇の申諭《しんゆ》が馬騰の胸に染みたらしい。

むろん馬騰には皇帝への同情はない。しかしながら王朝の運営者が、董卓の校尉にすぎなかった李傕らであることは、ばかげた事態であるというほかない。

――李傕が車騎《しゃき》将軍で、郭汜が後《ご》将軍だと……。

笑わせるな、と馬騰はいいたい。長安にでかけてゆき、李傕らを一掃したら、どうなるか。そう考えた馬騰は、劉焉の使者に速答をあたえず、盟友というべき韓遂《かんすい》に使いを遣った。

十数日後、韓遂が兵を率いて到着した。

涼州の梟雄《きょうゆう》といってよい韓遂は、金城《きんじょう》を本拠として、官府のとりしまりがおよばぬ存在となり、かつて西方では抜群の声威があった董卓をも忌憚《きたん》させたことがあり、いまも朝廷から恐れられていながら、涼州の民衆には強く支持されている。馬騰からの使いをうけた韓遂は、その趣旨を知り、

「たまには長安をのぞいてみるか」

と、いい、兵を集めて馬首を東にむけた。

「おお、きたか――」

韓遂がここまできたということは長安へ往くという意志表示である。馬騰はすぐに出発して、みちみち韓遂と語りあった。

「どうだ、われわれが天子を擁立するというのは」

「はは、やめておけ。漢《かん》室は腐りきって毒気を立ち昇らせている。董卓が死んだのは、その気にあたったからだ。李傕と郭汜にはそれがわからず、長安にとどまっているが、樊稠には長安から離れたほうがよいといってやるつもりだ」

と、韓遂はいった。樊稠はおなじ金城の出身で、昔、多少の交誼《こうぎ》があった。

「王朝の毒気は万民を害する。その毒気を浄掃《じょうそう》しようとする者がいれば、手助けをするのは悪くない。なんじもわたしも、官治の不正を憎んで起ったではないか」

馬騰は劉焉の兵を附随させていることを韓遂にいわなかった。

「毒は、人をえらばず、善人も悪人も殺す。深入りすると、生きて還れぬぞ。解毒の薬をもっているか」

「いやに用心深いな。李傕や郭汜は觜距《しきょ》の未熟な鳥のようなものだ。矢をつかうまでもなく、一喝すれば、天から墜《お》ちるだろう」

馬騰の口調は楽観的な陽気をたもっている。

「たしかに李傕や郭汜は、董卓が生きているうちは、虎の威を借る狐にすぎなかった。が、董卓が死んだあとは、狐が虎になったかもしれぬ」

韓遂の人を観《み》る目の重心は馬騰より低い。人を高みからみおろしていれば、人の変化、とくに成長などはわかりようがない。かれは霊帝《れいてい》の時代に地方の官吏として吏事《りじ》を経験しており、武辺にかかわりないところで人の消長をみてきている。要するに、人が強い、ということは武力にすぐれているということだけではない。げんに李傕より武技にすぐれている呂布は、敗れて長安を去ったではないか。

しかし馬騰は董卓と戦っても負けるはずがないとおもう自信家であり、李傕らを小人《しょうじん》とみなし、

――狐が虎になれようか。狐は狐よ。

と、内心嗤《わら》った。

馬騰と韓遂に率いられた兵が長安に近づきつつあることを知った李傕らは緊張した。なにはともあれ、ふたりの目的を知らねばならないので、問訊《もんじん》の使者を発した。数日後、復命した使者は、ふたりが朝廷への敵対をやめて天子の威令に従いたいという意望をもっていると告げた。

――急に殊勝になったことよ。

李傕らは顔をみあわせた。なぜ、いま、ふたりがそろって長安まできたのか、その理由とふたりの本意がわからない。ただしここで手荒なあつかいをすると、ふたりの怒りを買い、かならず戦いとなる。馬騰と韓遂が相手となれば、楽な戦いはみこめない。

「よし、ふたりに官爵をさずけて、ひきとってもらうことにする」

と、李傕は決めた。ただし決定まで彌日《びじつ》を要した。

じらされたため、慍然《うんぜん》として長安城を攻める構えをしめした馬騰であるが、韓遂になだめられたこともあり、なんと献帝の使者に諭示《ゆし》されたこともあって、気分をあらためて韓遂とともに城内にはいった。

朝廷は馬騰を征西《せいせい》将軍に、韓遂を鎮西《ちんせい》将軍に除授《じょじゅ》した。

「おふたりには、どうか西の鎮《しず》めに専念していただきたい」

李傕らがその遠来の将をもてなしているあいだに、孫肇は劉範と劉誕に密《ひそ》かに会って、すばやい挙兵をうながした。馬騰と韓遂の兵が郊外にとどまっているあいだが李傕らをかたづける好機なのである。しかし劉範はうなずくことができない。同志の数が足りないのである。

「もうすこし時が要る。馬騰は帰ってしまうのか」

劉範は愁色《しゅうしょく》をみせた。

「韓遂は帰るかもしれません。だが、馬騰はこちらの意図を汲んでくれているので、素直には帰らないはずです」

「それならよいが……」

さっそく劉範は种劭と馬宇に声をかけて、計画の精度を高めようとした。その計画がかかえている問題は、兵力が不足しているということである。また李傕、郭汜、樊稠という三者を切り離す妙算も浮かんでこない。そのため劉範らは慎重になった。しかしながら李傕などを誅滅《ちゅうめつ》するのではなく、天子を長安から脱出させて、益州へ行幸《ぎょうこう》させることが謀計の主眼であれば、かれらの計画は成功し、劉焉が天子の擁護者になったかもしれない。

ほどなく馬騰と韓遂は帰途についた。

「やれやれ、帰ったか」

不審の目で馬騰をみてきた李傕は、郭汜と樊稠に苦笑してみせた。ところが、その苦笑とともに解けた疑心が、ふたたび李傕のなかに生じた。

「寿成《じゅせい》が郿《び》から動かぬのか」

寿成というのは馬騰のあざなである。西へ去ったはずの馬騰と韓遂であるが、馬騰だけが郿県に兵を駐《と》めて動きそうもないという。郿県はかつて董卓が本拠にしたところで、長安に付かず離れずという位置にある。いやなところに駐屯した、とおもった李傕は使者を発して西行をつづけるようにうながした。しかしながらその使者は馬騰に威嚇《いかく》されて返ってきた。

「長安の西方を守るということは、とりもなおさず右扶風を守ることであり、そのためには中央の郿県にいるのがよい。にもかかわらず右扶風からでてゆけといわんばかりの催促は腹にすえかねる。さきの除任は何であったのか。返答しだいでは、官をなげうち、西方でいかなる騒擾《そうじょう》が起こっても、けっして朝廷には協力せぬ」

馬騰は怒気をあらわにしてそういったという。

「朝廷の指図に従わず、わたしを恫《おど》すのか」

李傕も気が長いほうではない。寿成を退去させてやる、といきまいたが、郭汜になだめられた。郿県に駐屯させて害がなければよいではないか。

ふたたび長安をでた使者は馬騰に郿県での駐屯を許可することをつたえた。が、馬騰はその地でおとなしくしていなかった。上表をおこなったのである。

「わが軍人の多くが乏餒《ぼうだい》しています。池陽《ちよう》へ行って穀物を得たいと存じます」

池陽は長安の北に位置し、長安から歩いてゆけば途中に渭水《いすい》などの川があるとはいえ、二

日で池陽に着ける。この上表は容れられて、移動の許しがおりた。馬騰の兵がふたたび長安に近づいてきたことを知った李傕は、

「馬寿成を動かしたのは、たれだ。司空の張喜《ちょうき》（趙嘉《ちょうか》）か。なに……、天子がお許しになった……」

と、眉をひそめた。李傕のみるところ最初から馬騰の行動は怪妄迂僻《かいぼううへき》である。かならずたくらみがあるにちがいない。猜疑《さいぎ》をさかんにした李傕は、郭汜と樊稠を招き、

「寿成から目をはなさぬがよい。どうも怪しい」

と、警戒をうながした。馬騰は中央の権力に関心をもっていないとおもってきた郭汜と樊稠も、同様の怪疑をもちはじめていたので、ひたいを寄せて意見を交換した。三人は語りあううちに、

「天子に近侍している者が馬騰に通じているとしかおもわれぬ。また、馬騰が長安の近くをうろうろしているのは、おそらく城内の兵と呼応するためだろう。宮中に陰謀があるのだ」

と、推量した。この日から三人は配下と与党の官人をつかって陰謀の所在と謀主をつきとめようとした。この峻烈《しゅんれつ》な内偵によって、陰謀は露見してしまった。

「もはや、これまで――」

収監されれば死罪は必至なので、劉範と劉誕、それに种劭などは少数の私兵とともに長安を脱出して、馬騰の屯営《とんえい》をめざして奔《はし》った。馬騰は池陽より長安に近い長平《ちょうへい》を駐屯地にえら

んでいた。長平は陂《つつみ》の名であり、坂の上に観《かん》があるので、長平観、ともよばれる。

屯営に飛びこんだ者たちにとっても、じつは馬騰にとっても、不運であったのは、この緊急のときに、営所に馬騰が不在であったということである。

「将軍は外出しているのか。やむをえぬ、手勢だけで長安の賊を排撃してやる」

孫肇と会って長安攻撃のために兵を起たした劉範ではあるが、

――この寡兵《かへい》では……。

と、さすがにひるんだ。馬騰がもどってきてから、倶《とも》に兵をすすめたい。

ところが馬騰の陣営を遠くから見張っていた王承《おうしょう》という将には躊躇《ちゅうちょ》はなかった。

――あの兵は長安を害するにちがいない。

と、睨《にら》み、迷うことなく配下の兵に攻撃の命令をくだした。直後に、郭汜と樊稠が長安から出撃した。

「長平観の戦い」

と、よばれる戦闘は内容に深広《しんこう》さがない。帥将《すいしょう》である馬騰がいないうちに戦闘がはじまり、馬騰軍は軍としての意志と目的をもてぬまま敗走した。その敗走する兵のあいだにいつのまにか馬騰がいたということである。必死に戦ったのは劉範と种劭であった。が、ふたりの戦死も早かった。种劭は亡父の仇を討つことができず、またしても李傕らの剛猛さに拉《ひし》がれたのである。

劉誕と馬宇は敗色が濃厚になるまえに戦場を脱し、あえぎつつ西へ走って、渭水北岸の槐《かい》里《り》にはいった。ところが樊稠の追撃が急で、馬宇は敗死し、劉誕は捕らえられてただちに処刑された。多少、皇帝への同情があり、自分の手をよごさずに名誉をつかもうとした劉焉は、またたくまにふたりの子を喪《うしな》ったのである。とくに劉範は良器というべき後嗣《こうし》なのでその死は打撃であった。劉焉にとってのわずかなぐさめは、通家《つうか》である議郎の龐羲《ほうぎ》が、劉範と劉誕の子を救って蜀《しょく》までつれてきてくれたことである。悪いことはかさなるもので、落雷による火災で城郭が焼失して、自慢の乗輿もすっかり灰となった。火災は城内の建物にとどまらず民家にも及び、綿竹の大半が壊頽《かいたい》した。その惨状をまのあたりにした劉焉は、訃報《ふほう》に胸をえぐられたこともあって、すっかり気落ちし、

「もうここには居たくない」

と、いい、州府を成都《せいと》へ移した。成都は綿竹の南百七十里にあり、蜀郡の郡府が置かれている県である。その転居が完了してほどなく劉焉は悪性の腫瘍《しゅよう》が背中にできて亡くなった。あとを継いだのは、三男の劉瑁ではなく、四男の劉璋である。

ついでながら樊稠の死についても書いておく。

樊稠は敗走する馬騰を追って陳倉《ちんそう》まで行った。そこで韓遂の兵と遭遇した。じつは韓遂は馬騰とともに長平観で戦って敗績《はいせき》したと『後漢書』に書かれているが、諸書の記述が一致せず、おそらくかれは馬騰と別れたあと、金城には帰らずに、陳倉の近くにとどまって、連絡

をとりながら、馬騰の要請があれば長安へむかうつもりであったとおもわれる。ところが、案の定というべきか、馬騰は不意を衝《つ》かれて、長安攻撃も満足におこなわず、敗退して逃走した。韓遂の顔をみた馬騰は、片頬で笑い、

「樊稠がむきになって追ってくる。なんじの知人であろう。もてなしてやってくれ」

と、いい、陳倉から汧水《けんすい》ぞいの道をとり、汧県にむかって去って行った。目で嗤《わら》いつつ遠ざかる兵馬の影を見送った韓遂が東にむきなおると、濛々《もうもう》たる砂塵がみえた。

——きたな。

念のため韓遂は迎撃の陣を布《し》いた。この陣が樊稠の追撃を止めた。樊稠は相手が韓遂であるとわかって鋭気を斂《おさ》めた。韓遂が陣よりまえにでて、数騎を従えて樊稠を待っているようである。樊稠も数騎を従えてすすんだ。韓遂はやわらかい表情で、

「天地はくつがえり、これからどうなるのかはたれにもわからぬ。争いのもとは私怨にあるわけではなく、王家の事にあるのだ。足下とわたしは同じ州里の人である。いまの立場は少々ちがうが、いわば大同小異であろう。よく語りあったうえで別れようではないか。人の邂逅《かいこう》が万一意《おも》い通りにならぬとすれば、のちにふたたび会えぬかもしれぬ」

と、いって、従騎をさがらせた。小さくうなずいた樊稠も従騎を遠ざけ、韓遂の馬とくつわをならべ、腕を組み、しばらく語りあって別れた。

樊稠の不幸は、従騎のひとりに李利《りり》がいたことである。李利は李傕の兄の子で、かれも猜

疑が強い。長安に帰った李利はさっそく叔父に報告した。

「ふたりが何を話したのかはわかりませんが、たいそう親密そうでした」

「韓遂と交臂《こうひ》して交語していたのか」

李傕はけわしく眉をひそめた。そのようすでは、樊稠はひそかに韓遂と和議を結び、異心をいだいたにちがいない。そうであれば、かならず常とはちがう言動をしめすはずだ。そう考えた李傕のもとに樊稠がやってきた。

「これで西からくる敵はいない。東の敵に備えるために、もうすこし兵を増やしてくれぬか」

それをきいた李傕は、

――まずい妄《うそ》だ。

と、鼻哂《びしん》した。樊稠は韓遂に知恵をつけられたのであろう。多くの兵を得た樊稠は長安をでて函谷関をぬけ、東方の諸将によびかけて、長安攻略を先導するつもりにちがいない。そうはさせぬぞ、とおもった李傕は、

「よし、わかった。それについて会議をおこなう」

と、樊稠に出席をうながした。悪知恵では李傕にかなわない。これで長安から離れることができると悦《よろこ》んだ樊稠は、不用心のまま会議にでた。が、そこは樊稠にとって陥穽《かんせい》であった。席に坐るやいなや、伏せていた兵によって殺害された。

「樊稠を殺した李傕は、郭汜をも疑い、郭汜も猜忌《さいき》を応酬したため、ついにふたりは長安のなかで闘争をはじめました。李傕は天子を人質とし、宮殿や城門に火をかけ、官寺《かんじ》を攻撃し、乗輿や衣服、御物《ぎょぶつ》をことごとく奪いました。いちど郭汜に和を請うために、公卿を遣りましたところ、公卿はみな郭汜に捕らえられましたので、戦いは数か月も続き、死者は万でかぞえるほどになりました」

献帝の使者は曹操にむかって皇室と長安の惨状を語った。

「それは、ひどい……」

李傕と郭汜は武器をもたぬ都民をも殺し、嫩《わか》い女を掠奪《りゃくだつ》したのであろう。董卓の毒気をうけついでいるふたりであれば、やりそうなことである。

「李傕は長安の北の小城に天子をとじこめて、天子の従者には腐った牛の骨をあたえたのです」

「しかし、いま、天子は長安を脱出なさって、新豊《しんぽう》にお遷《うつ》りになっている、と使いの者は申していたが……」

新豊は長安の東北に位置するが、長安から百里も離れてはいない。それでも献帝は虎口《ここう》から脱したことになったのであろうか。

「今年の六月に、陝《せん》にいた張済が長安にきて、李傕と郭汜を和睦させたのです。七月に、ようやく天子は出発なさいました。長安の宮殿が焼け落ちたので、新豊をかりの帝都とすることで、李傕らを納得させたのですが、天子の御意《ぎょい》は、洛陽までお遷りになることです」

「洛陽ですか……、洛陽は蕪廃《ぶはい》しておりましょう。とても人の住む処ではない」

わたしが天子をお迎えして宮室をお造りしよう、と曹操はいいたいところであるが、そのためには眼前の難問をひとつずつかたづけてゆかねばならない。

「またお目にかかりましょう」

曹操は皇帝の使者に人を添えて送り還した。その使者が復命したときに、曹操の印象を語るにちがいなく、それによって皇帝が曹操に倚恃《いじ》したくなることはありうる。こまかなことであるが、それも重要な外交であった。

十一月になった。

——よく耐えている。

曹操は敵将の張超を内心誉《ほ》めた。

雍丘の城内にいる張超にはひとつの希望がある。それは、

——かならず臧洪《そうこう》が救いにきてくれるであろう。

ということである。張超と臧洪はたんなる主従ではない。いわば刎頸《ふんけい》の友である。しかし十一月の末になっても、臧洪はあらわれなかった。それでも張超は、

「ただ臧洪を恃《たの》むのみである」

と、いった。それをきいた人々は、

「袁紹と曹操はいまや和睦し、しかも臧洪は袁紹に登用されたのですから、わざわざ禍《わざわ》いを招いて、ここまでくるはずがないでしょう」

と、冷ややかにいった。しかし張超は、

「子源《しげん》（臧洪）は天下の義士である。わたしに背《そむ》くことはない。が、恐れるとすれば、袁紹の禁制によって足どめをされて、ここまでくることができないということだけだ」

と、冷笑をしりぞけた。

実際、旧主である張超が雍丘において曹操に包囲されたことを知った臧洪は、跣《はだし》で城外にでると号泣し、そのまま袁紹のもとへ往って、

「張超を救いたい。兵馬を貸してもらいたい」

と、訴えた。が、袁紹はいやな顔をした。あの厚顔無恥《こうがんむち》の呂布を兗州牧に迎立しようとした張超は、嫌悪すべき張邈の弟でもある。それに冀《き》州と兗州はいま同盟関係にある。にもかかわらず、よしよし、張超を救ってこい、というはずがないではないか、この男は何を血迷っているのか、と袁紹は怒鳴りたかったが、怒気をこらえて、

「ならぬ」

と、強い口調でいった。慍然とした臧洪の顔をみたくもないので、袁紹はすぐに席を立った。

——袁紹は士を知らぬ。

空席を睨《にら》みすえた臧洪は、城にもどると、配下を集めて、

「もはやわたしは袁紹には仕えぬ。それが不服である者は、ただちに立ち去れ」

と、いいわたして、この日から袁紹とは絶交した。

——あてつけおったな。

袁紹はついに怒り、軍をだして臧洪を攻めた。が、城の守りは堅固であり、年を越しても攻め落とすことができなかった。攻めあぐねた袁紹は、臧洪と同郷で文辞に長じている陳琳《ちんりん》に書翰《しょかん》を書かせて城内に送りつけた。が、臧洪に無視されたので、陳琳は書翰を再送した。

返書がきた。

臧洪の文才は貧弱なものではない。長い反駁《はんばく》の書であり、内容は情誼《じょうぎ》につらぬかれている。その要旨は、

「あなた（陳琳）は盟主に身を託しているが、わたしは長安の天子にお仕えしているのです。わが身が死ねば、名も滅ぶ、とあなたは謂《い》うであろうが、あなたは生きても死んでも天下にきこえることはない、とわたしも笑おう。悲しいことです。本は同じでも末は離れてしまう。努力あるのみです」

ということである。臧洪は袁紹の狭量を嗤い、冀州を去った呂布に刺客を送りつづけている執拗さを非難し、昔韓馥《かんふく》から冀州牧の印を譲りうける際に東奔西走してそれを成功にみち

びいた張導《ちょうどう》を殺した残忍さを咎《とが》めた。そういう袁紹に仕えているかぎり陳琳はむだに生きむだに死ぬ。それにひきかえ、天子の臣である臧洪は、たとえここで死んでも、名が遺《のこ》る。

ところで、この書翰の文中に、

「紙筆」

とか、

「六紙」

という語がみえる。すなわち木や竹の簡牘《かんとく》ではなく、紙に文字が書かれていたことはあきらかで、製紙の技術が普及しはじめたことを想わせるが、それでも紙はまだ高価であり、庶民には手のとどかぬ物であったにちがいない。

返書を読んだ袁紹は赫怒《かくど》した。

——手加減していたのが、わからぬとみえる。

こうなったら容赦はしない。袁紹は兵を増強して猛烈に攻めた。孤独な戦いをつづけてきた臧洪は、落城が近いと感じると、官吏と兵士を呼び集めた。

「袁氏は無道であり、その企図《きと》は不軌《ふき》である。しかもわたしの郡将である張超を救わなかった。わたしは大義において死ぬことをまぬかれないが、諸君は死ぬことはない。敗れるまえに、妻子をひきつれて城をでるがよい」

属将、官吏、兵士と県民のすべてが泣いた。

「あなたさまと袁氏はもともと怨隙《えんげき》があったわけではありません。朝廷と郡将のことで、このような残破《ざんぱ》に立ち至りました。吏民として、どうしてあなたさまを捨てて立ち去れましょうや」

城全体が泣血《きゅうけつ》したといってよい。臧洪の善政のあかしがこれであった。しかしながら城内の食料はすでに尽きている。人々は鼠を掘りだして食べていたが、鼠も食べ尽くした。主簿《しゅぼ》が臧洪に、

「厨房に三斗《と》の米があります。それを半分にわけて、すこしずつ粥《かゆ》にしたらどうでしょうか」

と、いった。臧洪は嘆息して、

「わたし独りが食べて、どうなるというのか」

と、すぐさま薄い粥を作らせて、みなにわけあたえてすすらせた。さらに自分の愛妾《あいしょう》を殺してその肉を将士に食べさせた。ここまでくると凄惨というしかない。将士はそろって涙をながし、この城主を仰ぎ視ることができなかった。

男女七、八千人が枕をならべて死んだ。離叛するものはひとりもいなかった。

城は陥落した。

が、臧洪は自殺しなかった。あえて死ななかったというほうが正しいであろう。生け捕りにされた。

――ようやく、終わったか。

月日の浪費というべき長い城攻めであった。一城を落とすのにこれほど多大な軍資と兵力をついやしたことが、袁紹にとっては腹立たしい。が、臧洪を殺さずに捕らえたという報告に接して、

――子源の泣き面をみるのが愉《たの》しみだわい。

と、気分をあらため、盛んに幃幔《いまん》をめぐらして、多くの諸将を集めて、そこに臧洪をひきすえた。

「臧洪よ、このように負けたのはどうしたことか。今日こそ屈服したであろうな」

笑謔《しょうぎゃく》の口調である。

臧洪は地に腰をおろして目を瞋《いか》らせた。かれの吐く息は衰えてはいない。

「袁氏一門は漢王朝に仕え、四世にわたって五人の三公をだした。漢王朝に恩をうけたと謂《い》うべきである。しかるに王室が衰弱したいま、扶翼《ふよく》の意《おも》いはさらさらなく、この機につけこみ、よからぬ大望をいだき、多くの忠良の士を殺して奸悪《かんあく》な権威を立てようとしている。わたしは陳留《ちんりゅう》太守の張邈を兄と呼んでいたなんじをこの目で見た。すると、わが旧主はなんじの弟になるではないか。戮力《りくりょく》して国のために害を除くのが当然であるのに、なんじは衆多の兵を擁しながら、ふたりが滅亡してゆくのを観ていたにすぎぬ。くやしいがわが力はなんじより劣り、刃を推《お》して天下のために仇を報ずることができぬ。屈服などするか」

臧洪が地にひたいをつけ慙愧《ざんき》の涙をながしていのち乞いをすれば、赦さぬでもない、と意っていた袁紹は、この痛烈なことばを聴いて、

——惜しい男だが、わたしの役には立たぬ。

と、感じ、

「斬れ」

と、命じた。そのとき、立ちあがった者がいた。臧洪と同郷で、臧洪に仕えていたが、袁紹の軍が攻撃をはじめるまえに、

「そなたの春秋をここで散らしてはならぬ。城をでて、袁紹に仕えよ」

と、臧洪にいわれて城を去った陳容《ちんよう》である。かれは臧洪を親のごとく慕っていたので、胸が張り裂けるおもいで、

「将軍は大事を興《おこ》し、天下のために暴を除こうとなさっているはずです。しかるに先に忠義の者を誅《ころ》す。これは天意に合っているのでしょうか。臧洪が挙兵したのは郡将を救うためであり、将軍にさからうためではありません。なにゆえ、かれを殺そうとなさるのですか」

そう烈しくいった陳容は、袁紹の側近にひきずりだされた。袁紹はその後姿に、

「なんじは臧洪の儔《ともがら》ではあるまい。心にもないことを申すな」

と、声をかけた。陳容のいう通りである。臧洪は袁紹に叛逆したわけではなく、袁紹に攻められたのでやむなく抗戦したのである。が、袁紹という人は、

——過《あやま》てば、改むるに憚《はばか》るなかれ。

ということができなかった。陳容はそういう袁紹をふりかえってみて、

「仁義とはどこにでもあるものでしょうか。それを踏《ふ》めば君子となり、それに背けば小人《しょうじん》となる。今日、臧洪とともに死んでも、将軍とともに生きようとはおもわぬ」

と、軽蔑したようにいった。陳容も殺されたのである。会の席にいた者たちはみな歎息し、

「なんという一日か。烈士が二人も殺されるとは」

と、ひそかに語りあった。

むろん臧洪が処刑されるまえに、より正確には興平二年の十二月に、雍丘は陥落して、張超は自殺した。

——これで天子を迎えにゆける。

曹操にとって展望が大きくひらけた。

楊《よう》　奉《ほう》

献《けん》帝は生涯における最大の危難に遭遇していた。

——天子を新豊《しんぽう》へ遷《うつ》らせたのはまずかった。

と、考えていたのが郭汜《かくし》である。このとき郭汜は新豊の南にある驪《り》山の西南の終南《しゅうなん》山にいる。

権力には魔性があるらしい。

李傕《りかく》、郭汜、樊稠《はんちゅう》、張済《ちょうせい》という四人がひとしい勢力をもって健在であったときは、その武威で王朝の動揺と騒乱をおさえきっていた。ところが李傕が樊稠を殺したあとに、ふりあいが悪くなった。李傕を疑いはじめた郭汜は天子を自分の陣営へ移そうとしたが、その密計を李傕に報せた者がいたので、李傕に機先を制せられてしまった。それからは憎悪をぶつけあうようにふたりは戦闘をくりかえした。長安《ちょうあん》城内が戦場となり、官寺《かんじ》は破壊され、門も宮殿も焼けた。が、殺戮《さつりく》がおこなわれているあいだに、たがいの軍に変動が生じた。李傕の下に、楊奉《ようほう》

という将がいた。かれは宋果《そうか》という軍吏とともに李傕を暗殺しようと計画を立てた。しかしながらその陰謀が泄《も》れたため、兵を率いて李傕に叛《そむ》いた。そのため李傕は郭汜と戦うことにだけ専念することができなくなり、威勢をやや失った。郭汜も通謀してきた楊定《ようてい》の協力を得られなくなった。楊定が楊奉と結べばあなどれない勢力が形成される。実際、楊奉と楊定は、李傕の掌中からのがれたい献帝の意向を具現化する権勢を築きつつあった。それに董承《とうしょう》がくわわった。董承は董卓《とうたく》の親族のひとりであり、かつて牛輔《ぎゅうほ》将軍の下で部隊をあずかっていたので、実戦の経験は豊富にある。ただしかれらがほんとうに献帝に同情していたのかといえば、疑問をさしはさむ余地がある。天子の信頼を得た者が権勢家となることは自明の理である。

なにはともあれ、天子をにぎっている李傕がすくんだ形となり、郭汜のほうがやや優勢となったものの、もはや両者にはとめどない混乱をおさめる力がなかった。そこに張済が調停にきた。李傕と郭汜を和睦させるために人質交換をおこなわせ、天子を弘農《こうのう》へ御幸《ぎょこう》させようとした。李傕の妻は自分の子を人質としてだすことをいやがったので、李傕もしぶり、和睦

が進捗《しんちょく》しなくなったとき、知恵の衍《ゆた》かな賈詡《かく》の説得により、啀《いが》みあってきた両者は女《むすめ》を交換することで合意した。

ついに献帝が長安を去る日がきた。

七月甲子《こうし》の日に、天子は出発して宣平《せんぺい》門に到り、橋を渡ろうとしたとき、郭汜配下の数百人の兵にさえぎられた。

「天子か」

と、かれらはいい、車をすすませない。護衛のために李傕の兵が天子の乗輿《じょうよ》の左右をかためていた。その数は数百であり、かれらはいっせいに大戟《たいげき》をかまえた。この険悪な空気を払うように、侍中《じちゅう》の劉艾《りゅうがい》が、

「天子である」

と、大声を発し、おなじ侍中の楊琦《ようき》に車の帷《とばり》を挙げさせた。尊容《そんよう》をみせた献帝は前途の兵にむかって、

「なんじらは退きもせず、なにゆえ至尊の近くに迫りくるか」

と、叱呵《しっか》した。この威厳に打たれて兵は後退した。車は前進して、橋を渡りきった。すると天子を衛《まも》ってきた兵士はみな万歳と叫んだ。

天子の車は、夜に霸陵《はりょう》に到着した。が、従者はことごとく飢えた。李傕も長安をあとにして兵を池陽《ちよう》に屯集《とんしゅう》させた。壊滅した長安に天子もいないとあっては、とどまる意義はない。

二日後の丙寅《へいいん》の日に、楊定は後《ご》将軍に、楊奉は興義《こうぎ》将軍に、董承は安集《あんしゅう》将軍に任命された。献帝はその三将軍を楯として李傕や郭汜から浴びせられる矢石《しせき》をしのぎ、洛陽《らくよう》まで逃げるのが本意であるが、その実現はたやすくない。郭汜が兵とともに追随してきた。さらに郭汜は、

「弘農には何もない。天子は高陵《こうりょう》へ遷るべきである」

と、圧力をかけてきた。高陵という県名は秦《しん》の昭襄《しょうじょう》王の弟であった高陵君にちなむ。左《さ》馮翊《ひょうよく》の郡府がおかれている大きな県である。そこをかりの帝都にすればよいというのが郭汜の主張であったが、献帝の内意を察している公卿《こうけい》は、調停をおこなった張済を抱きこむ形で、

「弘農がよろしい」

と、会議をひらいて反駁《はんばく》した。だが郭汜は承知しない。弘農は長安と洛陽の中間にあり、郭汜の感覚では、東へ寄りすぎている。かれは疑狐《ぎこ》の目で天子の御幸を観《み》ている。

献帝は郭汜を説諭《せつゆ》するために使者をつかわした。

「弘農の近郊に廟《びょう》があるからである。疑ってはならぬ」

使者は献帝のことばを郭汜につたえた。高陵には漢《かん》王室ゆかりの廟はないので、弘農へゆくのである、という献帝の弁明である。が、郭汜はこじつけではないかと疑い、献帝の弘農行幸《ぎょうこう》に難色をしめしつづけた。その無理解に怒り嘆いた献帝は、果断として食を絶った。終日、何も食べなかった。それをきいた郭汜は、

「近県への行幸であれば、よいでしょう」

と、すこし譲歩した。

八月甲辰《こうしん》の日に、献帝の車駕《しやが》は新豊にはいった。献帝はまた東へ移動したのである。献帝には有司が随従しているので、その移動は王朝が移動しているようなものである。献帝が自分の手のとどかぬところへ逃避するのではないかという危惧《きぐ》に襲われた郭汜は、

——いっそ天子を攫《さら》って、郿《び》へ遷すか。

と、強硬手段を考え、実行しようとした。その険悪な計画を知った侍中の种輯《ちゆうしゆう》が、楊定などに密告した。

——そうはさせぬ。

楊定、楊奉、董承が軍を率いて新豊で会う動きをみせた。急襲を封じられた郭汜は、謀計を練りなおす必要を感じ、軍から離れて終南山にはいったというわけである。郭汜は自身を韜晦《とうかい》すると同時に、献帝の真意をみきわめようとしたといえるであろう。

献帝は動かなかった。

——あれほど弘農へ行きたがっていたのに、なぜ行かぬ。

弘農御幸は早く郭汜と別れたいための口実にすぎない。郭汜が去れば、弘農へゆくまでもない。あるいはほかの理由があるのか。まさか天子は関東の将が迎えにくるのを待っているのではあるまいな。終南山で静穏《せいおん》をよそおっていた郭汜はめだたぬように兵を集めた。すでに十月である。郭汜は属将の夏育《かいく》と高碩《こうせき》を招いて、

「天子の行在所《あんざいしょ》に火を放ち、乗輿を西にむかわせよ」

と、命じた。献帝を捕らえて車中におしこめ、郿までつれてゆこうというのである。天子という存在の近くから権勢は生じるものであり、天子との距離が大きくなると、いろいろな異物がはいりこんでくる。往時、董卓の本拠であった郿へ天子を遷してしまえば、東方との連絡を絶つことはたやすくなり、天子はあきらめて雑念をいだかなくなるであろう。

郭汜の軍は新豊に迫った。

侍中の劉艾が火の立つのをみた。その火は消えずますます大きくなるようである。

——郭汜の軍が攻めこんできたのだ。

そうみた劉艾は天子の宮室に急行して、

「どこかの陣営へお移りください」

と、出御《しゅつぎょ》をせかした。献帝は火に追われるように外にでた。天を焦がす火炎をみた楊定と董承が兵を率いて駆けつけた。その兵に護《まも》られて献帝は楊奉の営所にむかった。楊奉も異変に気づいて営所をでて、ほどなく天子を発見した。が、この遷幸《せんこう》はぶじにはすまなかった。夏育と高碩が天子の乗輿を急追してきたため、突然、あたりが戦場と化した。大激戦となった。郭汜の兵はいつのまにか包囲の陣を形成しており、献帝を掩護《えんご》する将士は苦戦をつづけた。

「東へむかえ——」

この楊奉の声をきいて、天子の乗輿と全軍の兵が東進を開始した。楊奉は声が嗄《か》れるほど励声《れいせい》を発し、敵の強兵をみずからも斃《たお》して厚い包囲陣を切り崩した。この力戦《りょくせん》は楊奉の生涯における華であるといえる。楊奉の耳に歓声が飛びこんできた。ついに敵陣を突破したのである。

――喜ぶのはまだ早い。

楊奉は敵の追撃にそなえた。が、敵兵は追ってこなかった。天子を護衛しつつこの軍は東へいそぎ、夜間も足をとめず、華陰《かいん》にたどりついた。河水《かすい》と渭水《いすい》の合流点に近い華陰は弘農郡の最西端にある県である。四知《しち》、で有名になった楊震《ようしん》の出身地であることはだいぶまえに述べた。献帝と従者はあえぎつつも弘農郡にはいったことになる。

華陰にはひとつの勢力が蟠踞《ばんきょ》している。

首領を段煨《だんわい》という。かれは董卓の下にいてすくなからぬ兵を掌握していたが、董卓の死後、朝廷の命令に従って兵団を解いた。それゆえ董卓の校尉《こうい》であった李傕らが集合して長安にむかったとき、その進撃にくわわらなかった。その後、段煨は華陰で農耕をおこなって静かに暮らしていたが、徳望のある男なので、いつのまにかかれのもとに人が集まり、自衛集団が形成された。ちなみに、おなじ武威《ぶい》郡出身の賈詡は、献帝が長安をでたあと印綬《いんじゅ》を返上して、段煨のもとに身を寄せたが、それは献帝が華陰に到着してから、というほうが正しいかもしれない。賈詡は董卓に厚遇され、李傕らに信頼されたが、その血なまぐさい暴横《ぼうおう》を冷静にな

がめて、

――かれらは末路にさしかかった。

と、判定した。帝室の余命もいくばくもないにちがいないが、李傕らの暴虐にさらされながらもしぶとく生きのびてゆく献帝の生命力にひそかに感嘆した。これが王朝の底力というものであろう。そう考えた賈詡は献帝のためにめだたぬように働き、李傕らから離れるための工夫をおこない、めだたぬように官を辞した。生きのびることに関しては、賈詡は天才である。

有司百官と兵団に護られて天子が華陰にむかってきたと知った段煨は、さっそく使いをだした。

「わが営内に玉座を設けていただきたい」

段煨は礼意をもって献帝を迎えようとしたのである。ところが後将軍の楊定は昔から段煨を嫌っており、种輯などをつかまえて、

「段煨にはたくらみがある。すぐに叛逆するにちがいない」

と、悪意をこめていった。しかし太尉《たいい》の楊彪《ようひょう》、司徒《しと》の趙温《ちょうおん》、侍中の劉艾などは、

「段煨は叛逆しません。われわれが死んでもお守りします」

と、献帝に述べ、段煨の営所へはいるように勧めた。それにたいして楊定は弘農郡の督郵《とくゆう》を恫《おど》して、郭汜がきて段煨の営内にいた、といわせた。それをきいた献帝は段煨を信ずるこ

とができず、けっきょく廬舎《ろしや》のない路傍で露臥《ろが》することにした。

この夜、広さが六、七尺の赤気が天空にあらわれ、紫宮《しきゆう》という星座を貫いた。寒天に赤い光の帯が東から西に架かったのである。とても吉祥《きつしよう》とはおもわれぬ光景であり、

——不吉である。

と、恐れたのは献帝ばかりではなかった。それをながめた楊定は、段煨が天子を襲うにちがいない、と邪推して、楊奉と董承を誘って段煨を攻めることに決めた。その決定を承《う》けて种輯が献帝に、

「詔《しよう》をくだされませ」

と、段煨を誅殺《ちゆうさつ》すべしという天子の命令をひきだそうとした。献帝は十五歳ではあるが是非善悪の区別がつかぬほど蒙昧《もうまい》ではないので、

「煨の罪がまだ明らかになっていないのに、奉らはかれを攻め、しかも朕《わたし》に詔をださせるつもりか」

と、不機嫌をかくさず、許しをあたえなかった。种輯はねばった。夜半まで献帝のもとにいて、

「なにとぞ——」

と、くりかえし請うた。ところが献帝の心力はおどろくほど勁《つよ》い。种輯のねばりに負けず、

「聴けぬ」

と、ついに詔をくださなかった。

——詔などなくてもかまわぬ。

楊奉らはいきなり兵馬を段煨の営所にむけて攻撃を開始した。段煨は不意を衝《つ》かれなかった。それだけでもかれの心思が粗率《そそつ》ではないことがうかがえる。濬塹《しゆんざん》をもたず堅牢でもなさそうな土の城など一朝一夕で破壊できると楽観していた急襲の軍は、意外なてごわさに遭って、楽観を棄てた。形相を変えた楊奉らは烈々と攻めつづけた。が、一日経《た》ち、二日経ち、ついに十日経っても、攻め落とせない。

営内の段煨は余裕をもって防戦をおこない、営塁から出撃すれば勝てるのに、あえてそうしなかった。

——相手は天子の軍である。

その認識が、かれをつつしみ深くさせた。戦場でも容儀《ようぎ》の良い男である。おどろくべきことに戦闘中でありながら段煨は使者をつかわして天子のもとに食膳をとどけ、従者の百官のもとに食料を運んだ。

——煨にふたごころはない。

と、感じた献帝は使者を遣《や》って楊定らを諭《さと》し、

「和解せよ」

と、いった。これは訓諭《くんゆ》というのではなく、臣下としては拒否することのできない詔であ

る。しぶい顔をした楊定らはただちに攻撃をやめて詔を奉じ、自軍の営所に還《かえ》った。楊定らはまったく無益な行動にはしったといわざるをえない。無益どころか、じつは巨《おお》きな害を招いたのである。

李傕と郭汜は天子の車駕を追うのをあきらめかけていた。ところが楊定らが段煨を攻めているときいて、

「救いにゆこうではないか」

と、急に嫌猜《けんさい》を忘れたかのように歩《あゆ》み寄った。そこに張済がもどってきた。張済は中央で権力をふるいたいという志向をもっていなかったので、長安を李傕と郭汜がおさえるとすぐに外へでたが、そのふたりが血みどろの闘争をつづけているのをみかねて、ふたりのあいだに割ってはいった。冷静にみれば、皇帝こそふたりにとって不幸の種である。そういう種は早く吐きだしてしまえと説いた張済は、献帝の長安脱出を佐《たす》けたものの、やがて、

——楊奉と董承は鼻もちならぬ。

と、嫌悪をおぼえはじめた。献帝はかれらを重視し、張済を軽視した。皇帝の寵《ちょう》は人をつけあがらせる。そもそも内乱を熄《や》めさせて皇帝の意望をかなえさせたのは、たれであるのか。そう張済は皇帝と有司に問いたい。恩を忘れたような者たちを護衛するばかばかしさに、張済は陣を払って引き返した。

——ようやく気づいたか。

と、いわんばかりの目で張済を迎えた李傕は、

「楊奉らは天子を奉戴《ほうたい》してのさばるつもりよ。そうはさせぬ。かれらに鉄槌《てっつい》をくわえて、天子を西方へ遷そうではないか」

と、うそぶいた。三人は軍をそろえて献帝を追いはじめた。十余日もついやして楊定らが段煨を攻めていたのは愚行というしかない。悍戾《かんれい》な李傕らが牙爪《がそう》をむけて猛追してくると知った楊定は怖慴《ふしょう》して落ち着かず、ついに楊奉と董承に相談することなく兵を率いて離脱し、京兆尹《けいちょういん》の藍田《らんでん》へ走ろうとした。楊定にとって藍田は本拠であった。しかし華陰から藍田へゆくには、いちど長安のほうにむかってから南下しなければならず、その道は郭汜の兵によって遮断されていた。郭汜の兵をみた楊定は悲鳴を挙げて軍を棄て、単騎で逃げ、なんと荊州《けい》まで逃げた。楊定とはその程度の将であった。

楊定とその軍が消えたことを知った楊奉と董承はさすがに不安をおぼえ、

「なにはともあれ、東へ——」

と、移動を再開した。移動中に楊奉は河東《かとう》へ使いをだした。河東には白波賊《はくは》がいる。韓暹《かんせん》、胡才《こさい》、李楽《りらく》といった白波賊の将と匈奴左賢王《きょうどさけん》の去卑《きょひ》に救援を求めた。楊奉自身、もとは白波賊の将率《しょうすい》である。かれらの来援がたとえまにあわなくても、兵力不足をおぎなうにはかれらの力を借りるしかない。献帝は有司百官のほかに伏《ふく》皇后や貴人など女官もともなっている。

そういう集団の移動がすみやかであるはずはない。華陰でとどまっているべきではなかったのである。それでも、かれらは東へ東へと逃げて、弘農の東澗《とうかん》にさしかかったとき、李傕らに追いつかれた。

矢がとどくほど近い敵に背をむけていては殺されるだけなので、楊奉と董承は献帝にたいして、

「ここはわれわれが防ぎます。どうか天子は東行なさってください」

と、述べて、献帝の逃走を助けるための陣をすみやかに布《し》いた。

「あとで会おう」

そういった献帝は乗輿のなかに消えた。

ここまで献帝に随従してきた有司のなかに武器をとってとどまった者も多い。兵がすくなく、塁塹《るいざん》を造るゆとりもないとあっては、ひとりでも多くの者が兵となって敵の追撃を阻止しなければならない。

「おお、天子の旌《はた》がみえるわ」

もはや天子を捕らえたも同然である、と哄笑《こうしょう》した李傕は、あなどったように敵陣へ軍頭を無造作に突入させた。郭汜と張済が左右の翼をうけもち、この鵬力《ほうりょく》をもった三軍は強烈にはばたいた。その圧倒的な兵力をまのあたりにしても、皇帝の兵士はひるまなかった。とくに有司たちは、つねには宮城の内外にいて武器をふるうことに慣れていないのに、死を覚悟し

て奮闘した。もうすこしで天子の車に手がとどくところまで進出した李傕の兵は、おもいがけぬ反撃に遭ってその足を止めた。

「皇帝と皇后以外は斬り捨てよ」

李傕は吼《ほ》え、矢を放ちながら前進に前進をかさねた。すでに敵陣を切り裂いたはずなのに、敵兵は敗走しない。いちど倒れた兵が幽鬼のごとく起《た》って襲ってくる。そのため李傕はおもい通りにすすめない。かれは舌打ちをした。

この戦場で献帝を守るために青血《せいけつ》をながして戦死した有司は多い。光禄勲《こうろくくん》の鄧泉《とうせん》、衛尉《えいい》の士《し》孫瑞《そんずい》、廷尉《ていい》の宣播《せんは》、大長秋《だいちょうしゅう》の苗祀《びょうし》、歩《ほ》兵校尉《へいこうい》の魏桀《ぎけつ》、侍中の朱展《しゅてん》、射声校尉《しゃせい》の沮儁《しょしゅん》などが斃《たお》れた。かれらのなかの士孫瑞についてはすでに述べた。王允《おういん》とともに董卓の暴政を憎み、その謀殺を成功させたひとりである。かれは学者の家に生まれ育ったということもあって、官僚として辣手《らつしゅ》をちらつかせるようなあくの強い性質をもっておらず、顕貴《けんき》な官職を望まなかったため、李傕らの怨みの的にならずにここまできたが、ついにいのちを殞《お》とした。ついでにいえばこの年にかれは衛尉であると『後漢書』にはあるが、『三国志』の注にある『献帝紀』では尚書令《しょうしょれい》である。

沮儁は李傕に刺殺された。

かれは馬上で武器をふるって敵兵をつぎつぎに撃殺していたが、李傕の側近と撃ちあって負傷し、馬から墜《お》ちた。それをみた李傕は馬を近づけて、

「殺さずにおこうか」

と、左右に問うようにいった。

頭をわずかにあげた沮儁は、

「凶逆《きょうぎゃく》の徒よ。天子を逼劫《ひっきょう》し、公卿を害し、宮人を流離《りゅうり》させた。乱臣賊子も、いまだかつてこれほどの者はいなかった」

と、罵声《ばせい》を放った。無言の李傕は馬に乗ったまま沮儁を刺し殺した。

楊奉と董承も、最初から不利であるとわかっていながら、逃げ腰にならずに戦いつづけた。かれらが懦怯《だきょう》であれば、献帝は逃避をつづけることができず、囚虜同然となって西方へ運ばれ、蕪荒《ぶこう》の地で春秋を虚しくすることになったであろう。ちなみにこの日は十一月庚午《こうご》であり、日没が早い。楊奉と董承が敗走をはじめても、ぶざまに死ななかったのは、すみやかにおりてきた夕闇に救われたからである。二日後の壬申《じんしん》の日に、献帝は河水のほとりの曹陽《そうよう》で露宿していた。夜間も休息せずに献帝のあとを追った楊奉と董承は、突然、ねむ気が飛び去るほどの光景をみた。

「おお、きてくれたのか——」

白波と匈奴の旗が林立しているではないか。歓喜したふたりは援《たす》けにきてくれた諸将と会見して、

「天子を守りぬきたい。力を貸してくれ」

と、頭をさげた。ただし歓談しているひまはない。李傕らの軍が迫ってくる。楊奉と董承は諸将を従えて献帝のもとへ到着した。白波賊の将と匈奴左賢王が献帝に謁見して、玉音を拝したのであるから、王朝の歴史のなかでもめずらしい景趣《けいしゅ》であったといえるであろう。

「賊、きたる——」

李傕らの軍の襲来が告げられた。

胡才や李楽は幽かに笑って、

「楊氏と董氏はお疲れであろう。天子をお護りなさるとよい。われらが撃退する」

と、いい、陣をまえにだした。このとき李傕の軍旗がかなたにみえた。それは同時に李傕も白波と匈奴の旗をみたということになる。一瞬、自分の目を疑った李傕は、すぐに嘲笑《ちょうしょう》した。

「白波と匈奴が官軍とは、笑わせる」

数年前、李傕は牛輔将軍に従って白波賊を伐《う》ったことがある。その征伐ではてこずったというおぼえがないので、ここでも白波の兵をみくびった。だが、数年前とは両者は立場が逆になっている。白波の兵のうしろには天子の旌《はた》がひるがえっている。

兵力は互角であった。しかも両軍は騎兵戦に長じている。たがいに矢を放ちあうことなく、いきなり騎兵が激突した。

——ここで負けると、河水へ追いつめられる。

と、楊奉は考えていた。献帝が陸路を逃げてもかならず追いつかれるので、船で対岸に渡る工夫をしなければなるまい。とはいえ、そういう手配をするまえに戦いがはじまってしまった。

——勝てばよい。

楊奉は毅《つよ》い気持ちで戦況を見守った。整然と兵が進退する戦いかたではなく、文字通りの乱戦になった。ときどき数十の騎馬が楊奉の陣を襲ったが、それらをまたたくまに撃ち倒した。敵の攻撃が弱いと感じた楊奉は、

——天子の守りは、董承にまかせた。

と、胸のなかでいい、陣をすすめた。長時間戦っている官軍の諸将に疲れがでるころである。兵を従えて馬をすすめてゆくと、林のなかに白波の旗がみえた。林間で胡才が休んでいた。

「ひと息いれているところだ」

どうやら飲んでいるのは酒であるらしい。

「勝ったあとに飲もう。ゆくぞ」

この楊奉の声に赤い顔で応《こた》えた胡才はゆらゆらと歩き、馬に乗った。おそらく胡才は戦いが終わるまで酔いが醒《さ》めなかったであろう。しかし胡才の兵は悍鋭《かんえい》であった。楊奉の兵とともにすすんだかれらは、李傕の軍の中核を突き崩した。郭汜と張済は李傕の軍旗が後退したことを知って軍を引いた。

——勝ったか。

楊奉は喜びのあまり落涙しそうになった。ただし敗走した兵を追撃する余力はなかった。諸将が集まった。斬首数千という大勝である。さっそく楊奉は献帝に戦捷《せんしょう》を報告した。献帝から褒詞《ほうし》を賜《たまわ》ったが、助力の諸将には賜賚《しらい》がない。それゆえ楊奉は私宴を催してかれらをねぎらった。李楽らは、

「いつまで天子を助ける気か」

と、楊奉に問うた。天子を助けても何の得《とく》にもならぬではないか、と暗にいっている。

「洛陽に落ち着くまでだ」

「公卿は洛陽のありさまを天子に話しておらぬのか。廃墟だぞ。焼け落ちた宮殿のあとには狐が住んでいる。御幸先を変えたほうがよい」

「天子はご存じであろう。それでも洛陽へゆきたいと仰せになっている」

「あきれたことだ。天子も公卿も賢くない。洛陽に着いたとたん、餓死するぞ」

諸将は皮肉な笑いを浮かべた。かれらは天子を助けるためにきたわけではなく、楊奉の懇《こん》請《せい》を容《い》れて、友誼《ゆうぎ》を尊重して戦ったのである。

「そうかもしれぬ。が、天子のために死ぬのは悪くないとおもっている。どうか、洛陽までつきあってくれぬか」

楊奉は降将《こうしょう》として牛輔将軍に仕え、牛輔の死後、李傕に従属するようになったが、もともと帝室を尊崇《そんすう》していた男である。白波賊は王朝の失政を批判する者たちが集まったもので、

皇帝に怨恨をもつ者はいない。

「洛陽までつきあえ、か……。つきあえば、われらも賢くない」

李楽は苦笑した。韓暹と去卑も幽かな声で笑ったが、胡才は酔いつぶれて寝息を立てていた。

翌日、日が高くなってから楊奉は起きた。天子をはじめ兵卒まで、疲れはてて早朝には目を醒ますことができなかった。

――李楽らは、どうしたであろうか。

あわてて楊奉は営外にでた。援軍の陣営は撤去されておらず、多くの旗が微風に揺れていた。

――かれらは天子を護ってくれる。

たしかに天子を洛陽まで護衛していっても何の得にもならない。どれほど高い官爵をさずけられても、王朝が威権をもたないかぎり、画のなかの印綬をとれといわれたにひとしい。それでも楊奉は生きる意味と戦う意義をはじめて感じている。人は井戸に墜ちた子を救おうとするものだ、と昔の大儒がいった。

――天子は哀れである。

そう感じるのが、惻隠《そくいん》の心というものである。

楊奉は太尉の楊彪のもとへ行った。おどろいたことに胡才、李楽などが楊彪と歓談していた。楊奉はむずかしい顔をしていたらしい。

「どうした。大勝しても喜ばぬ性質であったかな」

と、李楽がからかった。

「いや、太尉に問いたいことがあって、きた」

楊彪にむかって軽く頭をさげた楊奉は、腰をおろすと、

「天子は、明日にはご出発でしょうな」

と、さぐるようにいった。洛陽へゆくのであれば、曹陽にとどまっているべきではない。

楊彪は一瞬李楽の顔に目をやってから、

「洛陽へはゆく。が、洛陽に着いても、また移動しなければならぬ。天子にとって安住の地はどこであろうか。幽《ゆう》州の劉虞《りゅうぐ》が生きていれば、幽州へゆけばよかった。倚侍《いじ》してよいはずの袁術《えんじゅつ》は、最近評判が悪い。呂布《りょふ》は曹操《そうそう》に負けて、徐《じょ》州へ逃げこんだ、ときいた。曹操、劉《りゅう》備《び》、劉表《りゅうひょう》らは、別に皇帝を立てようとした袁紹《えんしょう》と結んでいる。天子を保祐《ほゆう》してくれる英雄はいないのであろうか」

と、逆に問うた。

——そういうことか。

郡の太守、国の相《しょう》、州の刺史《しし》などのなかで勤皇の志が篤《あつ》くしかも実力をもった英傑を公卿は捜している。四方に使者を発し、かれらの報告を待つつもりなのであろう。楊奉が答えるまえに、李楽が、

「洛陽へ往っても無益であるから、河東の山中に王朝をひらけばよいと申し上げたところさ」

と、笑いながらいった。楊奉は笑わなかった。天子は白波賊の本拠地へ遷ることを嫌がるであろうが、ぞんがいそれは妙案かもしれない。楊彪をはじめ天子を輔佐《ほさ》する貴顕《きけん》の臣は、強大な力に依帰《いき》することしか考えていないようであるが、それは第二、第三の董卓を産む危険をもつ。それよりも天子が自立する道をさぐったほうがよい。たとえ河東の山中に王朝をひらいても、上古《じょうこ》の帝舜《しゅん》のように、そこは一年で鄙《むら》となり、二年で邑《まち》となり、三年で都《みやこ》となるにちがいない。

「李楽が申した通りです。河東の嶺嶂《れいしょう》を牆壁《しょうへき》とし、濬壑《しゅんがく》を塹濠《ざんごう》として、土《ど》階茅茨《かいぼうし》をもって宮殿とし、方正《ほうせい》の庭をもって朝廷とすれば、天子の高徳は、世祖光武帝《せいそこうぶ》にまさるともおとらず、天下の豪傑も襟《えり》を正し、妖賊は鳴りをひそめましょう。太尉をはじめ輔弼《ほひつ》のかたがたは王朝の導者《どうしゃ》であり、いま李傕らの奸物《かんぶつ》からのがれたのに、どうしてあらたに奸雄《かんゆう》に頼ろうとなさるのですか。肝要なことは、一日も早く凶徒の毒牙のおよばぬ地へ移動し、天子の自立を輔《たす》けすることです。李傕と郭汜は執念深く、天子の拉致《らち》をあきらめたわけではありません」

と、楊奉はここに滞在する危険を説いた。

楊彪は正論を吐いた楊奉におどろきの目をむけた。かれは朝廷にあって陰に陽に董卓とも李傕とも戦ってきたつもりであり、正義をつらぬくことにおいて人後に落ちたくない。そういう志尚《ししよう》を楊奉の言は刺戟した。

——そうあるのが、理想だ。

楊彪はこの進言の正しさを認めざるをえない。しかし、

「河東へゆくのはおもしろい」

とは、いわなかった。河東の治安の悪さは、いまにはじまったことではなく、そこへ還ることには二の足を踏まざるをえない。まして天子の護衛が白波賊と匈奴とあっては、怪聞《かいぶん》を産みそうな事態であり、正常からは遠い。異常の上には正義は築けない。

そういう楊彪の思想のけはいが、なんとなく楊奉にはわかる。

たしかに楊奉はもとは白波賊であるが、いまは官軍の将である。だが、そういう栄位が欲しくて天子を必死に守っているわけではない。みそこなってもらってはこまる、と楊彪にいいたい。が、楊彪に清濁あわせのむほどの器量を求めてもむだであろう。いや、忠節の純度において、このときの楊奉は楊彪にまさっていたであろう。

数日間、献帝は曹陽から動かなかった。

不安をおぼえた楊奉は、李楽にむかって、

「船はあるか」

と、問うた。李楽はいぶかしげに、

「天子は河東へお渡りにならぬと太尉がいったではないか。なぜ船が要《い》る」

と、反問した。

「用心のためだ。杞憂《きゆう》に終わればよいが、李傕らの軍がひそかに近づいているような気がしてならぬ」

李楽にとってはこの滞陣は不可解である。

「さがしてはみるが、それより、洛陽にむかって出発するのが先決だ」

「同感だ。みなで三公を説こう」

楊奉は諸将を誘って三公を説得することにした。まず司徒の趙温に滞在のうち切りをうながし、ついで司空《しくう》の張喜《ちょうき》（趙嘉《ちょうか》）に面諭《めんゆ》し、さいごに楊彪に切言《せつげん》を呈した。三公はおなじことをいった。

「かたがたの献言をかならず上奏する」

諸将がおなじ意見であることは、ひとつの力をもち、天子と三公を動かしたといってよい。十二月庚辰《こうしん》の日、天子の車駕は東へむかって発した。その日まで献帝が動きたくても動けなかったとすれば、袁術など帝室への忠誠が篤いとおもわれている実力者からの返事がとどかなかったことのほかに、食料の不足があったからではないかと考えられる。

しかし献帝は曹陽にとどまるべきではなかった。楊奉の不吉な予感は的中したのである。さきの戦いで敗退した李傕らは、献帝と従者の動きが鈍重であることをさいわいとし、官軍を急襲すべく、偵察をおこない、天子の旌《はた》が東へむかったと知るや、ひそませていた兵を起たせ、東行する集団の後尾を攻撃した。そのとき天子の従者と官軍は縦列にすすんでおり、大きく翼をひろげて迎撃の陣を布くことができなかった。董承と李楽が天子の乗輿を衛り、胡才、楊奉、韓暹、去卑が後拒《こうきょ》をおこなった。

後尾で戦闘がはじまったことを知っても先頭をゆく者はひきかえせない。むしろ天子の乗輿をいそがせることにつとめたので、この縦列の兵団は最初から逃走する形となった。またたくまに官軍の傷は大きくなった。ふみとどまって敵の騎兵と戦った少府《しょうふ》の田芬《でんふん》や大司農《だいしのう》の張義《ちょうぎ》などが斃《たお》れた。逃げおくれた宮女をみつけると、

「おお、いい女よ」

と、騎兵は抱きかかえた。

いそぎにいそいだ天子の乗輿が陝《せん》に近づいた。ふりむいた李楽は、敵軍の旗がすこしも遠くなっていないことを認め、日没まえには全軍が潰滅《かいめつ》すると恐れ、おもいきって天子にむかって言を揚げた。

「事は急です。陛下はどうか馬を御《ぎょ》していただきたい」

皇帝がじかに馬に乗ることはありえないが、そうでもしないかぎり、窮地を脱することはできない。が、献帝の言は意外なものであった。

「百官を捨てて去ることなどできぬ」

献帝の乗輿は停止した。天子がここで戦うというのであるから、兵はいそいで営塁を築き、

李楽と董承は防衛の陣を布いた。このとき近衛兵というべき虎賁《こほん》と羽林《うりん》の兵は百に満たなかった。

官軍を大破した李傕と郭汜の兵は営塁を包囲するように展開し、烈しく威嚇《いかく》した。営内の吏士は色を失い、逃げ腰になった。李楽も敵軍の猛攻にさらされると天子を守りぬく自信をもてないので、

「天子を船にお乗せして、東下していただくというのはどうか」

と、楊彪にいった。だが、楊彪はうなずかない。

「わたしは弘農の出身であるから、河水のことはよくわかっている。ここより船で東へくだれば、たいそう危険な三十六もの灘《せ》がある。万乗《ばんじょう》の天子がお通りになってはならぬところである」

それをきいた侍中の劉艾も、

「わたしは以前陜の令《れい》でしたから、その危険を知っています。導者がいても船は転覆することがあるのに、いまはその者もいない。太尉のご心配とはそれでしょう」

と、船で洛陽にむかうことに反対した。

日が落ちた。

李楽らの善戦によって営塁は破壊されずに残った。

——だが、明日は、営内の天子もぶじではすまぬ。

李楽は配下をつかって船を捜し、

「今夜のうちに、天子を対岸にお移ししなければ、夜明けとともに全滅しますぞ」

と、楊彪にいった。こんどは、楊彪はうなずいた。

「対岸には、なんじの本拠があろう。船をそろえて迎えにきてもらいたい」

「こころえた」

疲れを忘れたような顔をした李楽は、十数人の配下とともに河を渡り、対岸に着くや、大いそぎで人と船を集めた。が、時間がないので、集めた人と船は多くない。

「しかたがあるまい」

李楽は船をだした。船はいっせいに炬火《きょか》を挙げた。

暗い河に火がみえたので献帝と公卿が営外にでた。皇后の兄である伏徳《ふくとく》が伏皇后を扶《たす》けた。その際、すこし考えた伏徳は十四の絹をたばさんだ。

河岸は十余丈という高さなので、おりることができない。そこで董承は馬の羈《たづな》を結びあわせて、献帝の腰に繫《つな》いだ。伏徳は、といえば、もってきた絹をつないで輦《てぐるま》を作るという器用なことをして皇后をおろした。行軍校尉《こうぐんこうい》の尚弘《しょうこう》が膂力《りょりょく》にすぐれていたので、献帝を背負うかたちになって崖をゆっくりとおりて、船に乗ることができた。あとの者たちは自力でおりるしかない。崖に匍匐《ほふく》したり、飛びおりたりした。そのためかぶっていた冠幘《かんさく》がこわれた。士卒が船に殺到したが、

「あとにせよ」

と、李楽と董承が乗船をこばみ、強引に船中にはいろうとした兵を撃退した。けっきょく最初に渡河したのは献帝と伏皇后のほかに楊彪など数十人であった。河岸に残された多数は皮膚を刺し骨まで凍らせるような寒気にさらされた。そこにあらわれたのは李傕の兵である。

李傕は河に火がみえたので、偵騎を遣った。この騎馬集団は渡河の現場をみつけ、

「なんじらは天子をつれ去るか」

と、叫んだ。この声を船中できいた董承は矢で射られることを懼《おそ》れて幔《まく》をかぶった。天子が対岸へのがれたことを知った李傕は、怒号を発し、残留している吏人や宮女に兵をむけた。ここで殺された者は多く、衣服を奪われて凍死した者はさらに多かった。

対岸は、河東郡大陽《だいよう》県である。そこに献帝は上陸した。

民家が献帝の宿舎となった。棘《いばら》の籬《まがき》でかこまれた家で、門戸には関《かんぬき》がないので閉じられることはなかった。天子と群臣が会議をおこなうとき、兵士たちは籬のうえに腹をのせてながめ、ときどきふざけあった。また、かれらは酒食をもちこんで、天子とともに飲むのだ、と叫び、侍中がとりつがないと大声でわめきののしった。

——規律に欠ける。

楊彪は天子の護衛集団の卑陋《ひろう》さに顔をしかめた。兵卒たちは、李傕らに追撃されているときは、そういうあつかましさやだらしなさを必死さの下にかくしているが、虎口《ここう》を脱したと

なると、素性の悪さをむきだしにした。

「袁術から使者はこぬか」

と、献帝は公卿に問うた。

「いまだに……」

公卿の顔色も暗い。献帝は袁術が援助にきてくれることを望んでいる。袁術の名声と武力を恃《たの》んで、ふたたび洛陽で王朝をひらきたいのである。朝廷はその意向を袁術につたえたはずであるのに、何の返答もない。

「ここは風紀が悪いので、郡府のある安邑《あんゆう》へ移りましょう」

公卿の意見は一致していた。

馬車を失った献帝は牛車で北へむかった。十二月乙亥《いつがい》の日に、献帝は安邑へはいった。河東太守である王邑《おうゆう》が出迎え、献帝に綿帛《めんぱく》を奉献した。そこで献帝は王邑を列侯に封《ほう》じ、韓暹を征東《せいとう》将軍に、胡才を征西《せいせい》将軍に、李楽を征北《せいほく》将軍に任命し、楊奉と董承に政治をおこなわせた。李傕らの毒牙からのがれさせてくれたという感謝の気持ちが献帝にそうさせたのであろうが、楊奉と董承には政治はわからない。そのため統率は紊《みだ》れ、上下関係は崩れてゆくことになる。なにはともあれ、こうして興平《こうへい》二年は暮れて、建安《けんあん》元年（一九六年）となる。建安年間は、曹操の時代であるといってよい。


（第四巻了）

第四巻初出　『文藝春秋』

平成十六年六月号より
平成十七年五月号まで

三《さん》国《ごく》志《し》 第四巻
平成十八年九月十五日 第一刷
著 者 宮城《みやぎ》谷《たに》昌光《まさみつ》
発行者 白幡光明
発行所 株式会社文藝春秋
郵便番号一〇二―八〇〇八
東京都千代田区紀尾井町三―二三
電話 (〇三)三二六五―一二一一
印 刷 凸版印刷
製本所 加藤製本

ISBN4-16-325240-1